ÁNGEL INTRÉPIDO

JO WILDE

Traducido por

MARINA MIÑANO MORENO

Publicado en 2021 por Next Chapter

Edición: Elizabeth Garay

Textura de la contratapa por David M. Schrader, utilizada bajo licencia de Shutterstock.com

EL PSIQUIÁTRICO

Sally cumplió con su amenaza.

La Corte Suprema de Justicia me declaró culpable de los tres asesinatos por los que me habían acusado. Mi vida se fue a la mierda antes de que pudiera declarar ser inocente. Me habían tendido una trampa.

La noticia no tardó en aparecer en los periódicos nacionales con titulares como:

<u>Adolescente llevada a la locura</u>

Stephanie Ray Collins se convierte en asesina en serie al dejar un rastro de muertes a su paso.

Afirmé ser inocente, pero, quién sabe cómo, el Estado contaba con pruebas irrefutables en mi contra, o eso aseguraban. En mi opinión, se lo habían sacado todo de la manga.

Sin embargo, según los funcionarios del Estado que se encargaron de dirigir aquel juicio de brujas, se trataba de un caso fácil. Y yo, siguiendo los consejos de mi abogado de mierda, Bernard Valdez, declaré no impugnar las acusaciones. Valdez me prometió que, si no negaba las acusaciones, el Juez Xavier LaMotte se apiadaría de mí y reduciría mi condena. A pesar de que mi instinto me sugería lo contrario, confié en su palabra y caí directa en las manos del diablo.

Por irónico que parezca, la fiscalía afirmó que la suerte estaba de mi parte. Dadas las circunstancias, puesto que había estado viviendo con la enloquecida mujer que había asesinado a mi padre, Janet Dubrow, la psiquiatra del tribunal, determinó que simplemente me había venido abajo y que había cometido un... crimen pasional, por así decirlo.

Conforme mi destino caía en las manos implacables de los funcionarios, la fiscalía del Estado me acusó como menor, por el asesinato de Charles Dodson, el exnovio de mi madre.

Me resultó inconcebible que el sistema judicial pensara que una niña de diez años pudiera ser capaz de cometer un delito tan atroz como había sido rajarle la garganta a un hombre de oreja a oreja.

Charles medía más de un metro noventa y pesaba más de noventa kilos. Me acusaron del delito, a pesar de que hubiera sido prácticamente imposible que una niña, que por aquel entonces pesaba menos de cuarenta y cinco kilos y medía la mitad de su estatura, hubiera podido llevar a cabo un ataque tan efectivo.

Aun así, ocho años más tarde, el Estado contaba con pruebas que habían aparecido milagrosamente de la nada. Utilizaron un razonamiento débil y surrealista. No obstante, la fiscalía aseguró contar con pruebas perjudiciales en mi contra. Pero todas sus acusaciones estaban basadas en cuentos de hadas. El titular de las noticias nacionales anunció que la policía había encontrado una bolsa que contenía mi ropa, cubierta de sangre, y un cuchillo con mis huellas dactilares escondida en el armario de Sara. Sin embargo, cuando desempaqué sus cosas, no había encontrado ninguna bolsa. Simplemente, esa bolsa no existía. En ese momento, supe que el juicio justo sobre el que había leído, no se iba a dar en mi caso. Supe que la justicia había salido por patas y que tendría que enfrentarme sola contra el diablo.

Cualquier prueba fundamental que demostrara mi inocencia

pasó desapercibida delante de sus sucias narices. Mi abogado, Bernard Valdez, la Fiscalía Estatal, Laurent Marcos y la juez LaMotte pasaron por alto que, mientras estaban asesinando a Charles, yo estaba en el colegio, sentada en la primera fila, a plena vista.

No obstante, los espectaculares, pilares de la sociedad, miraron hacia otro lado e ignoraron cualquier dato que pudiera haber restituido mi buen nombre.

Estaba segura de que varios de los Illuminati, además de Edward Van Dunn, el tío de Aidan, eran los responsables de mi mala suerte. Lo que más me costaba aceptar era que mi madre, Sara, hubiera tomado parte en aquella atrocidad. Sara no había tenido ningún problema en ocultarme miles de secretos, pero pensar que el dinero había sido su motivación, me resultaba increíble.

Se me revolvía el estómago con amargura cada vez que consideraba lo fácil que le había resultado a mi propia madre arrojarme a los lobos por un par de monedas. Infortunadamente, su plan diabólico no le había salvado la vida, y había muerto antes de tener la oportunidad de regodearse en su riqueza.

Me libré de una condena por los asesinatos de Francis Bonnel y Sara Collins, mi madre, con una defensa por demencia. Aun así, era consciente de que podía haber ido mucho peor, y ese pequeño hecho lograba calmar mis pesadillas, en cierto modo.

En cierto modo.

El juez federal me condenó a vivir el resto de mis días en el hospital Haven, situado a las afueras de Bayou L'Ourse[1], un psiquiátrico para personas violentas y criminales dementes, sin posibilidad de adquirir la libertad condicional.

Me convertí en la persona más joven en la historia en ser considerada asesina en serie y la segunda mujer acusada como tal. La primera mujer fue ejecutada en una cámara de gas. Supongo que, aunque pareciera una locura, la suerte sí que estaba de mi parte.

Entonces, inesperadamente, aquella nube oscura se disipó, y mi pesadilla cesó, o eso parecía.

Durante tres años, el Sistema Judicial Federal me había considerado una amenaza para la sociedad. Habían decidido mantenerme encerrada para siempre, hasta que, en mi vigésimo primer cumpleaños, la Corte de Apelaciones del Quinto Circuito revocó mi condena, me absolvieron de todos los cargos y pusieron en marcha la orden de libertad. Retiraron todos los cargos misteriosamente. Yo sabía mejor que nadie que todo aquello era una estupidez, pero lo aceptaría con tal de salir de este infierno.

Me desperté por la mañana con los papeles reposando junto a mi cabeza. Me habían absuelto de todos los cargos.

Y, como en efecto dominó, todo comenzó a tener sentido de nuevo. Los fiscales habían presentado una moción para retirar los cargos gracias al testimonio del psiquiatra que decía que yo había mostrado una gran mejora debido al tratamiento. Extrañamente, no podía recordar haber hablado con el buen médico. Luego, por extraño y peculiar que pareciera, la Junta de Indultos y Libertad Condicional de Luisiana revocó los cargos, alegando que yo ya no representaba un peligro, ni para los demás, ni para mí misma. Me pareció increíble cómo, convenientemente, habían tomado esta decisión años más tarde.

Estaba más claro que el agua que tanto la Junta como yo sabíamos que todo había sido una farsa. Me habían tendido una trampa. Yo no era más que mera masilla en sus viles manos y no había nada que pudiera haber hecho para detenerlos. Ni siquiera un ángel tenía ese tipo de poder.

Si los Illuminati querían ir por ti, te enterraban en lo más profundo de la tierra, donde no hay no vuelta atrás hasta que cambian de parecer. La orden tenía la sartén por el mango. Si te querían muerto, estabas perdido. Jugaban a ser Dios, porque lo eran.

Cierto día, bien temprano por la mañana, las puertas del reformatorio se abrieron. Una brisa fresca me alborotó el cabello y atisbé el sol asomándose sobre el horizonte.

No había olfateado el aire fresco, ni visto la luz del sol en tres largos años. Inhalé el aire fresco y saboreé el dulce sabor a miel.

Los suaves rayos de sol calmaron mi pálido rostro, mientras la libertad acariciaba mis labios secos y agrietados.

Entonces, la realidad me golpeó como un tren a mil por hora; no tenía ni idea de a dónde ir. No tenía a nadie a quién llamar. Estaba sola y desamparada.

Pero no me importaba porque era libre.

Me abrí camino lentamente, un paso tras otro, hacia la puerta de salida. Moverme me resultaba difícil y doloroso. Cada una de las articulaciones de mi cuerpo gritaba en agonía. No recordaba la última vez que había salido a dar un paseo. Durante mi estancia en Haven, no se me había permitido salir de mi celda. Además, teniendo en cuenta la dosis diaria de drogas que me habían administrado, no me había apetecido nada socializar y mucho menos estar sentada o incluso de pie sin ayuda.

Sospechaba que el personal médico había querido que permaneciera incapacitada. Seguramente temían no poder retenerme. Al fin y al cabo, me consideraban un peligro para la sociedad y para mí misma. Por lo que me habían tenido encerrada en la oscuridad, olvidada y alejada del resto del mundo. Era como si me estuvieran escondiendo.

No me sorprendí cuando empecé a tener alucinaciones, ya que me habían convertido prácticamente en una farmacia andante. Había pasado la mayor parte del tiempo en un estado de confusión. Discernir entre la realidad y el delirio se había vuelto de lo más complicado. El doctor Phil Good se había asegurado de que así fuera. No obstante, no me había resultado difícil vivir así, sin pensamientos, ni deseos, dado que por dentro ya estaba muerta. Incluso me había odiado a mí misma por no tener las agallas suficientes como para dejar de respirar.

Aunque había querido estirar la pata, había algo en mi interior que me obligaba a seguir con vida o, al menos, a respirar.

Había estado atrapada en ese carrusel demente, un tiovivo de locura del que pensaba que nunca podría bajarme. Y sabía quién había sido el responsable de mi desafortunado destino. No tenían que leerme la mano para saberlo, y tampoco hacía falta ser un genio para averiguarlo.

Esto era obra de los Illuminati.

¿Acaso todo había sido una farsa? ¿Sería posible que Aidan, gracias a sus traicioneros encantos, me hubiera hecho creer en una mentira… que yo era un ángel genéticamente modificado? ¿O, sería posible que me lo hubiera imaginado y que, como mi madre, estuviera loca? Me hizo gracia lo absurdo de la situación.

Ya no importaba.

No. Puede que estuviera loca como mi madre, pero ni un lunático podría haber fabulado tal historia. La triste verdad era que yo era una chica crédula que se había enamorado de un chico que me había gastado una broma de muy mal gusto a mi costa. Había caído directa en su trampa y, por eso, odiaba a Aidan Bane DuPont. Pero me odiaba a mí misma aún más.

En cierto modo, mi rabia hacia él me había mantenido con vida. Aunque, en mi caso, respirar no había igualado tener una vida.

Conforme avanzaba hacia la salida, divisé una figura esbelta observándome. El resplandor del sol era tan cegador que solo pude distinguir una silueta. No fue hasta que pude enfocar la mirada que mi mente borrosa comenzó a abrirse como pequeñas gotas de agua ante una flor seca y, poco a poco, su rostro se hizo visible.

Cuando fijé la mirada sobre la figura alta y de tez oscura que se encontraba de pie junto a la puerta de salida, me paralicé y estuve a punto de caerme de rodillas. Al principio, pensé que mi mente me estaba jugando una mala pasada, pero no, era real.

Pensaba que lo había perdido todo…

—Niña, ¡cómo me alegro de verte! —Jeffery extendió sus brazos de color caramelo.

Me detuve por un segundo, disfrutando de esta visión dulce.

—Jeffery, ¿eres tú de verdad? —fue todo lo que fui capaz de decir.

—Pues claro que soy yo —sonrió ampliamente.

Dejé caer mi pequeña mochila y corrí hasta encontrarme entre los brazos de Jeffery, donde me derretí contra su cálido pecho. Apretó sus brazos alrededor de mis hombros y me estrechó con fuerza. Sentí las lágrimas correr por mis mejillas.

—¡No me puedo creer que estés aquí! Pensaba que todo el mundo me había abandonado tras el juicio.

Al fin y al cabo, yo era una supuesta asesina en serie y un peligro para la sociedad.

—Ay, cari, yo nunca te abandonaría. ¿Cómo estás? —las arrugas que se formaron en la frente de Jeffery reflejaban su preocupación.

—Ahora estoy mejor —dije entre lágrimas mientras me secaba las mejillas con el dorso de la mano.

—¡Chica, estás esquelética! —Jeffery dio un paso atrás y me miró de arriba abajo.

—Digamos que aquí escatiman en comida.

—Verte así me rompe el corazón, cari.

—Pensé que… —se me quebró la voz—, te habías olvidado de mí —respiré profundamente, protegiendo la poca cordura que me quedaba.

—Bonita, Dom y yo hemos estado tratando de ayudarte desde el día en que te metieron en este puto antro. Hasta contratamos al mejor abogado que nos pudimos permitir.

—¿De verdad? No tenía ni idea —una oleada de asombro recorrió mi frágil cuerpo.

—Fue una pesadilla. A Dom y a mí nos negaron venir a visitarte. De hecho, nos prohibieron la entrada a las instalaciones.

—¿Por qué? —pregunté, el asombro reflejándose en mi pálido rostro.

—Eso fue algo que intentamos averiguar. Pero nuestro abogado no pudo llegar a ninguna parte con esos granujas.

—Me tendieron una trampa, Jeff —dije en un susurro. No

quería que el personal del hospital me escuchara—. Yo no he matado a nadie —me lamí los labios secos.

Esas palabras no habían acariciado mis labios desde el día en que Aidan y Sally me habían drogado.

—Cari, sé que eres inocente. Y, aparentemente, tienes un hada madrina. Alguien ha tenido que mover los hilos para que te absuelvan.

—¿Qué? Me dijeron que me liberaban por buen comportamiento.

—Ay, chica, tú te lo crees todo. A ningún asesino en serie lo liberan por buen comportamiento. Cari, dime, ¿te han asignado un supervisor de libertad condicional?

—Creo que no.

—¡Pues claro que no! Porque saben que eres inocente, — Jeffery esbozó una sonrisa de suficiencia.

—Supongo que no estoy al día.

Tras haber estado inactiva durante tanto tiempo, mi cerebro estaba teniendo dificultades para procesar todo esto.

—No te preocupes, tú te vienes a casa con Dom y conmigo — Jeffery me dio una palmadita en la espalda.

—Ay, no quiero molestar —sacudí la cabeza en señal de protesta.

Aunque no tenía un hogar al que volver, cargar a mis amigos con mis problemas era una responsabilidad que no podía aceptar. Si los Illuminati tenían poder suficiente como para encarcelarme por crímenes que no había cometido, quién sabe si irían por una segunda ronda. Lo que significaba que cualquier persona con la que me relacionara también podría convertirse en un objetivo. No podía dejar que algo así le sucediera a Jeffery y a Dom.

—Cari, ya te he dicho que tú eres de la familia.

Arrugué la nariz.

—Jeff, puede que eso no sea una buena idea —di un paso hacia atrás, negando con la cabeza—. El diablo me sigue, vaya donde vaya.

Jeff puso los ojos en blanco.

—No seas tonta y cierra el pico. Tú te vienes a vivir con Dom y conmigo —Jeffery colocó los brazos en jarras con esa actitud de diva que solo él podía conseguir—. Yo nunca digo nada que no quiera decir. Así que, venga. Tu casa es nuestra casa. No, en serio. No es broma. Es tu casa. La has pagado tú.

—¿Qué?

—¿Te acuerdas de la llave que me diste?

Me quedé mirándolo con cara de tonta.

—En fin, cari, ¡que eres rica! Billonaria multiplicado por un billón. El señor Aidan se aseguró de que pudieras apoderarte del mundo.

—Espera… ¿Tengo dinero? —mis palabras sonaron como un eco.

—Ajá, ¡y eso es quedarse corto! Ahora, venga. Nos vamos a casa que tengo hambre y la cena se estará enfriando.

—A casa… ¿Dónde vivimos? —traté de abrirme paso a través de las telarañas que envolvían mi cerebro.

—¡En Nueva Orleans! ¿Dónde si no?

Jeffery cogió mi mochila mientras yo me colgaba de su brazo.

HOGAR DULCE HOGAR

Cuando llegamos a la entrada de nuestra casa en Jeffery's Lincoln, me quedé helada.

—E-e-esta no puede ser nuestra casa —mascullé medio tartamudeando.

—Pero lo es. Vivimos con estilo. No hay lugar mejor que el Garden District —Jeffrey sonrió, orgulloso—. Ya te lo he dicho, ¡*Laissez les bons temps rouler*![1]

—Eso espero, Jeffery. De verdad que sí.

Traté de aparentar felicidad, pero en el fondo de mi ser, mi alegría se había ausentado. No quería ser una aguafiestas. Quería creer que habría días mejores en mi futuro. Sin embargo, a pesar de mis buenas intenciones, seguía teniendo mis dudas. Puede que fuera libre físicamente, pero mi corazón aún estaba encadenado. Ni siquiera sabía si llegaría a recuperarme del todo.

«El tiempo lo dirá», pensé.

Solté un suspiro áspero conforme los recuerdos de ese día volvían a pasar por mi mente. Aún podía escuchar la risa malvada de Sally en mis oídos y podía sentir los brazos de Aidan envolviéndose firmemente alrededor de mi cuerpo.

Mi cerebro seguía estando plagado de lagunas y, debido a eso, crecían las semillas que me hacían dudar de la participación de Aidan. El rostro de mi cobarde captor había permanecido en las sombras, pero su mano había lucido un anillo de diamantes. El mismo anillo que me había perseguido en sueños desde que era una niña.

Luego, la oscuridad me había envuelto y mi vida frenó en seco. Ese era mi último recuerdo de aquel día tan devastador. Cuando me había despertado, encadenada, había caído en la cuenta de que mi felicidad había llegado a su fin.

Jeffery aparcó el coche en el garaje, que se encontraba en la parte trasera de la casa, y apagó el motor. Luego, se giró hacia mí con una resplandeciente sonrisa y exclamó:

—¡Ya hemos llegado!

—Eh… ¿qué?

La voz de Jeffery sonaba como si estuviera bajo agua, amortiguada.

—Stevie, ¿seguro que estás bien? —Jeffery estudió mi expresión facial mientras yo le devolvía la mirada, impasible.

—Solo necesito descansar.

La fuerza que una vez había tenido parecía haberse agotado. Supuse que me sentiría mejor en cuanto las drogas abandonaran mi sistema. Aun así, dudaba que la antigua Stevie llena de vida, volviera. Había muerto el día en que Aidan y Sally la habían capturado.

Decidí lidiar con eso más tarde. Ahora tenía que enfrentarme a la cruda realidad. Había pagado un alto precio por mi fe. Y, como resultado, la venganza era el aire que respiraba y lo único que entendía. Mi tormento era el combustible que me mantenía con vida. Mi ira era mi inspiración. Sin embargo, la fuerza que movía mis pies era… mi rabia.

Si fuera inteligente, trataría de pasar página. Gracias a la riqueza que se me había otorgado, podría empezar una nueva vida y dejar atrás el pasado. No obstante, ninguna cantidad de dinero podría comprarme una forma de salir de este siniestro laberinto.

Mi instinto me decía que la familia de Aidan no había terminado conmigo. Al fin y al cabo, les había robado su preciosa oportunidad de dominar el mundo al infundir mis poderes con los de Aidan. Recé por que mi instinto estuviera equivocado. Quería que me dejaran en paz de una vez por todas.

Un recuerdo en concreto seguía golpeando mi mente, un destello de visiones que no podía reconocer. Sentía que se me había olvidado algo, pero ¿qué? ¿Podría tratarse de otro mal recuerdo de ese hospital, que estuviera encerrado en mi cerebro drogadicto, tratando de abrirse camino hacia la superficie? Si así fuera, prefería que permaneciera enterrado, o mejor… muerto.

—Cari, vamos adentro —Jeffery caminó hacia mi lado del coche y abrió la puerta. Con suavidad, deslizó su brazo alrededor de mi cintura y me sacó del coche. Supuse que estaba más débil de lo que pensaba—. Le diré a Dom que te prepare algo bueno para comer. Estás muy pálida, incluso para tu tono de piel de lirio blanco —sonrió con dulzura.

Por las ojeras que decoraban sus ojos, supe que Jeffrey podría tomar nota de sus propios consejos. Me preocupaba ser yo la fuente de sus noches de insomnio.

Conforme caminábamos hacia la casa, no pude quitarle los ojos de encima. Era impresionante. Parecía estar sacada de una revista. Majestuosa y mística, la mansión centenaria se alzaba como si estuviera esperando nuestra llegada. Estaba pintada de blanco y embellecida con estrechas ventanas que se extendían a lo largo del porche delantero, cubiertas con contraventanas negras.

Avenidas de robles antiguos alineaban la calle, ofreciendo su sombra fresca, mientras las lagerstroemias coloreaban el aire con su dulce perfume. Ese maravilloso aroma me recordaba la calle Santa Ana, de mi antiguo barrio en Tangi.

En comparación con mi antigua casa, esta no era poca cosa. Al fin y al cabo, no había nada mejor que el Garden District de Nueva Orleans. Jeffery me condujo a través de la valla de hierro forjado hacia un tramo de escalones de ladrillo que parecía no tener fin. Al subir los escalones, me fijé en los enormes helechos que se balanceaban con una ligera brisa en el porche.

El jardín era pequeño, pero su exquisito verdor era de lo más tentador. En ese mismo instante, deseé poder correr con mis pies descalzos a través de esa gruesa alfombra verde. No podía recordar la última vez que había sentido el fresco roce de la hierba entre los dedos de los pies.

Se me humedecieron los ojos, pero los sequé rápidamente. Quería aferrarme a la última pizca de dignidad que me quedaba hasta que estuviera a solas.

A la izquierda del porche, atisbé un columpio de mimbre blanco con mullidos cojines de color amarillo y, a la derecha, una mesa de mimbre y sillas multicolores que combinaban con las flores del jardín.

Cuando entramos en la casa, olfateé el olor a comida y, al instante, el delicioso aroma que envolvió mi nariz se burló de mi hambriento estómago. Estaba deseando comer. Dom estaría preparando un gran festín. Las ventajas de vivir con un chef.

Entonces, el gran vestíbulo me llamó la atención. Capté el dulce perfume de las gardenias que reposaban en un florero de cristal, decorando el centro de una mesa redonda de caoba oscura sobre la cual lucía una lámpara de araña de tres niveles.

Permanecí allí durante un momento, boquiabierta ante tanta elegancia. Todo esto iba más allá de mi imaginación. Anonadada, di una vuelta por la sala, contemplando cada detalle con asombro.

Jeffery me alentó a seguir adelante, y entramos en la sala de estar. La luz del sol se filtraba a través de las ventanas, envolviendo la habitación en una maravillosa calidez. Divisé un piano de cola en la esquina junto al ventanal, una acogedora chimenea rodeada de suaves sillones y un soso sofá blanco, así como brillantes alfombras persas que le aportaban color y elegancia al suelo de madera oscura. Además, cada pared estaba decorada con cuadros artísticos que le daban a la casa ese típico encanto sureño.

—Jeff, esto es increíble —las lágrimas comenzaron a correr por mis mejillas, aunque traté de contenerlas.

—Venga. Vamos a conseguirte algo de comida, y luego te enseño tu habitación en el piso de arriba. Dom y yo la hemos decorado especialmente para ti —Jeffery sonrió, tratando de ocultar su inquietud.

—Suena genial —esbocé una sonrisa, pero me quedó un poco falsa.

De repente, escuché un débil maullido proveniente de debajo del piano. Bajé la vista y vislumbré una gran bola de pelo blanco frotándose contra la banqueta. Abrí los ojos como platos.

—¿Es ese…?

—Sí. Y más vale que me des las gracias porque ese maldito gato y yo, no nos llevamos nada bien. No me trae más que problemas —gruñó Jeffery.

Sorprendida, solté una carcajada, y los ojos de Jeffery brillaron. Me alegré de ver que su antigua chispa había vuelto.

En cuanto Bola de nieve escuchó mi voz, vino corriendo hacia mí. Tomé a mi querido gatito entre mis brazos y lo acurruqué contra mi pecho. Su suave ronroneo era de lo más tranquilizador. Había olvidado lo mucho que adoraba ese sonido.

Esta vez, una avalancha de lágrimas corrió por mis mejillas. No de las tristes, sino de las alegres, de las que no había llorado en mucho tiempo. Estaba en casa.

Alcé la vista.

—¡Gracias, Jeff! —dije en un susurro.

Su rostro dorado resplandecía mientras se inclinaba para darme un abrazo rápido.

—Vamos, antes de que Dom decida despellejarme vivo. Ese malhumorado francés ha estado esperando todo el día para verte. Además, tengo hambre.

Sin darme cuenta, por primera vez en mucho tiempo me sentía entumecida. Lo cual era algo bueno.

A pesar de todo, independientemente de lo bien que parecía ir en este momento, no estaba siendo yo misma completamente.

Sanar me llevaría tiempo. Mi mente parecía ir a la deriva en dirección a ninguna parte, hacia un vasto desierto de arena y plantas rodadoras. No tenía ni idea de cuánto tiempo tardaría en recuperarme… si es que lo conseguía. Iba cargando con una pila de problemas.

Pero, si había una cosa de la que estaba segura, era que estar aquí en esta encantadora casa con Jeffery y con Dom era el camino correcto hacia mi recuperación, o al menos por el momento. Aun así, tenía que tener en cuenta su seguridad y ser consciente del riesgo en el que se estaban poniendo al tenerme en su presencia.

Cuando entramos en la cocina, capté varias mezclas de especias que intensificaron los gruñidos de mi estómago. Disfruté del delicioso aroma. Como la mayoría de las casas del sur, la cocina se encontraba en la parte trasera de la casa. La luminosa habitación estaba equipada con todas las comodidades modernas, pero sin perder ese encanto antiguo. La cocina Wolf parecía ser el punto focal de la habitación, y el refrigerador de acero inoxidable de gran tamaño prometía una gran reserva de alimentos variados. Me gustaron especialmente los ventanales que hacían que el exterior se mezclara con el interior. El espacio tenía todo lo que uno podría necesitar y era igual de acogedor y alegre que el resto de la casa.

Dom, vestido con su delantal blanco lleno de manchas, se apartó de la cocina y, rápidamente, su bigote se extendió a través de su rostro hasta formar una amplia sonrisa.

—¡Oh!, ¡Qué maravilloso! La dueña de la casa ha regresado —el regordete chef me acogió entre sus brazos y me estrechó con fuerza. Luego, me empujó hacia atrás con el brazo extendido y me observó de pies a cabeza, como un padre inspeccionando a su hija que vuelve cubierta de suciedad tras un día de juego—. ¡Mírate! —chasqueó la lengua—. Tienes que comer. Ven. Siéntate —instó con un fuerte acento francés y señaló una mesa redonda que se encontraba justo en frente de la ventana, a la extrema izquierda. Sacó una silla para mí, y yo, siguiendo sus órdenes, me senté—. Te he preparado un festín, pero creo que tal vez debas comer algo no tan bueno para la barriga, ¿sí?

Dom se marchó antes de que pudiera protestar y, cuando volvió, sostenía un tazón entre sus manos. Lo depositó sobre la mesa frente a mí.

—Esto es mucho mejor. Come —me instó, haciendo un gesto con la mano en mi dirección.

Agaché la cabeza, observando el humeante vapor que derivaba hacia mi rostro, y saboreé su aroma a... sopa de pollo. Inmediatamente, una sonrisa apareció entre mis labios conforme alzaba la vista hacia el suave rostro de Dom.

—Huele súper bien. Gracias —dije mientras agarraba la cuchara.

Jeffery colocó un vaso de leche y una taza de Coca-Cola sobre la mesa junto a mí.

—Cari, bébete estos dos —me aconsejó, dándome una palmadita en el hombro—. Estás más pálida de lo normal —su semblante reflejaba su desasosiego.

Inconscientemente, me llevé la mano a la cara.

—¿De verdad?

Jeffery arrugó la nariz.

—Ya sé que eres pálida de siempre, pero vaya...

Mi buen amigo siempre sabía cómo halagar a una chica. Algunas cosas no cambiaban.

Lo fulminé con la mirada.

Jeffery tenía razón. Mi rostro estaba demacrado. En Haven, las provisiones de alimentos habían escaseado seriamente. De hecho, no podía recordar haber comido en absoluto, a menos que las drogas formaran parte de algún grupo alimenticio.

Los empleados que trabajaban en Haven eran de un tipo único. Yo los calificaría de monstruos. No compartían la típica hospitalidad que caracterizaba a la gente sureña, sino que su comportamiento había sido más bien pernicioso.

Sospechaba que la familia había seleccionado a todos y cada uno de los empleados personalmente. No podía imaginarme a ninguna persona decente trabajando en esa cámara de tortura a la que llamaban hospital.

Me estremecí solo de pensarlo. Ese abuso era una visión que deseaba olvidar.

Hacía tiempo, había temido a los hombres de negro. Pero eso cambió en cuanto puse un pie en Haven. Los hombres de blanco, los camilleros, eran mucho peores. Le otorgaban un significado totalmente diferente a la palabra «siniestro».

Aún recordaba cómo los chicos de blanco se lo habían pasado de puta madre. Se solían reunir alrededor de mi cama en cada ronda para animar a la enfermera que tenía el placer de administrarme las drogas. Y, como yo no solía cooperar, los chicos se divertían empujándome contra la cama y abriéndome la boca a la fuerza para meterme un puño de medicamentos por la garganta.

Los odiaba tanto que había planeado sus muertes con un simple cuchillo de untar y había disfrutado imaginando los asesinatos. Nunca llegué a hacer nada al respecto, pero aun así, el deseo persistía.

Los camilleros solían informar a Betty, la enfermera encargada, sobre mi comportamiento desafiante y, desgraciadamente para mí, Betty hacía oídos sordos ante las represalias. La enfermera favorecía a su personal y había consentido sus malos tratos.

Sin embargo, como sus queridos chicos solían volver con los labios rotos y las caras arañadas, la enfermera decidió tomar cartas en el asunto. Fue entonces cuando sacó los grilletes y una camisa de fuerza.

Varios meses más tarde, el médico, a regañadientes, sacó tiempo de su apretada agenda, la cual consistía en inhalar coca y ver pornografía en su oficina, para examinar la infección en mi pie. Era de lo que más se hablaba entre los camilleros. Los grilletes estaban tan apretados que me habían cortado la circulación y, debido a la falta de una limpieza adecuada, surgió la infección. Si hubiera estado en cualquier otro lugar, me habrían hospitalizado. Lo irónico es que ya estaba en un hospital, si es que se le podía dar ese nombre.

El doctor Phil Good y Haven, temían ser encarcelados por sus prácticas tan sádicas, por lo que, gracias a su paranoia, el médico le ordenó a la enfermera que me quitara los grilletes y que me proporcionaran la atención médica adecuada.

Betty y sus secuaces no quedaron nada satisfechos con las órdenes del médico, y no obstante sus deseos, los camilleros estaban decididos a mantenerme lo más restringida posible, por lo que gustosamente siguieron las órdenes de la enfermera Betty y me metieron en una camisa de fuerza, por si acaso.

A pesar de todo, me reí en sus caras cuando tuvieron que quitarme los grilletes de acero.

Alcé la cabeza con la cuchara suspendida en el aire. Dos pares de ojos preocupados estaban estudiando cada uno de mis movimientos.

—¡Chicos! Estoy bien —quería tratar de convencerlos, pero no quería sonar ingrata. Al fin y al cabo, podrían haberme abandonado a las puertas de ese espantoso hospital—. Es decir, que aprecio muchísimo todo lo que han hecho por mí. Pero voy a estar bien. Así que dejen de preocuparse —me obligué a sonreír.

A decir verdad, es posible que estuviera tratando de convencerme a mí misma también de eso.

Dom extendió su brazo sobre la mesa y me dio una palmadita en la mano.

—¿Por qué no nos dejas hacer lo que mejor se nos da? —sonrió, estirando su fino bigote.

—Lo siento —deposité la cuchara en el tazón de la sopa y suspiré—. No quiero que se preocupen por mí.

Estaba más que agradecida por que se esforzaran tanto por cuidarme, pero no tenía nada que ofrecerles a cambio. Estaba vacía por dentro.

—Queremos ayudar —Dom sonrió cálidamente.

Vacilé durante medio segundo antes de volver a hablar.

—Tengo que preguntarles algo. He estado pensando en ello durante un tiempo —hice una pausa. El temor se apoderó de mí —. ¿Han tenido noticias de Aidan? —me puse pálida, temiendo si realmente quería o no saber la respuesta.

Jeffery y Dom compartieron una mirada tensa. Fue Jeff quien tomó la iniciativa y respondió:

—Cari, no hemos vuelto a ver a Aidan —inhaló profundamente—, desde la noche que te secuestraron y pasaron todo tipo de mierdas espeluznantes, —los ojos azules de Jeffery se abrieron como platos.

—¿Como qué? —mi corazón latía a mil por hora.

—Para empezar, todo el maldito castillo desapareció, con los cimientos y todo —el rostro de Jeffery palideció como si hubiera visto un fantasma.

Me quedé mirándolo boquiabierta.

—No hemos sabido nada de Aidan desde la desaparición, —añadió Dom—. Las llamadas van directamente al buzón de voz. Todo el mundo ha desaparecido, y no sabemos por qué. Incluso Van y su hijo Sam han desaparecido de la faz de la tierra, —la frente de Dom se cubrió de arrugas.

Permanecí allí sentada en estado de shock. No era ningún secreto que hablar de Van, el tío de Aidan, y de Sam no era mi tema favorito. Sam era un psicópata y un violador, y su padre no era mucho mejor. Aunque no sabía nada sobre el paradero de Van, sí que sabía lo que le había pasado a Sam. Aidan le había quitado la vida.

A pesar de que la muerte de Sam había sido abrupta y violenta, había estado justificada. Su intención había sido violarme y darme por muerta. Aidan había matado a Sam para salvarme la vida, justo antes de que éste hubiera acabado conmigo, pero no antes de que Sam me hubiera dado una buena paliza.

Si no hubiera sido por Aidan y su magia druida, estaría

muerta. Supuse que esa era una cosa por la que le podría estar agradecida.

—¿Cómo es posible que Aidan haya desaparecido?

—¡Y eso es quedarse corto! —intervino Jeffery—. No tenemos ni puta idea. Seguimos rascándonos la cabeza. Yo sospecho que su familia usó la mierda esa del vudú y ¡puf!, el castillo y todos sus putos bufones dijeron «hasta la vista». Aparte de Aidan, espero que ninguno de ellos vuelva.

—Jeff, eres demasiado supersticioso —intervino Dom, regañando a su compañero—. Debe haber una respuesta lógica que explique su paradero.

—¡¿Perdona?! —Jeffery se quedó boquiabierto—. ¿Dónde diablos has estado tú, *monsieur*? —Jeffery comenzó a mover el dedo en la cara de Dom—. Explícame cómo ha desaparecido ese maldito castillo, 'señor yo-no-creo-en-fantasmas'. Si hasta los rosales desaparecieron, —Jeffery frunció los labios, enfadado.

—Claramente no tengo todas las respuestas, pero no asumas sin tener hechos, *ma chère* —Dom mantuvo la compostura mientras replicaba con suavidad—. Por aquí nada es lo que parece.

—Bueno, pues tú sigue haciendo lo que mejor se te da… cocinar —replicó Jeffery con una dosis extra de crema agria.

De repente, empecé a reírme como una histérica. Ambos hombres se olvidaron de su riña y se volvieron para clavar sus ojos sobre mí. En ese momento, había perdido todos mis tornillos. No podía recuperar el aliento. Enseguida, Dom y Jeffery se unieron, y la habitación se llenó de júbilo.

Me sentó bien liberar esa extraña emoción que vivía en mi interior. Aquella peculiar hilaridad le resultó extraña a mis oídos; era un sonido que había abandonado el barco desde que me habían mandado al psiquiátrico.

Aun así, sin previo aviso, mi estado de ánimo cambió como el viento. Empecé a sollozar, y la casa se quedó en silencio. Por un breve momento, mis dos amigos se quedaron boquiabiertos en un silencio aturdido.

Estaba echa un desastre. Las drogas estaban abandonando mi

sistema más rápido de lo que esperaba, y la realidad estaba abriéndose camino.

Estar cara a cara con la muerte no era algo fácil de aceptar. Mi vida era un desastre. No estaba segura de qué sería peor, estar muerta por dentro o estar viva y ser despreciable.

TIEMPO PERDIDO

Cuando terminamos de cenar, Jeffery encontró la excusa perfecta para dejar a Dom a cargo de los platos sucios y me arrastró hacia el piso de arriba.

Caminamos hasta el final del pasillo, donde nos detuvimos frente a una puerta.

—¿Por qué hemos parado? —pregunté, colocando la mano sobre el pomo.

Tan rápido como un rayo, Jeffery se lanzó contra la puerta, bloqueándome la entrada.

Fruncí el ceño, confundida.

—Oh, no, no, querida —me señaló con el dedo—. No hasta que te pongas esto —sacó un pañuelo rosa de su bolsillo y lo agitó delante de mi cara.

Se lo arrebaté de la mano con un gruñido.

—Está bien, me lo pondré si borras esa maldita sonrisa de tu cara.

Las comisuras de la boca de Jeffery se extendieron hasta el Gran Cañón.

—Déjame que te ayude. Date la vuelta —hizo un círculo con su dedo sobre mi cabeza—. No mires —me aconsejó cuando le di la espalda—. O si no te voy a abofetear tus manos de lirio blanco hasta que se vuelvan negras —ciñó el nudo, tirando de mi cabeza hacia atrás—. Y ya sabes que una vez probado el negro, no hay vuelta atrás.

«¡Por amor de Dios!», pensé.

Puse los ojos en blanco mientras me frotaba la cabeza.

—Ya, claro.

No podía verlo, pero pude sentir la sonrisa de triunfo de mi amigo.

Usando la mano de Jeffery como guía, avancé hacia el umbral, cegada por el pañuelo que me estaba cortando la circulación de la sangre al cerebro. Así de apretado estaba.

Nada más con hacer ademán de ir a echar un vistazo, Jeffery saltó como una mosca en la mierda y me dio un cachete en las manos.

A veces Jeff podía llegar a ser un verdadero capullo.

—Vale, ya puedes abrirlos —Jeffery me quitó el pañuelo de los ojos y me alegré de volver a sentir la sangre circulando a mi cerebro.

Cuando abrí los ojos, me quedé sin aliento. Observé, boquiabierta, la gran habitación.

—Santa madre de Dios, ¿esta es mi habitación? —me giré hacia Jeff, atónita—. ¡No es posible!

—¡Sí es posible! La decoramos nosotros mismos. ¿Te gusta?

Tragué saliva.

—Eh… ¡sí! ¡Está genial! —envolví mis brazos alrededor del cuello de Jeffery y apreté con fuerza.

—Supongo que «genial» significa que te gusta.

—Significa que sois los mejores —miré a mi amigo con una amplia sonrisa—. Me encanta —rápidamente, me acerqué y le di un beso en la mejilla.

—Vale, ahora me lo estás agradeciendo demasiado. Sabes que odio la mierda esa del besuqueo —Jeffery se frotó la mejilla.

Curiosamente, me di cuenta de que me estaba riendo, y era una risa de verdad.

—No has cambiado ni un poquito —comenté.

—¡No es verdad! —Jeffery frunció los labios—. Ahora pertenezco a la sociedad de los putos ricos en lugar de ser su sirviente —Jeffery agitó su mano en el aire—. También soy más refinado. Puedo levantar el meñique cuando bebo el té mientras me como una galleta rancia, igual que esas viejas urracas. Tengo hasta sombreros que le dan mil vueltas a esas ancianas, y lo digo literalmente.

Sacudí la cabeza. ¿A quién estaba tratando de engañar? No había cambiado ni un poquito. Me reí para mis adentros. No me gustaría que fuera de ninguna otra manera.

Lentamente, examiné la habitación con la mirada una vez más y tuve que pellizcarme. Todo parecía demasiado bueno para ser verdad. El dormitorio era más grande de lo necesario, pero aun así era cálido y acogedor.

Como todas las casas sureñas más antiguas, contaba con una chimenea en la pared del fondo, rodeada de mullidas sillas, un lugar perfecto para leer un buen libro junto al cálido fuego. La habitación estaba adornada con colores suaves, la mezcla perfecta entre verde menta y lila claro.

Cuando mis ojos se posaron sobre la cama con dosel, se me cayó el alma a los pies. Las sábanas blancas me llevaron atrás en el tiempo hasta la cabaña de Aidan, recuerdos que no quería volver a visitar nunca más. Podía ser que a Jeffery no le importaría que las cambiara. Me esperaría a preguntárselo más tarde. No quería arruinarle este momento.

Le eché un vistazo a su rostro radiante. Parecía estar más emocionado que yo. Contemplar su alegría me hizo querer a Jeff incluso más todavía. No podría estar más agradecida a los chicos por las molestias que se tomaban por ayudarme.

Sentí un dolor repentino que me trajo de vuelta a la realidad y volví a recordar que estar aquí podría no ser lo mejor para ellos. Las cosas iban bien por ahora, pero no sabía cuánto duraría eso.

Sacudiendo los escalofríos de mi pasado, volví a fijar mi atención en el presente, conforme caminaba lentamente hacia la ventana que se escondía detrás de unas cortinas transparentes. Aparté las cortinas y jadeé al vislumbrar un huerto lleno de verduras de colores intensos. Era encantador. Atisbé impresionantes cerezos, cuyas flores rosas se mecían con la brisa, y una gran variedad de flores que salpicaban la valla con todos los colores imaginables.

Me quedé sin aliento durante un segundo, hasta que Jeffery me propinó un suave golpe en el hombro. Rápidamente, tomé una gran bocanada de aire y miré a mi amigo.

—Oye, hay más cosas por las que quedarse pasmada —Jeffery me tiró de la manga.

—Ya voy —esbocé una débil sonrisa.

—He dejado lo mejor para el final —Jeffery sonrió y abrió el armario de dos puertas.

Me quedé boquiabierta como si estuviera contemplando el país de las maravillas. Me vino a la mente el armario de mi madre, pero este armario era la madre de todos los armarios. Me volví hacia Jeffery.

—¿Has hecho esto por mí?

—Claro que sí, cari. Aunque espero que me dejes tomar prestado parte de esta moda divina —bromeó Jeffery.

Entré en el armario y dejé que mi mano acariciara cada delicada prenda. Parecía ser un armario interminable. Para colmo, las prendas aún olían a ropa nueva y seguían llevando las etiquetas. Más allá, los estantes custodiaban filas de zapatos de diseñadores como Louis Vuitton, Manolo, Gucci y Christian Louboutin. El chifonier estaba hasta arriba de bufandas, joyas, accesorios e incluso pijamas y ropa interior de Victoria's Secret.

Estaba sin palabras, no sabía qué decir. ¿Acaso había asumido el papel de la realeza? Venía de la pobreza y ahora vivía en una casa apta para una reina. Todo esto parecía demasiado bueno para ser verdad.

Giré sobre mis talones para quedarme frente a mi querido amigo.

—¡Debes de haberte gastado una fortuna! —exclamé—. ¿Por qué te gastas tu dinero en mí?

—Niña, no es mi dinero. Tú eres la multimillonaria, y tienes que parecerlo. Los trapos que llevas puestos —Jeffery arrugó la nariz—, son penosos. Sin ofender —hizo una mueca ante mi elección de ropa… es decir, el conjunto de la cárcel.

Agaché la mirada para observar mi ropa y me volví hacia el espejo de cuerpo entero que reposaba en la esquina. Una simple mirada y me quedé pasmada. La chica que me devolvía la mirada parecía estar rota.

—Soy de lo más patética, ¿no?

Los ojos de Jeffery se humedecieron.

—Bueno, cari, dale tiempo. Dom te engordará, y esos ojos verdes tuyos volverán a brillar. Muy pronto. Ya verás —envolvió sus brazos color caramelo a mi alrededor.

Me derretí en su pecho y sollocé. No era más que el fantasma de una persona que solía estar viva. Había perdido peso, el brillo de mis ojos se había apagado y mi cabello carecía de brillo.

Me deshice del abrazo de Jeffery y me sequé las lágrimas que habían humedecido mis mejillas.

Entonces, me golpeó la ira. Aidan y su familia me habían despojado de mi espíritu. Y ahora yo tenía que volver a juntar las piezas. Pero no estaba segura de ser lo suficientemente fuerte.

—No tienes nada de qué preocuparte —dijo Jeffery, trayéndome de vuelta al presente, lo cual aprecié enormemente—. Piensa que yo soy tu estilista personal —Jeffery dio una vuelta como si fuera un modelo de alto estándar pavoneándose por la pasarela.

«Madre mía, mi estilista personal», pensé.

El gusto de Jeff era, bueno… algo extremo. Tenía que admitir que había hecho un trabajo fabuloso escogiendo la ropa nueva, pero, por otra parte, aún tenía mis reservas en cuanto a que él me vistiera.

—Eh… Ya veremos.

Se podría decir que mi gusto se decantaba más por el lado reservado.

—¿Qué? —chilló Jeffery conforme colocaba las manos sobre sus atrevidas caderas—. Niña, conozco mis habilidades.

—Sí, es cierto. Pero no es lo mío. Solo digo eso —me encogí de hombros.

—Claramente, mi estilo está un paso por delante del tuyo —Jeffery me miró como si fuera su mejor amiga—. Chiiiiica, porfaaaa. Haré que quedes guapísima —chasqueó los dedos y dio una vuelta—. Cuando haya terminado contigo, la gente de por aquí va a pensar que eres de la realeza, como debería ser. Déjamelo a mí, hermana.

«Ay, caramba», pensé interiormente.

Me di cuenta de que tendría que recuperar todo el tiempo que había perdido.

INVITADO INDESEADO

Le eché un vistazo al despertador.

«Mierda, son las dos de la mañana», pensé.

Pero mis ojos se negaban a cerrarse. Qué irónico, teniendo en cuenta que durante los últimos tres años había dormido como un bebé sobre el metal frío. Por aquel entonces, dormir había sido fácil gracias al constante cóctel de drogas que me obligaban a tomar diariamente.

Sin embargo, esta noche, ni siquiera mi mullido colchón podría conseguir que mi cabeza dejara de dar vueltas. Encendí la lámpara y me erguí, llevándome las rodillas contra mi pecho. Atisbé a Bola de nieve acurrucado al borde de la cama, durmiendo. ¿Qué demonios? Todo el mundo, incluido el gato, estaba durmiendo... excepto yo.

Me sentía inquieta. Algo que no había experimentado en tres años. No podía dejar de pensar en mi madre. Apenas había tenido un minuto para procesar su muerte antes de que me hubieran arrebatado mi vida de las manos. Ahora, aceptar la muerte de Sara no tenía sentido. Era como si simplemente se hubiera mudado a algún pueblo olvidado, atrapado a otro novio y estuviera viviendo de su riqueza. Como si cualquier día de estos fuera a aparecer en mi puerta como un gato callejero. Sin embargo, la lógica decía lo contrario. Me dolía el corazón con pesar. No habíamos tenido la mejor relación que digamos. Por aquel entonces había estado enfadada, y ahora no sabía qué era lo que sentía. ¿Cómo podría lidiar con la pérdida de una madre abusiva? Supuse que tendría que ir aprendiendo sobre la marcha.

Entonces, pensé en mi padre. Pensar que Sara había matado a mi padre hacía que me doliera hasta el alma. ¿Podría llegar a asimilarlo, aun sabiendo que el egoísmo de Sara le había costado la vida a mi padre? ¿Acaso me quedaba otra opción? Tenía que aceptar la verdad y encontrar una manera de seguir adelante. Pero, ¿cómo podría, cuando mi corazón se retorcía de dolor?

Me costaba decidir si odiaba a Sara o si la compadecía. Echarle toda la culpa a ella no me parecía justo. Sara no era capaz de controlar su estado mental. Dejar que una humana cargara con un feto celestial había sido un grave error y, a cambio... ella había contraído una enfermedad capaz de alterar su cerebro que la había convertido en una sociópata.

Me culpaba a mí misma como si yo hubiera cometido el asesinato. Lo cierto es que nunca debería haber nacido. Era un experimento que no debería haber sucedido. Un monstruo. La creación de los Illuminati. La familia me había creado en un laboratorio médico secreto. Aún no era capaz de comprender cómo exactamente el científico había conseguido crear un embrión a base del ADN de mi padre y el ADN de una criatura celestial.

¿Qué tipo de espeluznante monstruo habían creado los Illuminati? Me estremecí solo de pensarlo. No tenía ni idea del tipo de poderes que me habían otorgado. Hacía tiempo había escuchado que poseía poderes de destrucción masiva. Esperaba que el rumor fuera mentira. Solo hacía que me sintiera aún más como un monstruo.

Y yo que pensaba que los superhéroes eran invencibles. Yo ciertamente no lo era. La descripción que más se ajustaba a mi persona era «una patética enclenque».

¿Poderes? Eso claramente había sido una broma de mal gusto. ¡Ja! ¿Dónde habían estado mis poderes cuando me habían aprisionado en contra de mi voluntad? Mis captores, la familia, en nombre de su absurda justicia, eran quienes tenían la delantera. Yo había pagado el precio por sus insidiosos pecados.

Fue entonces cuando tuve que quedarme en el maravilloso hospital Haven. Tras ponerme cómoda, había aceptado mi suerte en la vida. El coma inducido por las drogas había sido como una bendición. Por aquel entonces hubiera aceptado lo que fuera con tal de aliviar mi miseria. Me había convertido en un muerto con pulso. No tenía familia ni amigos a los que llamar. Me había quedado más sola que la una, enfrentándome a una condena por crímenes que no había cometido. Lo único que me había recordado que seguía viva había sido un tic arraigado que no paraba de arañarme. ¿Una memoria perdida, quizás? Por más que lo intentara, no podía recordar nada. Solté un suspiro.

Le eché un vistazo a mi nuevo entorno. La belleza y las riquezas parecían ser un sueño... pero era real. Estaba en casa, rodeada de gente que me quería.

Entonces, ¿por qué no era feliz? Nuestras necesidades materiales estaban más que saciadas. No obstante, ni una infinidad de dinero podría llenar el vacío que sentía en mi interior. Afrontar el hecho de que mi madre me había vendido a la esclavitud casi me había destruido, pero la traición que me había astillado el corazón la había causado el hombre al que le había otorgado mi corazón... Aidan Bane DuPont.

Entendía por qué la familia y Sally se habían vuelto contra mí. Lo que no era capaz de entender era qué ganaba Aidan con ello. Aquella noche en la cabaña, habíamos unido nuestros espíritus como uno, infundiendo nuestra magia para siempre. Entonces, al traicionarme a mí, ¿no se había traicionado a sí mismo también? Nada tenía sentido.

Luego, a la mañana siguiente, había tocado fondo cuando Sally y su coconspirador anónimo decidieron secuestrarme. Aunque no había llegado a ver a mi secuestrador, sentía que había sido Aidan. Por su tacto y su aroma, había sabido que era él sin tener que ver su rostro.

Ahora, en mi mente no había más que dudas. Había una gran parte de mí que no quería creer que Aidan hubiera sido capaz de rebajarse a tal monstruoso nivel.

Comencé a frotarme las sienes, tratando de aliviar un fuerte dolor de cabeza.

Había un dato curioso que no llegaba a comprender… ¿por qué habría necesitado Aidan hacer uso de una inyección para refrenarme? La persona que me había secuestrado me había inyectado con una aguja para dejarme inconsciente. A Aidan le hubiera resultado más fácil utilizar polvo de ángel o su magia druida. Usar algo tan humano como una simple inyección no era para nada su estilo.

Tanto misterio plagó mi mente. Había una cosa más… ¿cómo es que tanto Aidan como el castillo, habían desaparecido misteriosamente sin dejar rastro? ¿Cómo era posible que el castillo se hubiera esfumado a plena luz del día?

Sacudí la cabeza, perpleja. Esta locura no tenía ni pies ni cabeza. Ni lo tenían las últimas palabras que Aidan me había dirigido antes de marcharse aquella borrosa mañana. Recordaba sus palabras como si fuera ayer… «Créete solo la mitad de lo que ves y nada de lo que no ves». Aquel acertijo sonaba en mi cabeza como un disco rayado. ¿Qué significaba eso? Puede que la verdad nunca dejara ver su desagradable rostro.

Dejando a un lado mis instintos, había un hecho que no podía negar… que Aidan me había abandonado.

Coloqué las piernas sobre el borde de la cama, exasperada. Pensé que me vendría bien bajar a tomar algo de beber y visitar el jardín. Como solo llevaba puesta una bata de algodón blanco, me coloqué un chal sobre los hombros y bajé las escaleras de puntillas, con cuidado de no despertar a los demás. Fui directa hacia la nevera y saqué mi bebida favorita, una Coca-Cola, antes de dirigirme hacia la parte de atrás de la casa.

Cuando llegué al patio, una suave brisa alborotó mi cabello.

El aroma a pino y a flores de cerezo deleitó mis sentidos. Me quité las zapatillas y salí al jardín. Sentir la fresca hierba entre los dedos de los pies fue vigorizante. Divisé un columpio que colgaba bajo un viejo roble en la esquina más alejada del jardín. Le eché un vistazo a través de las hojas y solté un suspiro.

—¡Vaya! Un columpio como los de antes. Qué lugar tan pintoresco —esbocé una amplia sonrisa.

Me recordó a mi infancia. Mi padre solía empujarme en un columpio hecho a mano que había construido a base de trozos de madera.

«Vaya, se me había olvidado», pensé.

Me senté sobre el columpio y comencé a balancearme. Me sentí como una niña de nuevo mientras los dedos de mis pies rozaban el cielo estrellado. No querría estar en ningún otro lugar que no fuera aquí. Me sentí… feliz.

De repente, oí un crujido proveniente de detrás de la línea de árboles. Un escalofrío me bajó por la columna vertebral. Detuve el columpio mientras buscaba entre los árboles con la mirada. Nada. Entonces, atisbé una sombra moviéndose.

—¡Uf! —suspiré.

Era Bola de nieve paseándose entre las hortensias. Me había vuelto demasiado paranoica. Me reí mientras observaba a mi gato salir corriendo.

Entonces, de repente, escuché pasos que se acercaban rápidamente. Salté del columpio, escaneando el jardín y el matorral que recubría la valla.

Nada.

De pronto, el eco de las pisadas retumbó en el aire. Escuché el sonido de las hojas crujir bajo los pies de alguien. Apreté el chal contra mis hombros con fuerza y examiné la línea de árboles una vez más. Nada, nadie.

—Debería volver adentro—susurré.

Di tres pasos y me detuve. Bajo la luz de la luna, saliendo de las sombras, vislumbré el contorno de una persona alta y muy atractiva. Se me heló la sangre.

—Hola. Déjame presentarme —se quitó la capucha carmesí, pero no extendió la mano.

Sin previo aviso, el aire se volvió gélido.

—Soy la hermana de Aidan, Helen, y mi hermano perdió su vida por tu culpa —capté su arrogancia por la forma en que inclinó su afilada barbilla, la marca de un verdadero Illuminati. Pero no llegaba a entender el porqué de su arrogancia.

—¿Aidan está m-m… muerto? —tartamudeé.

Me quedé embobada observando a su hermana mientras una fuerte oleada de desconfianza apretaba mis pulmones.

—Por supuesto, qué grosera de mi parte. No lo sabías, —la hostilidad cubrió sus palabras con una dulce miel—. Perdóname. Es verdad que tú no estabas allí —hizo una pausa—. Espero que disfrutaras de tu estancia en Haven —sonrió, pero no como si me estuviera dando la bienvenida. Al contrario, su maldad se escondía detrás de esos labios color cereza. Era una furia con la que no quería pelearme.

—Yo no maté a tu hermano —repliqué.

—Lo siento. No debo haber sido clara. No he dicho que muriera de tu mano. He dicho que tú eres la culpable —siseó como una serpiente preparada para atacar.

—Me encantaría charlar sobre tu familia, pero… ve al grano. ¿Cómo muere un inmortal?

—¿Por qué debería proporcionarte ese tipo de información? —resopló.

Si se trataba de asuntos del corazón, dudaba que Helen lo entendiera, pero de todos modos decidí ir por ello.

—Porque yo amé a tu hermano.

Helen se rio con desdén.

—¿Crees que mi hermano te quiso a ti? —se rio por lo bajo—. ¡Chica estúpida! Esa noche, en la fiesta, Aidan solo tenía la intención de cumplir con su deber, su promesa a la familia. Mi hermano no podía esperar a deshacerse de ti.

Sus palabras ardían como el ácido, pero hice un esfuerzo por morderme la lengua. Me negaba a mostrar un ápice de debilidad. Al fin y al cabo, eso era lo que ella quería. Así que respondí con mi propia marca de veneno.

—Ya no importa. Está muerto. Otro que muerde el polvo. Siguiente. —me encogí de hombros de forma engreída.

La zorra rubia apretó la mandíbula.

—Mi hermano era inteligente. Te engañó, ¿no es verdad?

Quería borrarle la sonrisa de la cara. En cambio, repliqué con una sonrisa:

—Parece ser que no era lo suficientemente inteligente si está muerto.

—¡Cállate! —rugió la rubia, arrinconándome contra la valla —. ¡Vuelve a decir eso y acabaré con tu patética vida ahora mismo!

Una sonrisa apareció entre las comisuras de mis labios. Claramente, le había tocado la fibra sensible. Sabía que burlarse de los muertos no era de buen gusto, pero, teniendo en cuenta las críticas que Helen me estaba lanzando, pensé que se merecía que le dieran un poco de su propia medicina.

Aun así, tenía que haber otra razón que explicara su presencia aquí que no fuera alardear de mi pasado.

—¿Por qué estás aquí, Helen? —la observé con recelo.

La rubia asumió una postura de superioridad.

—¿Acaso te molesto?

No pude evitar reírme.

—Tanto como una cucaracha, pero eso se soluciona fácilmente —esbocé una sonrisa sórdida.

—¡Cuidado con lo que dices, híbrida!

Su frívola amenaza no me asustó. No podía hacerme nada que no me hubieran hecho ya.

—Entonces, ¿has venido hasta aquí para anunciar la muerte de Aidan? Estás empezando a aburrirme —fingí un bostezo.

—No exactamente —sus ojos se sumieron en la oscuridad.

—¿Por qué estás aquí a estas horas, entonces? No tengo nada más que ofrecer.

—Tienes razón. Ahora que mi hermano ya no está, nuestro

objetivo tan esperado es nulo e inefectivo. Cometimos un error al confiar en una inútil humana.

Estaba harta de esta disputa en vano.

—Bueno, Helen, me ha encantado conocerte, pero ya me voy. Estoy segura de que podrás encontrar el camino de vuelta al agujero del que has salido.

—Estúpida híbrida —hizo una mueca—. No he venido a deleitarme por tu salida de prisión o tu abundante riqueza, cortesía de mi difunto hermano debería añadir. La familia me ha enviado para que te dé un mensaje.

Sacudí la cabeza, exasperada.

—No hay nada que tú o tu familia podáis decir que me interese. Vete de aquí —exigí.

Yo mejor que nadie era consciente de lo poderosa que era la familia y sabía cuándo retirarme de una partida que no podría ganar.

—Me encantaría irme, pero primero tengo que darte una advertencia.

—Vete —espeté, esquivando a la rubia. Solo tenía una intención... dejar que esa perra se revolcara en sus propias falsas amenazas. Estaba harta—. Nada de lo que digas vale la pena malgastar mi tiempo —escupí por encima de mi hombro mientras me dirigía de vuelta al interior de la casa.

—Enviarán a alguien mucho más peligroso que yo —advirtió la rubia—. Por tu bien, será mejor que me escuches.

Paré en seco y, lentamente, me di la vuelta para hacerle frente a la hermana de Aidan. Entrecerré los ojos. No me importaba que viera mi desdén.

—Entonces ve al grano —espeté—, para que pueda alejarme de ti y de tu maldita familia para siempre.

La odiaba a ella y todo lo que ella representaba.

La rubia hizo una mueca como si acabara de morder una manzana podrida.

—La familia me ha enviado aquí para decirte —hizo una pausa—, que no vayas metiendo tu nariz en asuntos que no son de tu incumbencia. Si no acatas nuestra advertencia, tu vida —hizo una pausa—, y la vida de aquellos cercanos a ti, correrá peligro. Espero que lo hayas entendido.

Se me puso la piel de gallina ante su gélido tono de voz. No había sido difícil leer entre líneas.

Me quedé ahí, pensando en las diferentes formas en que podría romperle el cuello, hasta que mi curiosidad pasó a un primer plano. Me pareció sospechoso que se hubieran tomado tantas molestias por una pobre híbrida.

Esbocé una sonrisa burlona.

—Parece que tu familia es un poco paranoica, ¿no?

La rubia frunció los labios en una expresión de disgusto.

—La paranoia no es nuestro fuerte. Deberías mirar bien por donde pisas. Estoy segura de que no quieres que te vuelvan a meter en un hospital —y, sin pronunciar otra palabra más, la rubia desapareció de mi vista.

Mi instinto me decía que las posibilidades de que la hermana de Aidan y yo nos hiciéramos mejores amigas eran escasas.

De repente, una gélida brisa me rozó la piel. Rápidamente, me envolví los hombros con el chal. Era hora de volver adentro. Y cuanto antes mejor.

LA VISTA GORDA

Cuando me desperté a la mañana siguiente, sentí que necesitaría que una grúa me sacara de la cama.

Tras el encuentro con la hermana de Aidan, mi mente no había dejado de insistir en las mismas preguntas como una mala repetición.

Sentí las lágrimas que amenazaban con salir. Si tan solo supiera cómo había muerto Aidan… ¿Y si había caído víctima de su familia al igual que yo? Negué con la cabeza, sintiendo el peso de la culpa. ¿Podría haber estado equivocada? No sería una locura, conociendo a Sally y su saco de trucos. Entonces, ¿quién la había estado ayudando? El hombre que me había retenido parecía Aidan y olía como él. Incluso había reconocido sus manos bien cuidadas. Me pregunté si existiría alguna posibilidad de que pudiera haberse tratado de un impostor. Pero eso sería imposible. Sam estaba muerto y él había sido el único capaz de hacerse pasar por Aidan. ¿Qué se suponía que debía creer?

Solo había una cosa de la que estaba segura… Claramente la teoría de Aidan era incorrecta. Uno sí que podría vivir sin el otro. Mi aliento era prueba de ello. Sin embargo, aquello me pareció extraño, dado que Aidan nunca se equivocaba. Aidan no cometía errores. Al haber vivido durante trescientos años, uno aprende a dominar la perfección.

Me pasé los dedos por el pelo. Creer en su muerte era incomprensible. Sentí una ola de frustración, dolor y rabia apoderarse de mí y no pude hacer otra cosa que acunar la cabeza entre mis manos y sollozar.

Después de una larga lloradera, me sequé las lágrimas de la cara y traté de recobrar la compostura. Decidí bajar al piso de abajo mientras la casa seguía sumida en un profundo silencio.

Cuando llegué a la cocina, me sorprendí al olfatear el aroma a café caliente que flotaba en el aire. Dom había puesto la cafetera a las seis de la mañana. Me pregunté si habría escuchado mi conversación con Helen.

Sentía que se venían más problemas. Que la hermana de Aidan se hubiera presentado en nuestra casa sin previo aviso y sin buenas intenciones demostraba que ahora más que nunca mi presencia aquí era una amenaza para los chicos. Si me quedaba, los estaría poniendo en peligro. Es más, tenía un mal presentimiento que me decía que esta no sería la última vez que me encontraría con algún miembro de la familia.

La amenaza de Helen pesaba sobre mis hombros como un insoportable saco de patatas. Tenía que hacer algo al respecto. No podía dejar que ni Helen ni esa despreciable orden le hiciera daño a mi familia. No obstante, los Illuminati poseían la fuerza de los dioses. Y estaban en todas partes. No podría escapar de su agarre si quisieran encontrarme. Tendría que encontrar alguna manera de mantenerlos a raya porque mi familia lo era todo para mí.

Fue una mañana agradable a pesar de la visita inesperada. Salí al jardín y, de inmediato, atisbé el pequeño trozo de huerto. Caminé hacia allí conforme una sonrisa de admiración se extendía sobre mi rostro. El pequeño huerto me robó el aliento.

Todo estaba ordenado en filas, y había diversas plantas que cubrían el suelo con sus frutos. Definitivamente, el huerto contaba con el maravilloso toque de Dom. Había cebollas, espinacas, tomates, romero y raíz de ginseng.

«Qué extraño», pensé.

El ginseng era una planta mágica utilizada en ciertos rituales. La señora Noel siempre solía tener algo de reserva, y yo había aprendido sobre sus usos al verla prepararlo para sus clientes.

Me pregunté si Dom conocía sus propiedades.

Me abrí camino hacia el columpio que colgaba del árbol. Rechazaba permitir que una criatura tan vil como Helen me negara el derecho a ciertos placeres en mi propia casa. Y no me importaba lo que pensara acerca de cómo la había obtenido. Me la había ganado con mi propia sangre. Aunque decidiera no quedarme, esta casa nos pertenecía a los chicos y a mí. Estaba dispuesta a proteger y defender este lugar como Daniel Boone había luchado por el Álamo. Puede que fuéramos derrotados, pero no sin una buena batalla como las de antes.

«Ahora que lo pienso, debería conseguir un arma», pensé.

Dado que a estas alturas mis supuestos poderes eran inútiles, contar con algo de protección podría ser una buena idea; por si acaso recibíamos otras visitas inesperadas.

Me senté en el columpio y comencé a balancearme. Conforme me acercaba al cielo azul, más y más alto, la fresca brisa de la mañana acariciaba mi rostro, y la tensión en mis hombros disminuía.

Este momento me proporcionaba un buen motivo para despertarme por las mañanas. Prefería hacer esto durante todo el día en lugar de enfrentarme a mis problemas. Pero pronto tendría que bajarme y encontrar una solución para que la familia nos dejara vivir en paz. La pregunta compleja era ¿cómo? ¿Cuál sería su kriptonita? Si descubriera su debilidad, podría tener la oportunidad de detener a la bestia todopoderosa. Así, el mundo sería un lugar más seguro, y mi familia estaría a salvo.

Sin previo aviso, escuché unos pasos acercándose, lo cual me sacó de mis pensamientos. Al principio, me puse rígida, conforme imágenes de mi reciente encuentro inundaron mi mente, pero, en cuanto atisbé a mi visitante, me relajé y solté un largo suspiro.

—¡Ay, madre mía! Me has asustado —suspiré, aliviada.

—Lo siento, Stevie No quería asustarte. Quería traerte esto —Dom me entregó mi chal—. Vas a pillar un resfriado de muerte aquí fuera —me regañó.

Clavé los talones en el suelo para detener el columpio.

—Gracias —cogí el suave chal y me lo puse alrededor de los hombros. Había pertenecido a Sara. Era lo único que me quedaba de ella—. No tienes que preocuparte por mí. No eres mi empleado.

—Tal vez, pero es lo que mejor se me da —Dom permaneció ahí durante un segundo, mirando hacia el huerto. Luego, señaló con la cabeza por encima de su hombro—. ¿Te gustan mi huerto? —sonrió con orgullo, aunque sus ojos me decían que estaba preocupado.

—Sí, ya he visto que están brotando verduras—fijé mi mirada en el exuberante huerto por un momento y, luego, volví a mirar a Dom.

—*Oui*, escuché tu conversación esta mañana —continuó mirando hacia el jardín—. Esa intrusa criatura necesitaba que la echaran sobre su *derrière*[1].

—¿Conoces a Helen? —arqueé una ceja.

—Conocerla, *¡non!* No es necesario. Es una chica problemática. Como una víbora venenosa. Puede que no conozcas todas las especies de reptiles, pero sabes que no debes acercarte a ellos. Helen no se parece en nada a su hermano. Aidan, a pesar de todos sus defectos, tenía un corazón. Pero esa chica es tan malvada como su magia negra.

Dom parecía saber más sobre las prácticas heredadas de la familia de lo que yo pensaba. Era obvio que tanto Jeffery como yo lo habíamos subestimado.

—¿Qué es lo que sabes que no me estás contando, Dom? —mi curiosidad me hizo cosquillas en la espalda.

—Mi hermosa niña, puede que me haga el *naïf*[2], pero no soy para nada ignorante.

—Espera... —abrí los ojos como platos—. ¿Sabes lo de sus... eh, talentos especiales?

—He visto muchas cosas extrañas e inexplicables en esa familia como para saber que no pertenecen al mismo grupo genético que la gente común y corriente, por así decirlo —el acento de Dom era más notable de lo habitual.

—Pero te escuché discutir con Jeffery.

—¡*Oui!* Prefiero no compartir ese pequeño cotilleo con mi compañero de vida —su bigote se inclinó hacia arriba—. Ya sabes cómo se pone con ciertos temas. Lo protejo por su beneficio y por nuestra tranquilidad, ¿sí? —Dom me guiñó un ojo y esbozó una sonrisa torcida.

Una débil sonrisa acarició mis labios.

—¡*Oui* a eso! —hice una breve pausa antes de pasar a un tema más serio—. Dom, exactamente, ¿cuánto sabes sobre la familia de Aidan?

—He estado esperando que me hicieras esa pregunta —gesticuló con la cabeza hacia la casa—. ¿Por qué no entramos y hablamos sobre eso mientras desayunamos? Me parece que necesitas otra taza de café y algo nutritivo para comer, ¿de acuerdo?

—Vale, yo te sigo.

Saber que Dom sabía cosas me emocionaba y me asustaba al mismo tiempo. Sería mejor que me preparara para lo peor.

Hasta que volví a entrar en la casa, no me di cuenta de lo fresca que había estado aquella mañana. El calor se precipitaba a través de mi venas, y el olor a tocino despertó mi apetito.

Jeffery ya se había levantado y se encontraba sentado a la mesa, sosteniendo el tenedor en la mano. Recordé cómo Jeffery solía ponerse de un humor de perros a la hora de comer. Me reí para mis adentros.

«Algunas cosas nunca cambian».

Dom se había dejado la piel preparando el desayuno; había decorado la mesa con fruta fresca, cruasanes de chocolate con mantequilla, huevos revueltos y tocino crujiente.

Extrañamente, la mejor parte de este maravilloso festín no tenía nada que ver con los deliciosos comestibles.

Pasé la mirada por encima de la mesa hasta que encontré las dos caras sentadas frente a mí. Lo más especial era compartir esta hermosa mañana con mis dos mejores amigos en todo el mundo y, solo por eso, me sentía agradecida. Ambos eran mi familia de verdad. Creo que mi padre hubiera estado de acuerdo.

Comimos en silencio durante un corto periodo de tiempo. Luego, Dom y Jeffery compartieron una mirada tensa. Dom se aclaró la garganta, indicando que una discusión estaba a punto de comenzar. No quería ni pensar en ello. Respiré profundamente y posé mi tenedor sobre la mesa, esperando a que Dom comenzara.

—Ay, por el amor de Dios —resopló Jeffery—. Suéltalo ya. ¡Nos vamos a convertir en madera petrificada antes de que vayas al grano!

Ahogué una risa.

—¡Jeffery! ¿Dónde está tu paciencia? —lo regañó Dom—. No podemos soltarlo así sin más. La pobre chica ya lo ha pasado suficientemente mal. No hay por qué meter el dedo en la llaga.

—Bueno, es mejor meterlo de golpe que ir poco a poco y prolongar la miseria de una llaga infectada —Jeffery se cruzó de brazos y frunció los labios.

—Estoy llegando a esa parte, así que cálmate —Dom le lanzó una mirada asesina a su molesta pareja antes de centrarse de nuevo en mí—. Querida, Jeffery y yo estamos muy preocupados por ti. Parece que has despertado a algunos enemigos muy poderosos, una vez más. Y tememos por tu seguridad.

Jeffery se retorció en su silla. Supuse que o bien necesitaba excusarse e ir a buscar el baño de los hombres, o bien estaba hecho un manojo de nervios.

Yo estaba igual. Se me habían puesto los pelos de punta.

—Ya... Desde la visita de la hermana de Aidan, he estado pensando en comprarme un arma —una sonrisa nerviosa apareció entre las comisuras de mi boca.

Dom me devolvió una débil sonrisa.

—Déjame decir primero que nada sucede por accidente. La familia es bastante astuta. A lo largo de la historia, la familia ha sido el cerebro detrás de cualquier evento catastrófico que se haya escrito. Las guerras y la hambruna no suceden por casualidad. La estratagema de los Illuminati es dominar a la humanidad. Ni siquiera la muerte de tu padre fue un accidente. Su desviación le costó la vida a manos de alguien en quien confiaba... tu madre.

De repente, sentí un fuerte pesar apretando mis pulmones.

—¿Dónde está la tumba de mi madre? Me gustaría presentar mis respetos.

Atisbé una pizca de tristeza en los ojos de Dom.

—La familia se llevó el cuerpo de tu madre antes de que Jeffery y yo hubiéramos descubierto lo que había sucedido.

—¿Le dieron al menos un entierro adecuado? —mi apetito comenzó a transformarse en un dolor agudo.

—Pensé que te habrían informado de todo esto, pero supongo que no fue así... Lamento comunicarte que el cuerpo de tu madre fue incinerado.

—¡No! —exclamé. Mis ojos ardieron a causa de las lágrimas —. Ni siquiera llegué a despedirme por última vez —sentí un remolino de emociones.

—Preguntamos por las cenizas de Sara, pero llegamos demasiado tarde, y la familia ya se había desecho de sus restos.

—¿Quién les dio el derecho de hacer eso? ¡Era mi madre! No... —hice una pausa, tratando de calmar mi temperamento—. Aprecio vuestros esfuerzos —me encogí de hombros—. No espero que la familia de Aidan me haga ningún tipo de favor —desvié la mirada hacia el jardín para recomponerme.

—Jeffery y yo nos disculpamos por no... —añadió Dom.

—Hicimos todo lo que pudimos —interrumpió Jeff. Extendió el brazo y me acarició la mano.

Esbocé una breve sonrisa.

—Lo sé. Ambos habéis sido una gran bendición. Gracias por todo —deslicé la mirada entre dos pares de ojos preocupados—. Tengo tantas preguntas en mi cabeza… ¿Por dónde empiezo?

Dom se aclaró la garganta.

—Con suerte, yo puedo ayudarte con algunos de tus dilemas.

—Me conformo con cualquier cosa que pueda ayudarme —me incliné hacia delante. Dom tenía toda mi atención.

—Verás, por primera vez desde la creación del hombre, hay algo que los Illuminati temen.

Solté una débil carcajada.

—Esa locura de secta no le teme a nada —comenté. Están en la cima de la cadena alimenticia y nosotros somos su comida.

—Ah, eso es lo que ellos quieren que pienses. Pero temen a muchas cosas —Dom esbozó una sonrisa pícara.

—Me cuesta creerlo.

—Stevie, la familia te teme a ti.

Estuve a punto de estallar en carcajadas.

—Fueron ellos los que me encerraron en un manicomio y me culparon por asesinatos que no he cometido. Esa familia es como Dios.

—Entiendo que te parezca que es así, pero permite explicarme —Dom sonrió.

—Continúa, por favor —me revolví en mi asiento, hundiéndome en una ola de temor.

—Como predice la historia, la familia es la que creó la sociedad secreta —comenzó Dom—. Me explicó. —Dom se humedeció los labios—. Los primeros científicos que comenzaron a experimentar con la genética fueron los que realmente crearon a Frankenstein. Claro que no como en la película, sino como algo mucho más siniestro.

—No me gusta cómo suena esto —intervine.

—*Oui*, la familia puede llegar a ser bastante intimidante.

—Eso es decir poco —sentí un escalofrío recorrer mi columna vertebral.

—*Oui.* Son muy peligrosos. Aunque no son los más temidos. Les aterroriza cualquier tipo de poder que no pueden imitar o poseer. Y eso… —Dom le dedicó una mirada furtiva a Jeffery y, luego, volvió a mirarme a mí—, eres tú, *ma chérie*[3] —Dom esbozó una suave sonrisa.

Arrugué la nariz.

—Espera… ¿Cómo lo sabes?

—*Oui.* Lo averiguamos Jeffery y yo. La familia no habría hecho todo lo posible por capturarte si fueras meramente humana. Simplemente te hubieran quitado la vida.

Mi estómago se revolvió aún más.

—Hablando de muerte… —vacilé—. Hay algo que acabo de descubrir —respiré profundamente—. Aidan está muerto —lo escupí como si me estuviera quemando la lengua—. Me lo dijo su hermana esta mañana.

Me daba la sensación de que la muerte de Aidan y la desaparición del castillo estaban vinculadas. Como mínimo, ambas tenían las palabras «extraño y misterioso» escrito por todas partes.

Cuando alcé la vista, atisbé las caras aturdidas de Dom y de Jeffery. Me dolió ver la crudeza en sus ojos. Proseguí a contarles lo que sabía.

—Pero se negó a entrar en detalles —negué con la cabeza, frustrada. No entendía cómo era posible que Aidan hubiera muerto.

—Jesús, llévame a casa, ¡AHORA! —Jeffery comenzó a abanicarse como si estuviera a punto de desmayarse.

Dom le lanzó una silenciosa mirada de desdén antes de comentar:

—No estoy seguro de poder creerme todo lo que dice esa mujer.

—Sí, yo tampoco, pero no habéis visto a Aidan desde que su castillo desapareció. Y realmente parece como si… —me atraganté con esas dos últimas palabras.

No podía pronunciarlas. Temía que, de hacerlo, entonces tendría que creerlo. Y no estaba preparada para aceptar la muerte de Aidan.

—Ya, todo parece tan increíble... La última vez que vimos a Aidan fue esa noche que los dos estuvisteis juntos en la casa de invitados —Dom se aclaró la garganta—. Fui a buscarte para asegurarme de que estuvieras a salvo y, cuando te vi con Aidan, asumí que todo iba bien.

—Ya te digo yo que no estaba bien —añadió Jeffery—. El puto canalla de Sam me ató y me encerró en un armario. Odio los lugares oscuros y odio a ese chico aún más —Jeffery se cruzó de brazos, agitado—. Ese desagradable mocoso se había escondido a la vuelta de la esquina y esperó a que te fueras antes de asaltarme.

Me llevé las manos al pecho.

—Eso explica cómo supo dónde encontrarme —murmuré medio para mí misma—. Debió haber escuchado nuestra conversación —posé la mirada en Dom—. Esa noche, cuando viniste a ver si estaba bien, no fue Aidan a quien viste. Era Sam. Tenía la habilidad de hacerse pasar por cualquier persona.

—¡Ay, señor! No teníamos ni idea —el semblante de Dom adoptó una expresión de miedo—. Cuando te vi en sus brazos, Jeffery y yo asumimos que estabas a salvo. ¡Lo sentimos mucho!

—Tú no tienes la culpa. ¿Cómo lo hubieras sabido? El verdadero Aidan me salvó la vida —hice una pausa—. Y mató a Sam por querer hacerme daño —fijé mi mirada en Jeff—. No tendrás que preocuparte por Sam nunca más.

—¡Señor, ten piedad! —exclamó Jeffery—. Nunca en mi vida le he deseado la muerte a nadie, pero ese puto sádico... Felizmente endulzaría su té con veneno para ratas y sonreiría en su cara mientras se lo bebe y me pide más. Ajá, claro que sí.

Estiré el brazo hacia Jeffery.

—Sam ya está muerto, así que tal vez deberías dejar el veneno para las ratas de verdad —sonreí, pero fue una sonrisa forzada e, inmediatamente, pasé a la siguiente pregunta—. ¿Llegó Aidan a ponerse en contacto con vosotros al día siguiente? Me dejó sola en la cabaña porque dijo que iba a buscaros.

Jeffery y Dom compartieron una mirada de confusión.

—No. Nunca apareció —continuó Dom—. Tratamos de averiguar lo que os había pasado a los dos, pero la familia intervino rápidamente y lo ocultó todo. Aparte de la desaparición de Aidan, no supimos nada de vuestro paradero. Hasta que vimos tu rostro en las noticias y nos dimos cuenta de lo que había sucedido.

Envolví los brazos alrededor de mi cintura, tratando de evitar que me diera un ataque de pánico.

—Siento mucho que lo hayáis pasado tan mal por mí en estos últimos tres años.

—No te preocupes —me alentó Dom—. No fue tu culpa.

—Tampoco ha sido fácil para vosotros —me encogí de hombros amargamente—. Podéis estar seguros de que no voy a meter las narices donde no me llaman. Sea lo que sea lo que su hermana esté protegiendo, no tiene de qué preocuparse. Planeo mantenerme alejada de ella y de esa mezquina familia para siempre —dije, tratando de aliviar sus preocupaciones. Por otro lado, sabía que iba a tener pesadillas sobre la amenaza de Helen.

Estar cegada por puro miedo la convertía en una persona impredecible y altamente peligrosa.

«Si yo fuera Helen, me andaría con cuidado», pensé.

Ni en sueños iba a dejar que ella o la familia le hicieran daño a Dom y a Jeffery, o que me llevaran de vuelta a ese hospital tan sádico.

—Sí —continuó Dom—. Independientemente de tu alejamiento, parece que a los Illuminati les incomoda que seas libre. No todo el mundo puede hacerles la pascua como tú, querida.

—Esos bastardos sin corazón no me tienen miedo a mí —me resultaba difícil de creer—. La familia piensa que son todopoderosos.

—*Au contraire*, querida, tú eres una fiera, y por eso estoy seguro de que la visita de Helen esconde intenciones ocultas. Lo que debemos hacer es averiguar el qué.

—¿No está claro? Quieren que permanezca fuera de su camino, viva o muerta.

—Si pudieran deshacerse de ti —intervino Jeffery de repente —, en este momento estarías más tiesa que un palo, pudriéndote en alguna tumba sin nombre. Por suerte para ti, esos malvados canallas blancos están aterrorizados. ¿Por qué crees que en el hospital te tenían encadenada y en coma? Al fin y al cabo, eres lo más fantástico que hay ahí fuera... ¡un ángel genéticamente modificado! —Jeffery chasqueó los dedos con una actitud de diva.

—Rara vez digo esto, pero Jeff tiene razón, sí —admitió Dom.

—No me siento sobrenatural. Más bien, me siento impotente, lo cual es un sentimiento bastante humano en mi opinión.

—Eso es porque ahora mismo eres vulnerable. Por eso mismo tenemos que tomar medidas para garantizar tu seguridad. Un entrenador puede ayudarte a aprender a defenderte. En cuanto a usar tu magia angelical y tus dones druidas, ahí no podemos ser de gran ayuda. Pero encontraremos una manera.

—¿Druidas? —mi cerebro fue atacado por un golpe de sorpresa, shock y aturdimiento, todo en uno—. ¡Yo no soy una druida! —sacudí la cabeza—. ¡No es posible!

—¿Estás segura de eso? —Dom arqueó una ceja—. Eres la hija de tu padre, ¿o no?

—¿Mi padre, Jon?

—*¡Oui!* Tu padre desciende del linaje druida.

—No tenía ni idea —dije.

—¿Por qué crees que la familia organizó que *monsieur* Aidan y tú os unierais en matrimonio? —preguntó Dom.

Fruncí el ceño.

—¿Es que la familia cree en la poligamia?

—¿Por qué lo preguntas?

—Porque, según tengo entendido, Aidan estaba casado con Sally.

El rostro de Dom se tornó en una mueca de sorpresa.

—Stevie, llevo trabajando para *monsieur* Aidan durante muchos años, y ni una sola vez mencionó tener una esposa. Tú eras la única mujer en su vida.

Me pasé los dedos por el pelo y solté un largo suspiro.

—Ya no sé qué creer.

—Sé que la familia había planeado que te casaras con *monsieur* Aidan y no habrían permitido que otra mujer causara problemas. Sabían que, con tus habilidades mágicas y la magia druida de Aidan, vuestros hijos serían inmortales, y así la enfermedad y la muerte serían cosa del pasado. Algunos te consideran la Eva de la nueva era.

—¡Eva! Es la primera vez que escucho eso —me avergoncé.

—Ya, es un poco extremo —Dom se tapó la boca, ocultando una risa.

—¡Qué asco! —me estremecí.

—Sé que todo esto es bastante abrumador —los ojos marrones de Dom irradiaban simpatía.

Posé la mirada sobre la gran ventana, deseando no haber abandonado la comodidad de mi columpio. Enderecé los hombros y volví a fijar la mirada en Dom.

—Ahora que Aidan ya no está con nosotros, la familia no tiene forma de conseguir una raza perfecta y un gobierno mundial.

Sentí mariposas en el estómago mientras pensaba en el pasado y en el imponente futuro al que me enfrentaba. Aun así, nada tenía sentido.

—*Oui*. Parece que su futuro está en desventaja —Dom se frotó el bigote, pensativo.

—¿Qué pasa con la unión entre Aidan y yo? ¿No debería haberme muerto yo también? Si Aidan está muerto de verdad, entonces esa teoría no era más que una falacia.

—Nada está claro, *chère*. Aidan podría haberse equivocado.

Negué con la cabeza.

—Aidan no cometía errores. Era demasiado cauteloso.

—Cierto —respondió Dom bruscamente.

—No lo sé —ahora sí que estaba realmente confundida.

—Hubo otros experimentos a parte del tuyo —prosiguió Dom—. Diferentes. Pero, tristemente, todas las madres murieron durante el parto. Los niños que lograron sobrevivir tenían una mezcla mixta de ADN místico, al igual que Sam.

Jeffery soltó un fuerte suspiro.

—¡Eso explica por qué Sambo era tan malo!

—Ya… Sam —la piel de los brazos se me puso de gallina.

—Cari —interfirió Jeffery—. No te preocupes más por ese granuja. Era malvado hasta la médula —la voz de Jeffery tembló de miedo.

—En fin… —me encogí de hombros—. ¿Cómo se involucraron los seres místicos con los Illuminati?

—Pues bien —siguió explicando Dom—. ¿Has oído hablar de los gigantes nephilim?

—Sí, mi padre me leyó la historia de la Biblia cuando era pequeña.

—¿Entonces sabes que los nephilim eran los descendientes de los ángeles y de las hijas del hombre?

—Sí, me acuerdo de eso.

Dom tenía toda mi atención, aunque no podía entender qué tenían que ver los nephilim con la especie de Sam.

—¿Sabías que los gigantes fueron la puerta de entrada para las hadas?

Arqueé una ceja.

—¿De verdad? ¿Cómo?

—Cuenta la historia —narró Dom—, que los gigantes son malvados en todos los sentidos…

—¿Me estás diciendo que los gigantes aún existen? —interrumpí.

—*Non*, no los del mundo antiguo —respondió.

—¿Es que existe otro mundo?

—No, me refiero al mismo mundo, pero en diferentes épocas. A lo que llaman «los viejos tiempos», la era bíblica, el mundo antes del diluvio… —aclaró Dom.

—Ah, pues no me acuerdo mucho de ese cuento —admití.

Imágenes de mi padre leyendo para mí cuando era pequeña se acumularon en mi mente. Había pasado tanto tiempo que casi me había olvidado de ello.

—¡*Oui!* En los viejos tiempos, los ángeles caminaban entre los humanos. Algunos eran amigos de Noé. Pero, por supuesto, su relación dio un giro drástico cuando los ángeles tomaron a las jóvenes hijas de los humanos. Esto enfureció a los humanos y al creador de los ángeles. Las relaciones entre ángeles y humanos estaban prohibidas en el antiguo mundo. A los ángeles no se les estaba permitido tener deseos humanos, y menos aún, crear descendientes… mitad ángeles, mitad humanos. A los ojos de su creador, se trataba de una apostasía, un acto imperdonable. Como consecuencia, los ángeles fueron castigados por su desobediencia.

—¿Castigados de qué manera? —inquirí, llevada por la curiosidad.

—Dado que los seres celestiales eran criaturas perfectas que vivían eternamente, fueron castigados con la destrucción eterna por su acto de traición. Pero, primero, su creador tenía que dar ejemplo para que las criaturas celestiales vieran las consecuencias de aquel mal comportamiento. Por lo que los ángeles rebeldes fueron marginados y obligados a vagar por la tierra, y se les prohibió la entrada a los cielos —explicó Dom.

—Estoy confundida. ¿Soy yo uno de ellos, medio humana, medio ángel? —pregunté.

Le eché una mirada por el rabillo del ojo a Jeffery, que se estaba poniendo pálido, y le pasé mi vaso de Coca-Cola. Sin demorarse, se llevó el vaso a los labios y se tragó todo el líquido de una sola vez, como si fuera un trago de whisky.

—No, tú no eres medio humana y no fuiste concebida por un ser humano. Tu nacimiento fue bastante diferente.

—Entonces no entiendo por qué me estás contando esto.

—Por favor, deja que me explique —Dom esbozó una sonrisa.

Asentí con la cabeza en silencio.

—Los nephilim alcanzaron una edad adulta rápidamente —prosiguió Dom—. Luego, los gigantes siguieron el ejemplo de sus padres angelicales y se aparearon con los humanos y cualquier otra criatura. Posteriormente, los hijos de los nephilim crearon una nueva raza conocida como las hadas o seres místicos. También se les conoce como «seelie» —Dom hizo una pausa, dándome un momento para absorber toda la información.

—¿Entonces las hadas han sobrevivido durante todos estos siglos?

—Buena pregunta. La descendencia nephilim recibió la protección de los Illuminati.

—¿Pensaba que los primeros Illuminati habían formado una sociedad secreta a principios del siglo dieciocho conocida como los Caballeros Templarios?

—Los Illuminati han existido desde el principio de los tiempos. En realidad, Caín fue el catalizador del verdadero comienzo de la familia. Él fue el verdadero fundador del ocultismo. Claro que ha evolucionado desde entonces, pero ese sigue siendo su verdadero comienzo.

—Todo esto es de lo más extraño —me estremecí.

—Ahora que formas parte del mundo de lo extraordinario, podrás ver que este tiene muchas caras. Es algo que nunca debes revelarle a nadie, ni olvidarlo.

—No te preocupes. Me lo llevo conmigo a la tumba.

Acababa de encontrar algo más sobre qué preocuparme. Me llevé las manos a la cintura, tratando de mantener la compostura.

Dom sonrió, pero no se reflejaba en sus ojos.

—Los Illuminati siempre han estado interesados en la ciencia. La familia se dio cuenta de que tenían algo exclusivo, por lo que acordaron proporcionarles refugio a las jóvenes hadas si aceptaban cumplir con el contrato.

—¿Qué obsesión tiene esta maldita familia con los contratos? —bromeé—. Entonces, ¿los hijos de los nephilim sobrevivieron al diluvio?

—Correcto —coincidió Dom.

—¿Qué pasó con los gigantes originales y sus madres?

—Los gigantes no tuvieron tanta suerte como sus hijos. Incluso los Illuminati sabían que no podrían coexistir con los nephilim. Sin embargo, extrajeron ADN de los nephilim adultos, a pesar de que cualquier otro trato con ellos había terminado.

Arrugué la nariz, confundida.

—Dom, por aquel entonces, ¿cómo sabían tanto los Illuminati sobre el ADN?

Atisbé un destello de picardía escondido en los ojos de Dom.

—Gracias a los ángeles, claro está. Ayudaron en la creación del ser humano.

—Supongo que eso tiene sentido —me encogí de hombros y me puse a jugar con mi comida, que ya se había enfriado.

—Parece increíble que el hombre tuviera habilidades tan avanzadas tan pronto en el tiempo. Sin embargo, incluso cuando la humanidad no era más que un pensamiento, el conocimiento de la ciencia ya estaba allí entre los ángeles —Dom le dio un sorbo a su café.

—Y, ¿qué estabas diciendo antes sobre los gigantes? —apoyé el codo sobre la mesa mientras seguía jugando con mi comida.

—Ah, sí —continuó—. Como iba diciendo... nadie logró someter a los poderosos gigantes. Por esa razón, la familia los abandonó tanto a ellos como a sus madres biológicas, sellando su destino de una vez por todas. Y el diluvio acabó con sus vidas.

—¿Qué pasó a los ángeles? —inquirí.

—Asumieron su verdadera forma espiritual.

—¿Cómo sobrevivieron los Illuminati y la descendencia de los nephilim?

—Los ángeles caídos ayudaron a llevar a los mayores hasta el pico más alto y los metieron en una cueva donde el agua no pudiera llegar. Cuando el agua se esfumó y la tierra resurgió, salieron de allí, débiles y escuálidos. Sobrevivieron a base de alimentarse de aquellos otros que no tenían una posición tan alta, ya que los inferiores eran mucho más prescindibles.

—¿De dónde has sacado toda esta información? Esto no está en los relatos de la Biblia —dije, desconcertada.

—Tienes razón. Los Illuminati llevan guardando registros históricos desde el principio de los tiempos.

—Recuerdo que Aidan mencionó algo sobre cómo guardaban una meticulosa documentación acerca de la muerte de mi padre, pero no tenía ni idea de que sus registros se remontaran al comienzo de la existencia del hombre.

—La existencia del hombre comenzó mucho antes de Adán y Eva —Dom esbozó una sonrisa erudita—. Pero esa es una historia para otro momento. En cuanto a cómo encontré los registros... Bueno, cuando como yo has trabajado para alguien durante tanto tiempo, se establece una relación de confianza. En muchas de sus reuniones secretas, yo les servía la comida, y se me permitió rodearme de las túnicas blancas y negras. Poco después, me confiaron una llave. Por la noche, cuando la casa estaba en silencio, entraba en la cámara oculta a escondidas y fisgaba entre sus registros.

—Aidan me explicó que los libros estaban protegidos por una magia negra. ¿Cómo fuiste capaz de evitar eso?

—Sí, son muy protectores de sus pergaminos. Son como su Biblia.

—Entonces ¿cómo conseguiste pasar desapercibido?

De repente, una sonrisa traviesa apareció bajo su bigote.

—Tenía la llave que desbloqueaba el hechizo protector. Como ya he dicho, confiaban en mí —explicó.

Me quedé boquiabierta mirando a Dom, que no cabía en sí de satisfacción.

—Si te hubieran pillado, te habrían...

—Es cierto, pero logré pasar desapercibido.

—Debería estar tomando nota de ti —bromeé, sonriente.

Sentía un nuevo respeto hacia Dom.

—Tengo un par de trucos escondidos bajo la manga —me devolvió la sonrisa y, luego, respiró profundamente. —Lo que he descubierto es asombroso y bastante inquietante.

—Cuéntamelo —lo animé, entusiasmada.

—Tras el diluvio —continuó Dom—, apareció una nueva raza de hadas. Esta vez, las nuevas hadas eran la descendencia de los ángeles y los hijos de los nephilim, creando así una especie mucho más maligna, los «unseelie».

—Espera... ¿Me estás diciendo que las hadas se aparearon con sus abuelos? —se me revolvió el estómago de inmediato solo de pensarlo.

—*Oui*. Para los humanos, este acto nos resulta repugnante, pero los ángeles son seres sobrenaturales, al igual que las hadas.

—¡Joder! Estoy tan condenada como ellos —de repente, sentí una oleada de puro miedo.

—*Non, non* —Dom negó con la cabeza—. Tú no eres como ellos.

—¿Cómo puedes estar tan seguro? —repliqué, aturdida ante la posibilidad de que ese fuera mi origen.

—Porque tú fuiste creada en un laboratorio. Tu ADN proviene de un ángel que no mantuvo relaciones sexuales con un ser humano. Naciste gracias a la manipulación de la tecnología. Avances alienígenas. Por eso se refieren a ti como un ángel genéticamente modificado —me aseguró Dom.

Reinó el silencio momentáneamente mientras miraba por la ventana, reflexionando sobre todo esto en mi cabeza.

Entonces, se me ocurrió otra pregunta.

—Vale, y ¿por qué la lección de historia?

—Creo que es importante que conozcas el pasado, el presente y el futuro de la familia. Puede que te salve la vida algún día.

—Vale, te escucho. Quería taparme los oídos. Todo esto solo

era una cosa más que añadir a la lista de razones por las que odiaba a la familia.

—Supongo que su plan va mucho más allá de librar al mundo de la enfermedad y la muerte, ¿no?

Dom suspiró.

—Me temo que están creando un ejército.

Miré a Jeffery y vi que su expresión había pasado de ojos saltones a la lengua colgando. ¿Estaría en estado de shock? Se le estaba cayendo la baba por una de las comisuras de la boca. Moví la silla hacia su lado mientras lo observaba.

—¡Joder! Hadas en esteroides.

—*Oui*. Una producción en masa de hadas con fuerza sobrehumana.

—Si están creando un ejército de hadas, ¿por qué no salvaron a Sam? Era como el Hulk cuando se daba a su verdadera naturaleza —me estremecí al volver a visualizar los recuerdos de aquella noche tan horrenda.

—Creo que decidieron usarlo como un señuelo.

—¿A qué te refieres?

—Sam había dominado la habilidad del ilusionismo. Por desgracia para él, su vida terminó abruptamente. Sam fue empeorando progresivamente, y nadie podía controlarlo. Así que simplemente tuvieron que hacerse cargo de él.

Se me pusieron los pelos de punta. Conocía ese término demasiado bien.

—La familia se hizo cargo de mi padre —sentía que me iba a poner mala—. Sé que la familia acabó con Sam.

—¡Sí! Sin embargo, su muerte fue como una espada de doble filo porque nombraron a Aidan como el eliminador. Cuando Sam se enteró, se enfureció. Había caído en manos de la familia, como ellos esperaban —Dom hizo a un lado su café ya frío.

—Creo que sé a dónde vas con esto. Sam quería vengarse de Aidan y por eso fue por mí —ahora todo estaba claro—. Aidan le siguió el juego, me convenció de que me había salvado la vida y confesó su profundo amor por mí —me tomé un momento para que la información calara. La familia orquestó el ataque. Fue una estratagema para hacerme confiar en Aidan, pero ¿por qué? ¿Qué quería la familia de mí? —negué con la cabeza, desconcertada—. Cada uno de los eventos que ocurrieron desde que puse un pie en Luisiana formaba parte de un plan maestro para atraparme en mi momento más débil —había sido una estúpida—. Y caí directa en sus manos —murmuré principalmente para mí misma.

Anonadada, me eché las manos a la cara, sintiendo el impacto de la verdad. Justo cuando pensaba que me había desecho de esa familia, me volvía a encontrar en el mismo torbellino mortal. Pensaba que todo había terminado. Pero, más bien, acababa de comenzar. Levanté la cabeza, captando la mirada de Dom. —¿Crees que realmente corrí el peligro de que Van me quitara los poderes y me diera por muerta? Después de todo, fue esa la razón por la que me ofrecí voluntariamente a Aidan.

El semblante de Dom reflejó su pena.

—Todavía hay muchos misterios en cuanto a tu captura. Creo que aún hay más por descubrir. Aun así, creo que *monsieur* Aidan se negó a participar en el plan maestro de Van de quitarte tus poderes. Cuando Van se dio cuenta de la traición de Aidan, se volvió loco. Sin embargo, por alguna razón que desconozco, la familia decidió intervenir.

—¿Qué es lo que saca la familia de esta estratagema viciosa?

Dom sacudió la cabeza.

—Sea cual sea la razón que tengan, es suficiente para que te hayan encerrado. Aunque me parece bastante sospechoso que hayan retirado los cargos para dejarte libre.

Permanecí allí sentada en estado de shock. Dom agarró su vaso de Coca-Cola y lo empujó hacia mí. Agarré el vaso y me tragué toda la bebida rápidamente, deseando que me hiciera algo de efecto.

Entonces, como una colisión frontal con un tren de carga, caí en la cuenta. Estampé mi vaso con fuerza contra la mesa y miré a Dom a los ojos con un despertar brusco.

—¡Querían que me quedara embarazada! —de repente, mi corazón latía a mil por hora—. ¡Dios mío! ¡Tengo un hijo! —grité. No era una pregunta, sino una afirmación. Me puse de pie a la velocidad de un rayo. Mi silla cayó hacia atrás, chocando contra el suelo. Apenas pude formular la siguiente pregunta—: ¿Creéis que mi hijo aún sigue vivo? —sentía que se me iba a romper el corazón en dos.

Dom vaciló, moviendo los ojos de un lado a otro, pensativo.

—¡Sí, tiene que estarlo! ¿Por qué si no mandarían a Helen para advertirte que te mantengas alejada? Deben estar escondiendo al bebé.

—Tengo un hijo —susurré.

Esos monstruos tenían a mi bebé. ¿Y si le estaban haciendo daño? Hundida en una preocupación salvaje, le eché un vistazo a Jeffery, que estaba meciéndose y abrazándose a sí mismo. Quería unirme a él desesperadamente.

—Ahora todo está claro. Por eso Helen estaba tratando de asustarme. No quieren que yo lo sepa. ¡Bastardos conspiradores del demonio! —grité a pleno pulmón. Me inundó una oleada de rabia y miedo mientras mi cabeza daba vueltas contemplando todas las posibilidades.

—¿Qué te dijo Helen exactamente? —me preguntó Dom, la desazón coloreando su rostro.

—Me advirtió que me mantuviera alejada o si no... —me estremecí conforme mi mente recordaba sus siniestras palabras.

—¿O qué? —el semblante de Dom reflejaba mi propio horror.

Mi rostro palideció.

—Amenazó con hacerme daño a mí y a vosotros también.

—Vaya por Dios. La hermana de Aidan es de lo más maliciosa —Dom se llevó la mano a la barbilla—. Tenemos que tomar precauciones. Un sistema de alarma, tal vez.

—O me puedo mudar. Si me voy, os dejaran a ti y a Jeffery en paz. Además, no hay sistema de alarma de alta tecnología que pueda impedirle la entrada a esa chica con los poderes que tiene —levanté la silla del suelo y la coloqué en su sitio. Estaba demasiado nerviosa como para sentarme, así que comencé a caminar de un lado a otro.

—No —objetó Dom—. No vamos a dejar que dicten tu vida, ni la nuestra tampoco. Esta es tu casa. Lidiaremos con esto como una familia.

Me detuve en seco y me giré hacia Dom.

—Es demasiado peligroso. Que yo arriesgue mi vida es una cosa, pero no puedo permitir que Jeffery y tú os metáis en medio de mi lío.

De repente, Jeffery salió de su coma y cobró vida.

—¡Tú no te vas a ninguna parte! —exclamó—. Esa zorra blanca no te va a echar de nuestra casa. Además, es tuya la cuenta bancaria.

—¡Jeffery! —Dom se quedó boquiabierto.

—Eso es todo —Jeffery se encogió de hombros. Su rostro irradiaba inocencia.

Dom le echó una mirada a Jeffery que me decía que hablarían de ello más tarde. Luego, volvió a posar sus ojos sobre mí.

—Stevie, sé que tu corazón se debe de estar rompiendo.

—Mi corazón ya se rompió hace mucho tiempo. Esto... —apreté la mandíbula—. ¡Esto me tiene enfurecida!

—Si te sirve de algo, creo que Aidan se preocupaba por ti —el rostro de Dom se suavizó.

Levanté las manos con disgusto.

—No hay excusa que pueda perdonar su traición. He perdido tres años de mi vida, cumplido una condena por crímenes que no he cometido, he perdido a mi madre, a mi padre... mi inocencia. He perdido la voluntad de vivir. Y lo peor de todo es que he perdido a un hijo que puede o no estar vivo —respiré profundamente, tratando de calmar mi acelerado corazón. Entonces, me golpeó el remordimiento. No debería haber pagado mi ira contra mi amigo—. Dom, lo siento —miré por la ventana, aliviando mi respiración lentamente.

La brisa soplaba perezosamente mientras los árboles se balanceaban suavemente hacia adelante y hacia atrás. Quería volver al columpio y olvidar mis infortunios, pero mi mente seguía dando saltos como una piedra brincando sobre la superficie del agua. Entonces, supe lo que tenía que preguntar a continuación. La respuesta me llamaba, y no podía seguir negando su sed. Mantuve la mirada clavada en los árboles, evitando el contacto visual con Dom.

—¿Tengo el ADN de un ángel caído? —me atreví a preguntar con valentía.

Dom jadeó, sorprendido.

—Creo que es mejor que no lo sepas.

—No estoy de acuerdo —mi corazón se estremeció.

—No puedo estar seguro. Pero tengo mis sospechas.

—¿Crees que este ángel fue una herramienta para robarme a mi hijo?

—Es posible —por la distorsión en el rostro de Dom, estaba claro que estaba luchando consigo mismo sobre si debía o no revelar la verdad.

Sin previo aviso, Jeffery golpeó su puño de nudillos blancos contra la mesa, captando la atención de Dom y la mía.

—Dom, si no se lo dices tú, lo haré yo —amenazó éste—. ¡Necesita saber toda la verdad!

Antes de que Dom pudiera formar una frase completa, Jeffery me miró a los ojos e, impacientemente, gritó como si fuera una banda de un solo hombre:

—¡Sí! Tienes sangre de un puto ángel malo en tu interior, chica —entonces, Jeffery usó su voz interior—. Pero eso no significa que seas mala —aclaró—. Simplemente un poco especial.

Dom fulminó a Jeffery con la mirada.

—¡Joder!

Me temblaban las rodillas. Rápidamente, agarré la mesa en busca de apoyo.

—Niña, no te vayas a romper el cuello. Deja que te ayude —Jeffery me depositó de nuevo en mi asiento—. Voy a llenarte el vaso —cogió mi vaso y se marchó.

Volví a centrarme de nuevo en Dom.

—Me gustaría saber su nombre. De repente, se había vuelto crucial para mí conocer el otro lado de mi linaje.

—Un nombre, *oui*. No he conocido a esta criatura, solo he oído historias, y espero no conocerlo nunca.

—¿Hay alguna manera de invocarlo? —pregunté.

—No, ¡me niego a ayudarte con eso! —la mirada ansiosa en la cara de Dom me dijo que sí lo sabía—. Stevie, estás pisando un terreno muy peligroso. Este no es momento de ser intrépida —me advirtió—. Debes dejarlo estar —la frente de Dom se llenó de arrugas—. ¿Me entiendes?

—¡Necesito saber su nombre! Él podría ayudarme a encontrar a mi hijo —las lágrimas comenzaron a brotar de mis ojos. Fuera o no peligroso, necesitaba encontrar a este ángel caído.

Entonces, Dom se levantó de la mesa y, antes de retirarse a su cuarto, se volvió hacia mí y anunció:

—Aunque sé que es un error, te voy a dar su nombre, pero debes ir con cuidado porque no es de confianza —hizo una pausa—. Mustafa. El nombre del ángel oscuro es Mustafa.

SE VIENEN PROBLEMAS

Después de las últimas semanas, me había cansado de estar tirada en la cama, sintiendo pena por mí misma. Tarde o temprano tendría que salir del santuario que era mi habitación y enfrentarme al mundo.

Decidí hacerle caso a Jeffery y salir de fiesta con él. Nada mejor que un poco de música y mucho alcohol para levantarme los ánimos, aunque yo no solía darme a la bebida. Sara, mi madre, había tenido problemas con todo eso, y yo me negaba a seguir sus pasos. Pero a veces una se tiene que soltar el pelo.

La incesante preocupación que sentía al saber que podía tener un hijo vagando por Dios-sabe-dónde, dolía más que si me hubieran arrancado el corazón del pecho. Supuse que lo mejor sería hacerle caso a Jeffery, que quería mostrarme las luces brillantes de Nueva Orleans, y tomarme un descanso. Así que, finalmente, cedí.

Decidí darme un largo baño y, al terminar, me envolví con una toalla grande y me dirigí a mi propio gran almacén, también conocido como el armario. No tenía ni idea de qué ponerme. Tenía demasiadas opciones. Revolví entre prendas y prendas de diseño hasta que me decidí por un conjunto. Sostuve el vestido en alto, examinándolo.

—Mmm…

Puede que Jeffery fuera una fashionista después de todo. El mini vestido resplandecía gracias a las lentejuelas negras, se ceñía a mis caderas y contaba con un escote que bajaba bastante, revelando mucho más de lo que me hubiera gustado. Pero era un vestidito negro de lo más mono. Y, por supuesto, tuve que acompañarlo con unos tacones de plataforma de color negro adornados con pinchos dorados.

—¡Joder! —sujeté los zapatos en alto—. Espero no romperme el cuello con estos taconazos.

Me dirigí a la zona de maquillaje y me senté frente al espejo con luces. Le eché un vistazo a mi pelo rebelde. Mientras sostenía el cepillo en la mano, me quedé mirando a la joven que se encontraba delante de mí. Era una extraña como mínimo. La dulzura de sus ojos había desaparecido, pero algo había tomado su lugar. Coraje, ¿quizás? ¿Quién era esta chica, sino una sombra de la persona que había sido? El brillo de sus ojos verdes había vuelto, pero detrás de ese brillo se escondía una tristeza profundamente arraigada. Me pregunté si alguna vez volvería a encontrar la felicidad.

Volviendo al presente, le eché un vistazo a mi cabello. Al menos esa parte de mí no había cambiado. El desastre que reposaba sobre la parte superior de mi cabeza todavía era rebelde y desafiante. Decidí sacarle el mayor provecho. Cogí el secador y traté de arreglarme el pelo. Lo que quería era un look desarreglado, y eso fue lo que obtuve. Incluso cardé un poco el cabello para darle más volumen y altura. El pelo desgreñado iba a juego perfectamente con mi conjunto. Parecía una mujer salvaje al acecho.

«Muy apropiado», pensé.

Parpadeé, examinando el resultado final. Esta chica no se parecía en nada a mí. Ningún tipo de maquillaje, peinado y ropa de marca podría ocultar mi desesperación. Habían sucedido tantas cosas en los últimos tres años como para abarcar un siglo.

Y puede que tuviera un hijo ahí fuera. No sabía por qué, pero sentía que era una niña pequeña. Me preguntaba a quién se parecería más, si tendría los ojos azules y los rizos negros de Aidan, o mis pecas.

Comencé a sentir las lágrimas que amenazaban con salir, pero las empujé hacia atrás. Lo que sí sabía era que no podía quedarme sentada de brazos cruzados por más tiempo. Tenía que encontrarla.

Recordaba aquella mañana en la cabaña de Aidan como si fuese ayer. La intrusiva llamada a la puerta, tener que escuchar a Sally mientras me acusaba cruelmente de delitos que no había cometido... Si hubiera sabido entonces lo que sé ahora, tal vez pudiera haber detenido su locura. Aunque me habían superado en número. Sally no había ejecutado mi captura ella sola sino que, aparentemente, Aidan la había ayudado.

Habiendo vivido de primera mano los trucos de Aidan, como el polvo de ángel o su magia druida, no le encontraba el sentido a por qué había recurrido a algo tan mundano como una aguja. No era nada propio de él. No obstante, quisiera aceptarlo o no, Aidan había formado parte del plan de su familia y, probablemente, del plan de su tío de engañarme para que renunciara a mis poderes.

Sentí un gélido escalofrío atravesarme como una fuerte tormenta de nieve. Me froté los brazos, tratando de entrar en calor.

Durante mi encantadora estancia en el hospital Haven, había soñado que el hermoso rostro de Aidan me susurraba cosas románticas al oído. Había saboreado sus besos salados en mis labios secos, pero aquello había sido solo un sueño. Uno en el que solo los tontos sueñan. A pesar de todo, mi corazón todavía lo anhelaba. Me había convertido en una tonta llorona. ¿Cómo había podido amar a un hombre que tenía un corazón tan negro?

Me sequé la lágrima que había logrado caer por mi mejilla. Había cosas mucho más importantes por las qué preocuparse que la pérdida de un hombre tan embustero. La voz de la razón me sacó de esos pensamientos.

Tenía pensado comenzar a husmear muy pronto. Si tenía una hija, la encontraría. El mejor lugar para empezar a buscar sería Haven.

Jeffery me estaba esperando en el piso de abajo. Él conocía algunos de los mejores bares en la calle Bourbon. Al fin y al cabo, había vivido aquí en Nueva Orleans durante la mayor parte de su vida.

Discutimos sobre el transporte hasta que, finalmente, acordamos que conducir sería un rollo. Ninguno de los dos quería encargarse de conducir, ya que ambos planeábamos beber en exceso. Consideramos coger el tranvía, pero el trayecto habría llevado demasiado tiempo, así que al final decidimos pedir un taxi.

Vestidos con nuestros conjuntos salvajes y brillantes, enseguida llegamos a la infame calle Bourbon.

Para ser una noche de finales de primavera, hacía tanto bochorno como si fuera una noche de verano, y enseguida la ropa comenzó a estar pegajosa. La peor parte fue que Jeffery no conocía las calles tan bien como había asegurado. ¡Imagínate!

—Jeffery —jadeé de tanto caminar—, no voy a dar ni un paso más. Voy a tener ampollas durante el resto de mi vida después de esta noche.

—Venga, que mi bar favorito está a una manzana de aquí —me tiró del brazo.

Me zafé de su agarre.

—¡Llevas diciendo eso desde hace una hora! Patear las calles no me parece forma de pasar un buen rato, especialmente con este calor.

—No te me sulfures tanto, querida —espetó Jeffery.

—Oye —me quejé—. No soy yo la que ha comprado este conjunto.

—Ah... tú te crees que eres muy mona, ¿no? Pues mierda de música. —Jeffery frunció los labios.

—Venga, cámbiame los zapatos. Mis tacones por tus zapatos planos —arqueé una ceja, desafiándolo.

—¿Estás loca? Ponerse esos tacones es un suicidio.

Me quedé boquiabierta.

—¡Tú has insistido en que me pusiera estos tacones!

—Ya, pero porque no soy yo el que va a llevarlos puestos en mis fabulosos pies. Si me los pongo, me van a salir juanetes.

Necesité hacer uso de toda mi voluntad para no golpearlo en la cabeza con uno de mis tacones-fabrica-juanetes. En cambio, me limité a echarle una mirada asesina con los brazos cruzados.

—Venga, vamos. Hay un bar al otro lado de la calle. ¿Ves las luces de neón? —señaló Jeffery—. Vamos a entrar a ese antro —me tiró del brazo—. Si te cansas, llamamos a un taxi y ahí termina nuestra noche.

—¡Cierra el pico! Dijiste que eligiera uno. ¿No es eso lo que he hecho? —puse los ojos en blanco. ¿Qué sentido tenía discutir?

Allí estábamos, de pie directamente bajo el letrero de neón que decía: «Mephistz». Le eché un vistazo a Jeffery por el rabillo del ojo.

—Y ¿tú vienes aquí, a un bar de motoristas? —pregunté.

—He venido un par de veces —contestó—. Ahora deja de quejarte. Al menos hemos encontrado un bar —me dio un pequeño empujón para que atravesara la puerta de entrada.

Una vez dentro, una ráfaga de humo y un montón de voces acorralaron mis sentidos. La iluminación era escasa, solo el suave resplandor de las velas salpicaba la oscuridad. No era nada especial, aunque la multitud era considerable.

Nos abrimos camino hacia la barra. Supuse que empezaríamos por ahí, ya que no parecía haber ninguna mesa vacía. En verdad, prefería sentarme en la barra de todos modos. Lo hicimos de manera que pudiéramos observar bien a la multitud.

—No estoy seguro de querer beber nada —me gritó Jeffery al oído por encima del barbullo—. Me niego a beber de un vaso manchado —se puso quisquilloso.

No pude evitar reírme.

—Has estado pasando demasiado tiempo con esas viejas urracas que juegan al pinochle.

—Chica, al menos se lavan esas manos tan regordetas. Dudo que los camareros de este antro se molesten en ducharse —Jeffery señaló a un hombre desaliñado y de pelo largo que cargaba con una bandeja de bebidas conforme pasaba junto a nosotros.

Hice ademán de ir a golpear a Jeffery en las costillas, pero me detuve. Como si todo lo demás hubiera cesado, sentí una extraña vibración en mi interior y escuché un remolino de melodías que no pude identificar. Sin embargo, no pude evitar querer investigarlo.

—Pídeme una bebida —le dije a Jeffery por encima de mi hombro mientras me bajaba del taburete.

Antes de que Jeffery pudiera protestar, me había sumido entre la multitud. Como si estuviera poseída, seguí el rastro de la música como si el flautista de Hamelín me hubiera hechizado. No me pude resistir. Mis ojos gravitaron hacia el centro de la habitación, donde las parejas bailaban. Sus cuerpos se movían de manera seductora, el uno al ritmo del otro, como si estuvieran haciendo el amor.

De repente, sentí un delicioso escalofrío que me recorrió el cuerpo y supe que tenía que unirme a ellos. Cuando pisé la pista de baile, me detuve. Cerré los ojos y dejé que la melodía tejiera su magia en los poros de mi cálida piel, como un gélido cubito de hielo en una noche calurosa. Me eché el cabello hacia atrás, entregándome a su seducción. Mis caderas comenzaron a moverse hacia delante y hacia atrás como si estuviera atrayendo a mi amante. Me rendí mientras la música me llevaba a un lugar lejano y cautivaba cada centímetro de mi cuerpo.

De repente, la música paró y el encantamiento se esfumó rápidamente. Abrí los ojos de golpe y, allí, de pie delante de mí, estaban los ojos dorados más intensos que jamás había visto. Se encontraba de pie frente a mí, alto, escuálido, sin barba y con una cara ingenuamente atractiva. Su larga y aterciopelada cabellera rubia me recordaba los campos de trigo. Además, llevaba puesta una camiseta blanca que mostraba su bronceado y firmemente tonificado cuerpo. El término «guapo» no parecía hacerle justicia a su belleza. Sin embargo, sus ojos dorados me atravesaron mientras su boca esbozaba una sombría sonrisa.

No escuché los pasos de Jeffery a mis espaldas hasta que envolvió sus dedos alrededor de la parte superior de mi brazo.

—Vámonos de aquí —susurró—. ¡Ya! —pidió con urgencia mientras tiraba de mi brazo con poca gracia.

—¿Por qué nos tenemos que ir? —mi mirada seguía clavada sobre el chico alto y rubio—. Me gusta este sitio.

—¡Ni de coña! —espetó Jeffery—. ¿Es que tu pálido culito blanco no ve que no somos bienvenidos?

—Creo que tu amigo es un hombre sabio —atisbé una pizca de advertencia en la voz del extraño—. Tiene razón. Este no es lugar para los de tu clase.

Alcé la cabeza y me di cuenta de que me había convertido en un espectáculo. Todas las miradas del bar estaban puestas sobre mí. Mis mejillas se sonrojaron, y en ese momento deseé ser invisible. Sabía que podía hacer una de dos cosas: A) echar a correr con la cola entre las piernas, o B) mantenerme firme y morir con las botas puestas.

—Según tengo entendido, este bar está abierto al público —me erguí e incliné la barbilla hacia arriba.

El extraño apretó la mandíbula y entrecerró los ojos ligeramente.

—Ya veo —una sonrisa presumida apareció entre las comisuras de sus labios—. Eres una chica valiente... o simplemente estúpida.

La risa retumbó en la atmósfera.

—¿Cuál es tu problema? —lo desafié.

Este tipo necesitaba volver a la barra y continuar donde lo había dejado, limpiando los vasos.

El furioso extraño dio un paso hacia mí y quedó tan cerca que nuestras narices estuvieron a punto de tocarse. Sentí su cálido aliento contra mis mejillas sonrojadas.

—Angelito —dijo entre dientes—. Vete ahora que puedes —por sus ojos, supe que era un depredador, y Jeffery y yo estábamos invadiendo su territorio.

De repente, la atmósfera me estaba sofocando y no podía respirar.

—Vámonos —le dije a Jeffery—. ¡Perdóneme usted por invadir su propiedad, cabrón! —le solté al extraño, seguido por una mirada de desprecio.

Sus ojos rezumaron diversión, pero permaneció en silencio, desprendiendo un fuerte hedor a hostilidad.

Más tarde, después de haber caminado durante varias manzanas y haber multiplicado el número de ampollas en mis pies, encontramos un lugar donde nos sentimos lo suficientemente seguros como para detenernos y nos sentamos en un banco, jadeantes.

El sudor corría por mi rostro, y me dolían los pies, así que me negaba a dar otro paso más. Me quité los tacones y comencé a frotarme los pies, haciendo muecas a causa del dolor. En ese momento, juré no ponerme tacones nunca más. Ir descalza sería mi nueva tendencia. Me arriesgaría a pisar un trozo de vidrio cualquier día de la semana en lugar de tener que volver a usar esta tortura de tacones.

—Chica —Jeffery me sacó de mi momento de autocompasión —. ¿Qué acaba de pasar ahí dentro? —soltó el aliento en breves bocanadas.

Solté un largo suspiro, desconcertada.

—Qué voy a saber yo. La música me afectó como si me hubieran hechizado —sacudí la cabeza, confusa.

—¡Para el carro! Yo no escuché nada de música —Jeffery abrió la boca con incredulidad.

—¿No escuchaste esa música tan rara? Era como droga, como algo hipnótico —me quedé mirándolo.

Esperaba no habérmelo imaginado todo. Había sido de lo más extraño.

—Nop. Pero todo era bastante espeluznante. Había un montón de personas extrañas bailándole al aire.

Empecé a pensar que había perdido la cabeza.

—¡Joder! ¿De verdad? —pregunté, escandalizada.

—Sí, sí —el semblante de Jeffery reflejaba mí mismo desconcierto.

—Qué raro —negué con la cabeza.

La noche había sido un auténtico fracaso, y ese bar y el extraño de ojos dorados habían sido la guinda del pastel. Nunca sabía qué esperar de esta peculiar ciudad donde el vudú y la gente espeluznante se divertían juntos.

—Chica, no tuve que escuchar la música de todos modos. Estabas hecha toda una seductora, ahí en el centro de la pista. Me has sorprendido. No sabía que tuvieras esos movimientos tan sexys. Tu baile sensual casi tira abajo la casa.

—Cállate, Jeff. Solo estaba bailando —traté de ocultar mi humillación.

—No te avergüences. Toda la testosterona que había en ese bar también me estaba dejando un poco atontado a mí —Jeffery comenzó a abanicarse a sí mismo—. Pero todos tenían los ojos puestos en ti, querida. Incluso ese hombre tan atractivo.

Puse los ojos en blanco.

—No me di cuenta. Estaba demasiado ocupada tratando de intimidarlo con mi mirada rencorosa. ¿Viste la ira en sus ojos?

—Ajá. Claro que lo vi, y algunas otras partes también —Jeffery cruzó las piernas, comenzó a balancear un pie y frunció los labios.

—Jeffery, ¿alguna vez has escuchado la expresión «demasiada información»?

—Tal vez, pero eso no significa que vaya a dejar de decir lo que pienso.

—Déjalo estar. Esta noche ya ha sido lo bastante mala.

No pude evitar sentirme un poco agitada. Además, esa música parecía haber agotado mi energía.

—No lo hemos perdido todo. Algo bueno ha salido de esta

excursión. Bueno, dos cosas en realidad —Jeffery se corrigió a sí mismo.

—¿A qué te refieres? —contuve la respiración. Jeffery era como una caja de bombones. Nunca sabías lo que te iba a tocar.

—Vale, señorita sabelotodo. Primero, hemos escapado con vida y, en segundo lugar, ese tipo era un buenorro. Delicioso como un helado de chocolate con una cereza enorme y jugosa en la cima de una montaña de...

—¡Lo pillo, lo pillo! No estaba nada mal —me cubrí las orejas —. Aprendí hace mucho tiempo que las apariencias no lo son todo. ¿No le has visto los ojos? Además, se ha comportado como un verdadero gilipollas.

—Bueno, si no recuerdo mal, tú misma fuiste un poco insolente.

—¡¿YO?! —no podía ver por qué era mi culpa—. Él se ha portado como un maleducado primero —aclaré—. Ahí, delante de mi cara, tratando de intimidarme. Debería haberlo dejado noqueado.

—Puede ser, pero nos ha salvado la vida. ¿No has visto las miradas que nos estaban echando los otros?

—¡Él nos ha amenazado! —exclamé.

—Bueno, si me lo pones así, supongo que tienes razón, ¡pero ese puto estaba demasiado bueno!

—Pues sal tú con él, Jeff. Vuelvo y te consigo su número si quieres —hice ademán de ir a levantarme del banco, pero Jeffery me agarró del brazo abruptamente.

—¡No, no! No hace falta —levantó las manos en señal de protesta—. Puedo admirar a ese hombre tan encantador desde la distancia. Desde una distancia muy lejana.

Ahogué una risa.

—Vámonos —gesticulé con la cabeza hacia una dirección diferente—. No dejemos que esta noche sea un fracaso total. No sé tú, pero yo podría comerme un *beignet*[1] ahora mismo.

—Chica, me has leído la mente. Además, no estaría nada mal que cogieras algo de peso. En cuanto a mí, como soy negro y fabuloso, puedo comer lo que quiera y nunca engordar ni un kilo.

Puse los ojos en blanco y eché a andar calle abajo hacia el Café Du Monde, donde preparaban los mejores *beignets* de toda Nueva Orleans.

EXTRAÑO Y MISTERIOSO

Me desperté a las cuatro de la mañana, sobresaltada. Una de las ramas del árbol no dejaba de arañar el cristal de la ventana y me había asustado. Hasta Bola de nieve parecía estar nervioso.

Finalmente, me di por vencida y bajé a la cocina para prepararme una taza de chocolate caliente. Podía ser que eso me quitara el nerviosismo y así finalmente pudiera conciliar el sueño.

Minutos más tarde, salí al jardín, cargando el chocolate caliente que había vertido en mi taza favorita. Una ligera brisa me alborotó el cabello, y noté que el aire olía a lagerstroemias. Respiré profundamente. Me encantaba este jardín. Conseguía que sintiera serenidad y paz. Nunca me cansaría de este lugar tan exquisito, ni aunque llegara a los cien años.

Me senté en una pequeña mesa para tomarme mi chocolate caliente. Le eché un vistazo a mi taza. Cuando era una niña, mi padre me había comprado una taza muy parecida a esta. Había significado mucho más para mí que una simple taza; era una pequeña parte de él, un recuerdo. Hasta que mi celosa madre, en la víspera de su muerte, había destrozado la taza original en pedazos, que había sido lo único que me quedaba de mi padre.

Mi madre había querido castigarme. Había estado tan enfadada aquella noche... Nunca olvidaría el desdén en sus ojos color avellana. Había sido como mirar a los ojos a una mujer que había perdido toda esperanza y la voluntad de vivir. Creo que esa fue la razón por la que se abrió a mí. Pero la verdad me dolió. Resultó que nunca me había querido porque yo no era su hija. En verdad, no le pertenecía a nadie, a menos que considerara a los Illuminati.

Las crueles palabras de Sara seguían persiguiéndome. Me había odiado tanto como odiaba a mi padre. Tristemente, esas habían sido las últimas palabras que me había dirigido antes de su muerte. Me había culpado por todos sus problemas. En parte, había estado de acuerdo con ella, ya que su cuerpo humano no había estado equipado para engendrar a un feto alienígena. Por lo que el proceso terminó dañando su mente.

«Ya es suficiente. Olvida el pasado. Es demasiado doloroso», pensé.

Solté un suspiro. Terminé de beberme el chocolate caliente y, entonces, pensé en el columpio. Aunque me daba un poco de miedo, puse los pies en el suelo y me dirigí a mi lugar favorito.

«¡Que le den a Helen y a esa horrible familia!»

Si realmente quisieran, me encontrarían, no importaba dónde. Me negaba a permitir que me lo quitaran todo.

Me monté en el columpio, como había hecho tantas veces cuando era una niña, y me empujé, dejando que la fresca brisa me acariciara el rostro. Cerré los ojos mientras me deslizaba hacia delante y hacia atrás. Los grillos estaban cantando, y las hojas de los altos robles susurraban debido a la suave brisa. Oí a un ruiseñor trinando en la distancia.

Esbocé una sonrisa. Podría pasarme el resto de mi vida aquí, en este lugar, feliz. Solté un largo suspiro. Esto no era más que una ilusión. Había demasiados dragones que aniquilar y no había horas suficientes en un día para matarlos a todos.

Temblé al pensar en lo que me depararía el futuro. Con la desconfianza pesando sobre mis hombros, decidí que había llegado la hora de poner mi plan en marcha. Necesitaba encontrar la forma de entrar en Haven y acceder a sus archivos. No sería una tarea fácil. Sospechaba que la familia me tenía bajo vigilancia, observando cada uno de mis movimientos desde la lejanía. Para lograr mi misión, tendría que pasar desapercibida ante su radar.

Suponía que cualquier registro del nacimiento de mi hija estaría encriptado. Pues tenía noticias para ellos... Sus inútiles amenazas no me iban a impedir que encontrara su certificado de nacimiento. Los rastros en el papeleo siempre encontraban la forma de salir a la luz. Incluso si el papel estaba un poco empapado.

¿Y si Van estuviera detrás del secuestro? Mi mayor miedo. Esperaba estar equivocada, pero, si tuviera razón, que Dios le ayudara a ese hijo de puta.

Había algo más que me desconcertaba. ¿Por qué no me habían matado? Cada vez que la familia terminaba con sus sujetos más humildes, rápidamente eliminaban la molestia. Como se habían desecho de mi madre. Entonces, ¿por qué me mantenían a mí con vida? Teniendo en cuenta la teoría de Dom, dudaba seriamente de que me temieran a mí. Eran demasiado poderosos y arrogantes como para ser intimidados por su propia creación... es decir, yo.

Por último, pero no menos importante, otro misterio para meter en el caldero... el ángel Mustafa, de quien provenía mi ADN, si realmente era malo, ¿significaba eso que de tal palo tal astilla? ¿Debería seguir el consejo de Dom y mantenerme alejada de él? O, por el contrario, puede que esa criatura se convirtiera en mi aliado y me ayudara a encontrar a mi hija. A pesar de que nadie podría ocupar el lugar de Jon, mi padre humano, puede que Mustafa fuera capaz de ayudarme. Es más, necesitaba instrucciones sobre cómo aceptar mi ángel interior.

«Estaría genial que nos hiciéramos amigos o íntimos familiares, si es que eso es posible entre los de nuestra especie», pensé.

Me preguntaba por qué no había tratado de ponerse en

contacto conmigo. Puede que los Illuminati no se lo permitieran. Supuse que mi conjetura era tan buena como cualquier otra.

Por otra parte, si Dom tenía razón sobre el ángel, ¿estaba dispuesta a correr un riesgo tan peligroso? Me estremecí ante ese concepto. Estaba empezando a sentir como si mi vida se dirigiera hacia otra colisión.

Suspiré, pensando en mi verdadero padre. Me hubiera gustado que siguiera vivo. Él me hubiera aconsejado sobre qué hacer. Solté un suspiro con desazón. No importaba cuánto lo deseara, nada podría traerlo de vuelta.

Entonces me vino a la mente ese bar, Mephistz. Todo sobre ese lugar me producía un *déjà vu,* empezando por la música y su seducción, que era como una droga intoxicante. Me parecía de lo más extraño que Jeffery no hubiera escuchado ni una nota. Y esa belleza de ojos dorados, ¿por qué había sido tan hostil? Puede que me hubiera reconocido. Al fin y al cabo, era una delincuente conocida. Sin embargo, sentía que mi reputación no tenía nada que ver con su aversión hacia mí. Pero no importaba porque no tenía pensado volver a ese bar.

Me mordí el labio inferior, pensativa. Pensé en hacer un poco más tarde un viaje a Tangi, para recordar los viejos tiempos. Me gustaría ver el campo vacío donde una vez se había erguido el castillo de Aidan. Supuse que también debería visitar a la señora Noel. No había visto a mi vieja amiga desde el día que me capturaron. Tal vez ella fuera capaz de ayudarme. La señora Noel tenía una extraña manera de saber cosas que podrían conducirme a mi hija.

Cuando dieron las ocho de la mañana, ya me había vestido con una camiseta blanca de tirantes y unos vaqueros, y me había puesto unas zapatillas de deporte, así que me eché la mochila al hombro antes de bajar las escaleras.

Aunque mi viaje no iba a durar más de un par de horas, me

aseguré de tener todo lo que necesitaba: algo de comida, agua, una aplicación de GPS en mi móvil y, por último, pero no menos importante, una daga, metida en su vaina y atada a mi muslo.

No sabría decir por qué había elegido protegerme con una daga en lugar de con un táser o incluso una pistola, pero supuse que era lo que más me había atraído. La había encontrado en una pequeña tienda de antigüedades repleta de todo tipo de rarezas. El empleado de la tienda me había dicho que pronto le iban a llegar otros cuchillos como este y afirmó que eran raros y especiales. No tenía ni idea de a qué se refería, pero me gustó la daga y quería conseguir las otras a juego, así que le pagué al hombre en el acto. Las armas blancas me salieron caras, pero no me importaba. Necesitaba tenerlas en mi posesión. Al menos contaba como alguna forma de protección. Dudaba que las dagas consiguieran matar a Helen o a cualquiera de los Illuminati, pero podría ralentizarlos el tiempo suficiente para poder escapar. De cualquier manera, ya nunca salía de casa sin mi daga.

Bajé las escaleras para encontrarme con Jeffery. Necesitaba un favor, y estaba segura de que no le importaría.

—Ni de broma —chilló Jeffery.

—¿Me estás diciendo que no confías en que pueda conducir tu Lincoln?

—¡Exacto! No dejo que nadie conduzca mi bebé.

—¡Se te olvida que fui yo quien te compró ese maldito coche! —exclamé. Era un golpe bajo, pero a veces una tenía que hacer lo que había que hacer.

—¡Qué fuerte me parece! —mi obstinado amigo puso los brazos en jarra y me fulminó con la mirada—. La única forma en que vas a conseguir mi coche es si lo conduzco yo. No hay nada más que hablar —Jeffery me dedicó una mirada asesina.

Entonces, como si un ladrillo hubiera caído del cielo y me

hubiera golpeado la cabeza, caí en la cuenta de que… ¡tenía dinero!

—¡Vale! ¿Puedes llevarme al concesionario de coches más cercano? Me gustaría comprarme mi propio vehículo.

Jeff puso los ojos en blanco.

—Chica, ¿acaso tienes un carné de conducir válido?

¡Maldita sea! Ahora Jeff me estaba tratando como si fuera una cría.

—Bueno, querido, pues no lo sé —admití.

Entonces, la pelea se detuvo, y ambos nos echamos a reír.

Después de renovar mi carné, Jeffery y yo fuimos directamente al concesionario Ford más cercano. Con dinero en efectivo en la mano, le pagué al vendedor, que sonreía de oreja a oreja, un buen precio por un Mustang muy especial. El pequeño deportivo me venía como anillo al dedo. A mí me daban igual los coches de lujo obscenos y, a decir verdad, no me parecía correcto comprarme uno, así que pensé que un Mustang descapotable de color rojo cereza sería la combinación perfecta.

Jeffery me acompañó a regañadientes, puesto que no quería que fuera sola y me metiera en problemas. Claro que él sabía cómo hacer que sus argumentos tuvieran sentido. De hecho, sus palabras resonarían en mis oídos durante algún tiempo.

—¿Estás loca o qué? Estás metiendo la nariz donde no te llaman, y todo por ese maldito castillo que desapareció de golpe. Estás completamente loca —despotricó Jeffery con una rabia ardiente.

—Puedo apañármelas. Tengo que hacer esto, y no, ¡no puedes venir conmigo! Tengo que hacerlo yo sola —me mantuve firme, como si fuera la persona más determinada del planeta.

—¡Vale! De todas formas, no me apetece nada conducir tu nuevo Mustang —mi amigo se puso de morros como si fuera un niño de cinco años.

—Espera… No me dejas conducir tu Lincoln, un coche gigante, super pesado y lento… ¿pero esperas que yo te deje conducir mi Mustang?

—Eso no tiene nada que ver —Jeffery se cruzó de brazos, negándose a ver la correlación.

—¡Tiene todo que ver! No vas a conducir mi coche descapotable vestido con tu ridículo traje de satén rosa intenso y tu pajarita negra para ir saludándole a todas tus zorras de la alta sociedad.

—Eso es un golpe bajo. Te diré lo que le digo a Dom: tú simplemente no tienes el talento para la moda como lo tengo yo.

Sí, Jeffery tenía talento, claro que sí. Pero no estaba segura de que tuviera que ver con la moda.

—Jeff, mi querido amigo, ¡nadie tiene el estilo que tú tienes! —esbocé una sonrisa pícara—. ¡Sabes que es así! Ahora, ¿puedo darle una vuelta a mi amigo en mi nuevo coche?

Me puse en marcha en mi descapotable, mi pelo moviéndose con el viento, y el sonido relajante del motor ronroneando a mi alrededor. El sabor de la libertad en la carretera no podría haber sido más vigorizador. Largarse a encontrar aventuras lejos de todos mis problemas parecía el remedio perfecto para mi dolencia.

En cualquier caso, no podía darme el lujo de estar fuera por mucho tiempo. Había demasiados cabos sueltos en mi vida. Más pronto que tarde, tendría que confrontar mis inminentes incertidumbres.

Dejé escapar un largo suspiro mientras miraba hacia el largo tramo de carretera que se extendía por delante de mí. ¿Cómo me hacía a la idea de las especulaciones que no habían sido corroboradas? Me sentía como una extraña en un mundo en cuya existencia apenas creía y, lo que es peor, era una extraña para mi propia hija.

«Ojalá conociera su nombre. Así me parecería más tangible», pensé.

Suspiré. Debía estar loca por querer creer a ojos vendados en la existencia de una niña que no sabía realmente si existía. ¿Y si me estaba metiendo en una misión imposible? A pesar de mi dilema, tenía que seguir mi corazonada. Nunca me lo perdonaría si no trataba de encontrarla. No podría seguir adelante hasta que no averiguara la verdad. No tenía otra opción. No obstante, no iba a ser fácil. A la familia no le gustaría que indagara en sus asuntos. Después de todo, habían hecho el esfuerzo de mandar a Helen para darme el mensaje, con la esperanza de convencerme de que me mantuviera al margen. El Gran Oz había hablado.

Me reí para mis adentros. ¿Desde cuándo seguía los consejos de los demás?

¿Por dónde empezar? El Registro Civil, tal vez. En general, las partidas de nacimiento eran documentos de dominio público. Mi instinto me decía que la mía había sido destruida. Entonces, ¿dónde empezar a buscar? Si mis cálculos eran correctos, habría parido al bebé nueve meses después de la fecha en que llegué por primera vez a ese hospital. Debí haber estado intensamente sedada cuando di a luz. Y, es más, debieron de haber usado drogas extremadamente potentes para que no me hubiera dado cuenta de mi creciente vientre. Porque yo no tenía ningún recuerdo de haber estado embarazada o de haber dado a luz. Mi mente estaba en blanco. Nada. ¿Cómo era posible que una mujer no supiera que había dado a luz a su propio bebé? Aquel pensamiento me provocó una ola de ira.

Aquella familia, durante toda su existencia, no había hecho más que traer la muerte a millones de personas a su paso y, aun así, seguían sobreviviendo como las cucarachas. Si mataban a mi hija, lo pagarían caro. Estaba dispuesta a causar estragos en sus miserables vidas. Supuse que esa era la esencia del ángel en mi interior.

Cuando llegué a la puerta principal del castillo, me quedé boquiabierta.

«No es posible que este sea el lugar correcto».

Lo que una vez me había recordado a una poderosa fortaleza, ahora yacía ante mis ojos como nada más que una puerta que se balanceaba de sus bisagras, chirriando hacia adelante y hacia atrás. Parecía como si hubiera estado a la deriva durante años. Incluso el pavimento de la entrada se había erosionado hasta crear baches y grietas. ¿Cómo era posible que algo tan magnánimo se hubiera convertido en ruinas tan rápidamente? Había envejecido demasiado rápido. No era normal. Sospechaba que la magia oscura había tenido algo que ver con esto. Además, la atmósfera apestaba a descomposición y a podrido.

Tomé una bocanada de aire con precaución y conduje a través de la entrada por el camino trillado. Cuando llegué al final del pavimento, me detuve abruptamente. Lo que más me desconcertaba de todo esto era lo que no podía ver. No había más que un campo de malas hierbas, ni rastro del castillo, ni de sus cimientos.

—Esto no es posible —murmuré mientras me bajaba del coche, examinando el área por si encontraba a cualquier otro visitante. Seguramente, la familia no vería con muy buenos ojos a los intrusos.

Moví la mano para comprobar que mi fiel daga seguía en su sitio. La protección se había convertido en un mal necesario. Le di un par de palmaditas a mi daga para tranquilizarme.

Me dirigí al centro del campo vacío donde solía erguirse el castillo en su imponente gloria. En su lugar, habían crecido caléndulas, que ahora me llegaban hasta las rodillas. No había señales de vida por ninguna parte, a excepción de una ardilla o dos moviéndose entre los árboles. Me quedé plantada en medio del campo de malezas, girando lentamente como en cámara lenta, disfrutando de todo el panorama. No podía creer lo que veían mis ojos.

Me estremecí cuando una gélida brisa sopló a través de mi cabello. El campo de malezas era de lo más espeluznante. Quería visitar otro lugar más antes de irme, así que vadeé a través de las malas hierbas tratando de encontrar el lugar que se hallaba solo a unos pocos pasos del viejo roble que solía hacerle sombra a la parte trasera del castillo. Caminé por la zona con la esperanza de tropezar con el mismo pomo de metal de la puerta que conducía a la cámara subterránea. No era posible que se hubiera esfumado también.

Me arrodillé y comencé a arrancar las vides espinosas en el lugar donde la había visto por última vez. Nada. Me senté sobre mis talones mientras inspeccionaba el suelo con la mirada. Se había esfumado como todo lo demás.

Me puse de pie y le eché un vistazo a la línea de árboles. Envolví mis brazos alrededor de mi cintura. Tenía la terrible sensación de que alguien me estaba observando. No había señales de nadie ni nada revolviéndose entre los arbustos, solo un cuervo posado en una rama baja del roble, cacareando. Parecía estar angustiado, como si mi presencia lo perturbara. No pude ver ningún otro pájaro.

Una oleada de escalofríos se extendió por mi cuerpo.

Entonces, me vino a la mente lo aterrorizada que Sara solía estar al ver un cuervo negro. Pensándolo bien, puede que su miedo estuviera justificado.

Salí de allí lo más rápido posible, levantando el polvo conforme mis neumáticos se alejaban. Dejar atrás aquel lugar dejado de la mano de Dios alivió la tensión en mis pulmones. No quería mirar atrás nunca más, pero aún no podía dejar atrás el pasado. Tenía una hija en algún lugar ahí fuera. Hasta que la encontrara, estaría atrapada en este mundo tan peculiar.

Ya que estaba cerca de Tangi, no podía irme sin visitar a la señora Noel. Me preocupaba que no me recibiera con los brazos abiertos, ya que a última vez que la había visto, había salido de su casa echa una furia y la había dejado a solas con Sam y con Jen. Es más, ahora contaba con un pasado oscuro, y la gente sospechaba de gente como yo, delincuentes violentos. Aunque era inocente, a los ojos de la ley era una criminal de lo peorcito. Sin embargo, a pesar de mi pasado, quería probar suerte y hacerle una visita a mi querida amiga. Estaría bien volver a ver su agradable sonrisa y ponernos al día sobre los viejos tiempos y lo que estaba pasando ahora.

Aunque estaba emocionada por visitar a la señora Noel, no pude evitar sentirme inquieta. La pequeña casa en la que solía vivir, junto a la casa de la señora Noel, me tocaba la fibra sensible. Demasiados malos recuerdos inundaron mi mente. Era el último lugar en el que había visto a Sara con vida, y aún no estaba preparada para enfrentarme a la muerte de mi madre.

Me sentía responsable de su muerte. Si no le hubiera pedido a Aidan que le diera ese estúpido polvo, puede que aún siguiera viva. Derramé una lágrima y rápidamente la sequé.

Había tantas preguntas sin respuesta. ¿Sabía Dom la verdad sobre la participación de Aidan en el plan maestro de la familia? ¿Debería haber confiado en Aidan? Si había sido capaz de omitir un detalle tan crucial como que estaba casado con Sally, ¿qué más había estado ocultándome? Si los muertos pudieran hablar, ¿qué diría Aidan? ¿De verdad había llegado a pensar que Aidan me quería en realidad? Sí. Lo había visto en sus ojos. Sus profundos ojos azules solían revelar tanto... A veces era como estar mirando dentro de una bola de cristal.

Ahora la respuesta a esa pregunta parecía estar a años luz, y dudaba seriamente que alguna vez llegara a saber la verdad. Aidan era el único que podría aclarar sus sentimientos y se había ido para siempre. Tenía que aceptar la realidad, y no me quedaba otra más que asumir lo peor. Y lo peor era que, por el bien de su familia, me había dado la espalda. ¿De qué servía un amor así?

Pero su muerte había sido tan innecesaria... Él le había sido leal a su familia. ¿Por qué se desharían de él? Además, Aidan sabía cómo cuidar de sí mismo de manera bastante eficiente. Y era inmortal. Aidan había caminado esta tierra durante muchos años y había vivido más vidas que cualquier ser humano. Estaba segura de que a lo largo de su prolongada vida, Aidan habría sufrido varios altercados potencialmente mortales y que, al enfrentarse a ellos, habría conseguido perfeccionar su instinto de supervivencia. Entonces, ¿qué había causado su muerte? Buena pregunta. Con un poco de suerte, la respuesta podría conducirme hacia nuestra hija, si es que existía.

Volví a recordar aquella mañana en la cabaña y las últimas palabras que Aidan me había dirigido. Un acertijo: «Crée solo la mitad de lo que ves y nada de lo que no ves». ¿Qué demonios significaba eso? Suspiré. Todas estas preguntas sin respuesta me estaban provocando un fuerte dolor de cabeza. Últimamente, mi cerebro no hacía más que nadar en un torbellino de confusión.

Curiosamente, lo único bueno de toda esta atrocidad era que ya no tenía las pesadillas de antes. Cesaron cuando me despojaron de mi libertad.

«Extraño», pensé.

A decir verdad, todos estos cuentos de hadas no eran más que castillos en el aire. En cualquier caso, debía mantener mi mente abierta. Si quería seguir con vida, tendría que aceptar que había fuerzas oscuras al acecho, observándome.

Si iba a aferrarme a la última pizca de cordura que me quedaba, tendría que dejar de lado mis confusos sentimientos por Aidan y enterrarlos tan profundamente que nunca pudieran resurgir. Necesitaba centrar todos mis esfuerzos en encontrar a mi hija. Aidan se había ido para siempre. Ahora las cosas eran diferentes. La antigua Stevie había muerto con él, y la nueva Stevie era menos frágil. Un cambio para mejor, en mi opinión. Por el bien de nuestra hija, tenía que mantener la mente en el objetivo. Lo cual significaba evitar cualquier tipo de distracción, y eso incluía mis momentos nostálgicos.

La triste realidad era que la mayor parte de los hombres a los que había querido a lo largo de mi vida habían acabado muertos. No podría afrontar otra pérdida. Simplemente, el dolor no merecía la pena. Mi corazón era demasiado traicionero. Al fin y al cabo, casi había acabado conmigo. Estaba muerta por dentro.

Aunque la muerte aún no había alcanzado mi corazón. Casi esperaba que llegara ese día.

¿Llegaría a confiar en otro hombre lo suficiente como para dejarlo acercarse a mí? ¿Era posible que el destino tuviera a alguien más reservado para mí? Esperaba que no fuera así. Aidan me había destrozado el corazón y ya no me quedaba nada más que dar.

Poco más tarde, doblé la esquina hacia la calle Santa Ana y atisbé la casa que solía considerar como mi hogar, antes de que me arrestaran.

Detuve el coche frente a la entrada, pero lo mantuve al ralentí mientras inspeccionaba la vieja casa con la mirada. Había envejecido tanto… Vacía y marchita, la casa parecía estar abandonada y haber sido erosionada por el clima. Había malas hierbas por todas partes, y la pintura se había agrietado y se estaba cayendo, exponiendo las tablas de madera podridas.

Suspiré y me mordí el labio inferior. Sentí la necesidad de entrar. Abrí la puerta del coche y salí de golpe. Temía que, si me lo pensaba dos veces, me acobardaría.

Se me revolvió el estómago conforme me acercaba a la casa. Me di cuenta de que los escalones que conducían al porche estaban medio en ruinas y varias de las tablas se habían partido en dos. Subí las escaleras despacito y con cuidado hasta que llegué al porche y me paré delante de la puerta. Me detuve con la mano apenas rozando el pomo de metal. Contuve la respiración y lo giré. Para mi sorpresa, la puerta se abrió con un crujido. Me obligué a pasar un pie por el umbral y, con el corazón martilleando en mi pecho, entré en la habitación vacía. Me quedé mirando las escaleras interiores. Tragué saliva, meciéndome sobre mis talones, dubitativa.

Sin darme cuenta, me encontraba de pie frente a la habitación de mi madre. La última vez que había visto a mi madre con vida había sido en esta habitación, mientras ella trataba de dormir con un quinto de la botella de Jack Daniels en su sistema. Había estado angustiada por la pérdida de su novio, Francis, a quien le habían rajado la garganta, asesinándolo.

Aidan había estado parado al otro lado de la cama de Sara, sujetando una bolsa blanca en la mano. Lo había llamado polvo de ángel: una droga muy poderosa desconocida por los humanos, hecha a base de gemas místicas trituradas hasta conseguir un polvo fino.

Me quedé ahí parada mientras examinaba la habitación vacía con la mirada. No se parecía en nada a como la recordaba. Las cortinas estaban desgarradas y se habían descolgado de la barra. Entre las telarañas y el polvo, daba la sensación de que nadie hubiera vivido nunca en esta casa. Todos los muebles habían desaparecido, al igual que su encanto y calidez.

De repente, sentí que me estaba sofocando. Traté de salir de allí lo más rápido posible. Bajé las escaleras corriendo y salí por la puerta como alma que lleva el diablo. Cuando entré en el coche, metí la marcha atrás y pisé el acelerador a fondo, hasta que me detuve frente a la casa de la señora Noel, dos puertas más abajo. Me sujeté al volante durante un momento, tratando de recuperarme. Debería haberlo dejado por la paz. Respiré profundamente, tratando de deshacerme de los escalofríos.

Hice visera con la mano, tratando de ver a través del resplandor del sol, y allí estaba la señora Noel, esperándome. Algunas cosas nunca cambian.

Cuando llegué a la cima de las escaleras, la señora Noel me agarró instantáneamente, como si fuera la hija pródiga que regresaba a casa.

Por primera vez desde que me habían liberado, me permití llorar largo y tendido. Supuse que había llegado el momento. Una avalancha de lágrimas brotó de mis ojos mientras me acurrucaba entre los brazos de mi vieja amiga. Lloré como un bebé.

Finalmente, después de lo que pareció ser una eternidad,

ambas nos recompusimos y entramos dentro de la casa. En cuanto mis ojos se ajustaron a la tenue iluminación, no pude evitar sobresaltarme. Sabía que la casa habría envejecido, pero no se me hubiera pasado por la mente pensar que estaría en ruinas.

Tras inspeccionar el salón con la mirada, me resultó evidente que la casa estaba echa un desastre. El techo cedía como si estuviera empapado, y había grietas alrededor de la puerta que sugerían problemas en los cimientos. Temía que en cualquier momento la casa se viniera abajo sobre nosotras.

Centré la mirada en la señora Noel.

—Ay, bonita —agitó la mano, tratando de desestimar mi preocupación—. No te preocupes por este viejo lugar. Es como yo. Algunas cosas están más frágiles estos días, eso es todo —esbozó una sonrisa sin dentadura.

No esperaba otra cosa que no fuera su actitud optimista. Nada parecía inquietar su constante sonrisa.

Dado el poco cuidado que mi querida amiga estaría recibiendo y a sus deficientes condiciones de vida, decidí que no podía quedarse aquí por más tiempo.

—Florence, haz la maleta. Te vienes a casa conmigo —anuncié.

—Bah, no digas tonterías, niña. No puedo abandonar mi casa. Esta vieja casa y yo hemos vivido demasiado tiempo juntas... no puedo irme así sin más —la señora Noel me dio unas palmaditas en el brazo.

No estaba dispuesta a marcharme sabiendo que estaba viviendo en este tipo de condiciones.

—Vale, esto es lo que vamos a hacer. ¿Qué te parece si te vienes conmigo a pasar unas cortas vacaciones mientras contrato a alguien para que arregle tu casa? —sonreí ampliamente.

—No. Eso es demasiada molestia. Tú no te preocupes por mí. Yo estoy bien aquí, bonita.

—Florence, no puedo dejarte aquí. Esta casa no es segura. No me puedo creer que aún no hayan declarado tu casa en ruinas.

—No te preocupes, niña. Un hombre de uniforme vino y pasó un viejo papel amarillo por debajo de la puerta de mi casa, pero lo tiré. Pero deja de preocuparte porque tengo mi magia protegiendo la casa. Nadie va a venir a sacarme de aquí.

Justo en ese momento, atisbé el papel de color amarillo intenso escondido debajo del sofá. Lo recogí y rápidamente examiné los contenidos la carta. Tenía razón sobre mis sospechas; el Ayuntamiento había declarado la casa en ruinas.

—Florence, aquí dice que el Ayuntamiento exige que abandones tu casa en menos de dos semanas. Si no vienes conmigo, te quedarás sin hogar. Y no puedo permitir que pase eso.

—Bonita, no puedo darle la espalda a mi casa. Esta vieja casa me ha cuidado desde que nací, y están todas mis pertenencias... no puedo dejar atrás mis artesanías. Algunos de mis libros sobre espíritus le pertenecían a mi antepasada, Marie —la señora Noel estaba claramente angustiada.

—No te preocupes. Puedo contratar a alguien para que empaquete todas tus posesiones y lo lleve todo a mi casa.

Súbitamente, los hombros de la señora Noel se desplomaron y soltó un suspiro, derrotada.

—Supongo que no tengo otra opción —cedió.

Me sentía fatal. Pero, aún más, temía que esta casa colapsara sobre ella.

—No te preocupes. Tengo espacio más que suficiente para ti y, además, tu sobrino favorito también vive conmigo —apreté su mano con suavidad.

La señora Noel se limitó a asentir con la cabeza.

—Deja que llame a una empresa de mudanzas para poner las cosas en marcha. Y luego te llevaré a comer —esbocé una sonrisa, tratando de ocultar mis preocupaciones—. ¿Estás comiendo bien, Florence?

—Como cuando me apetece, pero últimamente no me apetece nada cocinar. Esta casa se calienta demasiado, y yo estoy descompuesta la mayor parte del tiempo.

No me gustaba cómo sonaba eso. Sospechaba que sus

comidas eran poco frecuentes. Estaba un poco pálida. Temía que su salud hubiera empeorado desde la última vez que la había visto. Planeé llevarla a un médico en cuanto llegáramos a Nueva Orleans. Cuanto antes mejor. Y, como el dinero no era un problema, me encargaría de que recibiera la mejor atención médica posible. Estaría bien hacer buen uso de toda mi fortuna.

~

Cuando llegamos a casa, nos encontramos con una multitud de familiares, jóvenes y mayores, que esperaban la llegada de la señora Noel.

En cuanto Jeffery atisbó a su tía abuela, las lágrimas comenzaron a correr por sus mejillas. Él no tenía ni idea de lo mal que había estado viviendo la señora Noel. Supuestamente, uno de los miembros de la familia le había prometido a Jeffery que cuidaría de la mujer y le había jurado tener las cosas bajo control, además de asegurarle que pasaba con frecuencia por la casa para comprobar que estaba bien, hacerle la compra e incluso cocinar para ella. Sin embargo, resultó que el dinero que Jeffery le había estado mandando solamente había llegado a parar al bolsillo de la pariente. La señora Noel no había visto ni un centavo. Al descubrir esta información, Jeff se había puesto hecho una furia, y yo estaba igual que él.

Evidentemente, cuando llamé a casa para hacerles saber a los chicos que la señora Noel se quedaría con nosotros por un tiempo, Jeffery y Dom contactaron con algunos de los miembros de su familia. Luego, esas personas llamaron a otros miembros de la familia y, antes de que nos diéramos cuenta, tanto el patio como la casa estaban a rebosar de gente proveniente de todas partes del estado. Fue una merecida reunión familiar.

Dom y Jeffery se habían dejado la piel en el evento. Había mesas situadas en el precioso jardín cubiertas de platos con deliciosas comidas. Muchos de los invitados trajeron regalos y sus propios platos especiales también. Había al menos diez variedades diferentes de pollo frito, un plato por el que varios de los miembros de la familia se habían decantado. Además de eso, había pan de maíz de agua caliente, col berza, ensalada de patata, mostaza parda, macarrones con queso, mazorcas de maíz, costillas a la parrilla en salsa picante, cangrejos de río, pescado bagre, quingombó de gambas y varios postres deliciosos.

Era una fiesta digna de una reina, eso sí, pero lo mejor de todo era ver el rostro de la señora Noel resplandecer de pura alegría. Era su día especial. Dom insistió en que se sentara a la cabeza de la mesa principal como la reina que merecía ser, y el resto se reunió a su alrededor, dándole la bienvenida a su nuevo hogar con abrazos y besos.

Yo permanecí de pie a un lado, en silencio, mientras presenciaba el amor y la devoción que todos sentían por esta maravillosa mujer. Nunca antes había visto tantas sonrisas y lágrimas en un único lugar al mismo tiempo. No había ni un ojo seco en toda la casa. Me sentí afortunada por formar parte de este feliz evento.

No obstante, incluso con toda esa maravillosa alegría, una parte de mí sentía melancolía. Mi corazón no podía evitar sentir mi pérdida, la pérdida de mis padres, un amor perdido y, posiblemente, incluso la pérdida de una hija a la que nunca había llegado a conocer. Un ansia comenzó a revolverse en mi interior. Anhelaba el tacto suave de mi bebé, una niña robada que se habían llevado en contra de mi voluntad. Mis ojos acumularon varias lágrimas, pero las empujé hasta el fondo.

—No —me dije a mí misma—. Hoy no. Hoy le pertenecía a la señora Noel y a su familia. Ya llegará mi día, pero hoy no.

Por la mañana, planeaba llamar y ver qué podría hacer para llevar a la señora Noel a un hospital. Con el cuidado de un médico y la dieta saludable que le proporcionaría Dom, volvería a estar como nueva enseguida.

Otra cosa que debería agregar a la lista era el diseñador de moda en que se había convertido Jeffery. Me imaginaba que su tía también necesitaría algunas prendas nuevas. Sentía un incesante deseo de desplegar la alfombra roja por esta dulce viejecita y darle lo mejor de todo.

Esa misma noche, cuando todos los invitados se hubieron marchado, la señora Noel finalmente nos dio las buenas noches y se fue a dormir a una de las habitaciones de la planta baja que decidimos que fuera su dormitorio permanente.

Estaba lavando el último plato, cuando Jeffery me pilló por sorpresa y, en un movimiento rápido, me agarró y me abrazó tan fuerte que apunto estuve de quedarme sin aliento. Mientras me abrazaba, dijo entre lágrimas ahogadas:

—Muchísimas gracias por traer a mi tía a casa. No sabes cuánto tiempo he estado tratando de conseguir que se viniera a vivir conmigo. No importa lo que digas, a mi tía una vez que se le mete algo en la cabeza, ¡no puedes hacerle cambiar de idea!

Ver la gratitud en los ojos llorosos de Jeffery me conmovió. Sentí las lágrimas que se acumulaban en mis ojos.

—No te culpes, Jeff. Ahora está con nosotros. Mañana voy a llevarla a ver a un médico. Va a recibir la mejor atención que se pueda comprar con dinero. Además, gracias a la comida de Dom y a tus mimos, estará como nueva en un abrir y cerrar de ojos —le devolví el abrazo con fuerza.

—Gracias, Stevie.

—¿Por qué? —pregunté mientras metía el último plato sucio en el fregadero.

—Si no fuera por ti, no tendría la dulce vida que tengo ahora. Gracias a tu generosidad no tengo que preocuparme por el cuidado de mi tía. Lo aprecio un montón y te quiero y, chica, yo nunca digo nada que no sea verdad. Y por eso mismo no te echo en cara que no seas fabulosa, ni negra como yo, por supuesto —bromeó Jeffery mientras giraba sobre sí mismo, pavoneándose como el mejor.

Puse los ojos en blanco y me reí.

«Ese es mi Jeffery», pensé.

—Por supuesto —sonreí ampliamente—. En verdad, no es a mí a quien le tendrías que estar agradecido —cambié el tono de voz a un tono más serio—. Es Aidan el responsable de toda esta extravagancia —me encogí de hombros, sintiéndome un poco triste—. Eso es algo bueno que hizo por nosotros.

—Lo echo de menos, ¿sabes? —Jeffery hizo una pausa. Atisbé una chispa de tristeza en sus ojos azules—. ¿Y tú?

Suspiré y dejé caer la toalla sobre el fregadero.

—El Aidan de antes de que me traicionara, sí —agaché la cabeza, tratando de recomponerme—. A veces me gustaría haber podido ponerle la cara al revés de una bofetada, por haberme engañado. Y otras veces me gustaría haber podido sentir la calidez de sus brazos a mi alrededor, una vez más. Aidan tenía una forma de hacer que me sintiera a salvo y protegida —empecé a sentir un nudo en la garganta—. Y hasta eso fue una mentira.

—Puede que te resulte difícil de creer, pero yo creo que realmente te quiso. A veces, cuando tú no estabas mirando, lo pillaba a él observándote y… sonreía. Dicho esto, que una persona te quiera no significa que sea buena para ti. Y al pobre señor Aidan, que lo criaron en esa familia que no vale nada, puede que le arruinaran la cabeza —Jeffery sacudió la cabeza.

—¿Qué le pasó? —me quedé sin aliento conforme mi curiosidad aumentaba.

Aidan no solía hablar de sus asuntos personales.

—Chica, ¿es que no lo sabes? —Jeffery abrió los ojos como platos.

—¿Saber qué? Ahora realmente quería saberlo.

—Se podría decir que finalmente voló sobre el nido del cuco[1].

—¿Por qué dices eso? —al instante, sentí como si una araña estuviera trepando por mi espalda.

—¡Mató a sus padres, cari! —exclamó Jeffery.

En ese instante, pensé que mi corazón necesitaría RCP[2].

—¡¿Qué?!

—Chica, sus padres eran unos monstruos, de esos que torturan gatitos y todas esas mierdas. Y Aidan simplemente llegó a su tope.

Me quedé allí plantada como si me hubieran disparado y estuviera esperando que mi cuerpo se diera por vencido de un momento a otro.

—¡Madre mía! Tiene sentido —medio susurré para mí misma mientras movía los ojos de un lado a otro de la habitación y, luego, de vuelta a Jeffery—. ¡Eso es lo que estuvo utilizando Van para chantajearlo, el asesinato de sus padres!

Jeffery se quedó boquiabierto.

—¡Señor, ten piedad! ¿Qué? No sabía nada de eso. Eso está muy jodido.

—Ya, Aidan es una caja de misterios —solté un profundo suspiro—. ¿Tú crees que se unió a Sally y a la familia para tenderme una trampa? —pregunté.

—Cari, me gustaría decirte que no, pero el señor Aidan era un hombre difícil de conocer. Se lo guardaba prácticamente todo para sí mismo —Jeffery parecía desconcertado mientras negaba con la cabeza.

—Estoy de acuerdo contigo en eso —me mordí el labio inferior—. Parece que Aidan tenía una mazmorra repleta de secretos ocultos.

—Ajá, sí que lo parece —Jeffery se frotó el cuello, pensativo.

—Yo creo que realmente no podemos llegar a conocer totalmente a una persona —cogí el paño de cocina y comencé a limpiar la encimera con mucha fuerza.

—Nunca entendí por qué el señor Aidan seguía dejando que su tío viniera a visitarlo. No le caían bien él, ni su primo, Sam —Jeffery hizo una mueca—. Pero, vaya, hasta yo tengo familia a la que dispararía no más verlos si vinieran a visitarme —Jeffery cogió una galleta y le dio un gran bocado. Antes de volver a hablar, hizo una pausa para masticar—. No sé por qué me sorprende que Van lo estuviera manipulando. Él y toda esa familia son el diablo.

—Dímelo a mí —bromeé—. Lo sé mejor que nadie —rápidamente, doblé el paño y lo deposité sobre la encimera.

Había una gran pregunta que seguía dando vueltas en mi cabeza: si la muerte de los padres de Aidan era lo que Van había estado usando en su contra, entonces me preguntaba si Van habría tenido algo que ver con la muerte de Aidan. Pero ¿cómo podría un mortal matar a un poderoso druida? Lo que es más, un druida inmortal.

Cogí una galleta de pasas y me la metí en la boca de golpe. Había tantas posibilidades y verdades ocultas alrededor de la familia que hacían que me hirviera la sangre de miedo.

—Jeffery, ¿cuándo te enteraste de la muerte de los padres de Aidan? —me froté las manos para deshacerme de las migajas.

—La víspera de Halloween, la noche antes de que te secuestraran, escuché a Aidan y a su tío discutiendo fuertemente.

—Interesante —bajé la mirada hacia mis pies, rememorando esa noche con todo lujo de detalles. Volví a alzar la mirada hacia Jeffery—. ¿Crees que esa discusión podría haber estado relacionada con mi encarcelamiento y la muerte de Aidan?

Jeffery se encogió de hombros.

—Cari, en esa familia, todo es posible.

—¡Que me lo digan a mí! —me estremecí al pensar en cómo mi vida había dado un giro aterrador aquella mañana en la cabaña.

—Pero, chica, es una tontería tratar de averiguar de qué van esas putas personas. ¡Que les den! Eso está en el pasado, y Aidan está muerto. Ahí fuera hay alguien perfecto para ti. ¡Lo que tienes que hacer es salir ahí y encontrarlo!

—No estoy segura. Ya no creo que eso sea para mí —me encogí de hombros bruscamente.

—¡No seas tonta! Eres joven y guapísima. Tienes un corazón realmente enorme y te mereces encontrar el amor verdadero. El tipo de amor que hace que te cosquilleen los dedos de los pies. Una media naranja que te ponga a ti por delante de toda su puta vida. Ese es el amor del que estoy hablando —Jeffery chasqueó los dedos con clase.

—Cuando encuentres ese tipo de amor, dímelo —hice una mueca—. Ya no creo demasiado en eso de las almas gemelas. Para empezar, mira a mis padres. El amor que sentía mi padre por mi madre le costó la vida. Y mira lo que el amor me ha costado a mí. Tres años en una institución mental por asesinatos que no he cometido, y puede que tenga una hija que se encuentre a merced de esos sociópatas —me detuve.

Tenía que ponerle un corcho a mis emociones. Me estaba agotando una barbaridad. Podía sentir el espíritu de mi hija tirando de mí a cada minuto. Pensaba que mi corazón se iba a romper en dos. De repente, sentí que me ardían las mejillas. Respiré profundamente, tratando de disminuir mi ritmo cardíaco y mi temperamento.

—Jeffery... el amor tiene un precio demasiado alto para mí. Además, no tengo nada que entregar a cambio —giré sobre mis talones para quedar de cara al fregadero. Sentí una carga eléctrica de emociones moviéndose a través de mi cuerpo. No estaba enfadada, sino enfurecida. Tenía ganas de romper algo.

—Niña, siento tu dolor —Jeffery me tocó suavemente el hombro—, pero uno de estos días vas a querer volver a subirte a ese caballo. Y te prometo que esta vez va a ser el amor de tu vida.

Alcé la cabeza y vi que los ojos de Jeffery brillaban.

LA PROMESA

El día me había dejado tan agotada que, en cuanto mi cabeza rozó la almohada, concebí el sueño en tan solo unos minutos.

Me desperté a las dos de la mañana al sentir un revuelo a mi alrededor. Abrí los ojos lentamente y atisbé a la señora Noel sentada a los pies de mi cama. Sorprendida, me erguí y tomé una bocanada de aire.

—¿Pasa algo? —le pregunté inmediatamente.

Mi mente nebulosa entró en estado de alarma.

—Ay, bonita, no podría estar mejor. Quiero darte las gracias por el día de hoy. Ha sido muy amable de tu parte traerme junto a mi familia.

—Florence, no es necesario que me des las gracias. Deja que te ayude a volver a tu habitación. Necesitas descansar.

—No. Ya no te preocupes más por mí. Voy a estar bien. Voy a volver a casa enseguida, pero antes de irme quiero decirte algo.

Sentí una repentina oleada de pánico. ¿Qué quería decir con que se iba a casa?

«Debe de estar delirando», pensé.

Entrecerré los ojos, tratando de ver algo bajo la poca luz de la luna que entraba a través de la ventana. Apenas podía ver la mera silueta de la señora Noel en su camisón de dormir.

—Recuerda que esta es tu casa —le recordé.

No pude evitar sentir un espeluznante temor.

—No, no me refiero a esta casa, bonita. Estoy hablando de mi casa ahí arriba.

«¿Ahí arriba?»

Algo no iba bien.

—Florence, estamos en el segundo piso —empecé a buscar a tientas el interruptor de la luz, pero algo me detuvo.

—Escúchame porque no me queda mucho tiempo antes de que vengan por mí —susurró en voz baja.

Fruncí el ceño, desconcertada.

—Hay un joven de ojos dorados —continuó.

—¿Qué...? —me quedé mirándola, preguntándome si estaría soñando.

—Calla, bonita, y escúchame —me regañó la señora Noel.

«Vale. Escucharé lo que me tiene que decir y luego llamaré al número de emergencias», pensé.

—El hombre de ojos dorados se me apareció en un sueño. Quiere que te diga que vayas a buscarlo. Él podrá ayudarte a encontrar a tu bebé, cariño.

De pronto, se me secó la garganta. ¿Cómo sabía la señora Noel de la existencia de mi hija? En verdad, no era de extrañar, ya que la señora Noel tenía la asombrosa habilidad de conocer los secretos más escondidos en el fondo de una persona.

—Espera... ¿Cómo...?

—Te salvó la vida la noche que fuisteis al bar ese con el nombre raro —me interrumpió la señora Noel antes de que pudiera terminar la frase—. Jeffery y tú entrasteis en un mundo que solo unos pocos conocen. El hombre de ojos dorados intervino para protegeros a los dos. Mantente cerca de él. Él te guiará a través de tu viaje.

—No lo entiendo —parpadeé varias veces, incrédula.

—Bonita, me tengo que ir ya. Me están llamando. Cuida de

mi sobrino. Dale un abrazo de mi parte. A ti también te quiero, bonita.

—Espera… Florence, deja que te acompañe a tu habitación.

Me quité las sábanas de encima y salí de la cama. Pero, cuando me volví, me di cuenta de que estaba sola en la habitación y no había nadie a los pies de mi cama.

—¿Florence? —la llamé, perpleja.

Rápidamente, encendí mi lámpara de noche. La luz iluminó toda la habitación, pero no conseguí atisbar ni un alma.

Sentí un escalofrío. Me volví a meter en la cama y solté una risita nerviosa. ¿Podría haber estado soñando? De repente, una gélida brisa me alborotó el cabello. Envolví mis brazos alrededor de la cintura y corrí a cerrar la ventana, pero, para mi sorpresa, descubrí que ya estaba cerrada.

Antes de que pudiera asimilar lo que acababa de suceder, escuché unos gritos provenientes de la planta baja que me helaron la sangre. ¡Era Jeffery!

Entré en pánico. Sin tiempo para pensarlo, corrí escaleras abajo, bajando los escalones de dos en dos, siguiendo el origen de los gritos.

Cuando llegué a la habitación de invitados, me detuve. Allí estaba Dom, de pie junto a la cama de la señora Noel, consolando a Jeffery, que se erguía sobre el cuerpo sin vida de su tía. Había fallecido mientras dormía.

Sin pensarlo dos veces, me coloqué junto a Dom para consolar a Jeffery. Ya no había nada que pudiéramos hacer por ella. La señora Noel había muerto.

Ver el dolor en los ojos de Jeffery me rompió el corazón. Sentí las lágrimas que querían brotar de mis ojos, pero las detuve. En ese momento, Jeffery necesitaba contar con nuestro apoyo moral, y romper a llorar no le haría ningún bien a nadie. Aun así, me sentía aturdida. La muerte de la señora Noel no parecía ser real. Hacía solo unos momentos, había estado hablando conmigo.

El médico forense anunció que la señora Noel había fallecido a la una y cincuenta y cinco de la mañana. ¿Cómo podría ser eso posible si había sido ella quien me había despertado a las dos de la mañana? ¿Acaso había estado hablando con su fantasma? Me estremecí solo de pensarlo.

«Tal vez debería guardarme esto para mí misma», pensé. Podría haber estado soñando. De ser así, había sido un sueño de lo más vívido.

~

Tras el fallecimiento de la señora Noel, Jeffery no consiguió recomponerse. Sus incesantes llantos nos mantenían a Dom y a mí ocupados. Su muerte nos había roto el corazón a todos, pero Jeffery fue el más afectado.

Yo misma me encargué de preparar el funeral. Quería que Jeffery y su familia obtuvieran únicamente lo mejor, y eso significaba un funeral de jazz, como era tradición en Nueva Orleans.

En el sur, la gente hacía las cosas a lo grande. Nunca había visto una procesión en la cual la familia afligida bailara al ritmo de una banda mientras desfilaban por las calles de la ciudad. Algunos de los invitados atendieron el funeral vestidos con colores dorados y púrpuras intensos y sombreros de plumas. Hombres con sombreros de copa desfilaron junto a un deslumbrante caballo y el coche que transportaba el ataúd.

Jeffery y Dom se situaron a la cabeza del desfile, mientras que el resto de familiares y amigos formaron una cola de más de un kilómetro de largo. Muchos llegaron de otras partes del estado, desde personas a las que la señora Noel había tratado con sus hierbas medicinales hasta personas que la habían saludado de pasada.

Ver a Jeffery desmoronarse me había partido el corazón. Sabía que se culpaba a sí mismo por la muerte de su tía. Quería consolar a mi querido amigo y decirle que a la señora Noel le había llegado la hora.

«Tal vez cuando todo vuelva a la normalidad, debería hablarle sobre mi visita», pensé. «Puede que lo ayude a lidiar con su pérdida. Al fin y al cabo, también me dio un mensaje para él. Debo honrar sus últimos deseos».

El funeral fue tan emotivo que no quedó ni un solo ojo seco al final del día. El pobre Jeffery era un alma rota. Fue necesaria la fuerza de varias personas para despegarlo del ataúd de su tía antes de que la enterraran. Sus sollozos tan intensos me partieron el alma. Nunca lo había visto tan angustiado. Dom, que poseía la paciencia de un ángel, no se separó de su compañero en ningún momento.

Después de la procesión, los invitados vinieron a casa. Mientras comíamos algunos de los famosos postres de Dom, varios miembros de la familia contaron historias sobre la señora Noel. Por las anécdotas tan bonitas que contaron, supe que era una mujer muy querida por todos. Fue un día triste y, aun así, un día de celebración.

Eran las doce de la noche y solo había un par de personas en la calle Bourbon. La ciudad que nunca dormía debía de estar echándose una siesta.

«Qué raro», pensé.

Me paré frente al letrero de neón que decía: «Mephistz», el mismo bar del que nos habían echado bruscamente a Jeffery y a mí. Debía haber perdido la cabeza porque aquí estaba, una vez más, como si fuera masoquista. Estúpido, lo sé. Estaba a punto de cometer el mismo error, solo que esta vez tenía un propósito completamente diferente. El plan de esta noche no tenía nada que ver con la juerga. Más bien, había venido para cumplir con la promesa que le había hecho a mi difunta amiga.

Me estremecí.

Pero ese no era mi único motivo. Si este extraño de ojos dorados tenía algún tipo de información que pudiera conducirme a mi hija, tenía que correr el riesgo.

Agaché la cabeza y me miré las manos. Estaban temblando.

Rápidamente, las escondí detrás de mi espalda. Solamente llevaba puestas unas medias de satén ajustadas y una blusa ceñida, así que no tenía donde esconderme. Aparte de la inquietud que me producía este bar, sentí que había algo diferente acerca del misterioso hombre de ojos dorados. En mi corta vida, había estado cara a cara con un par de hijos de puta sin corazón, pero este me tenía bastante intrigada.

—Ya vale —me dije a mí misma—. A la cuenta de tres.

Cuando entré en el bar, noté que no había cambiado nada desde mi última visita. No había nada fuera de lo común. A pesar de que el antro estaba totalmente vacío, había una espesa nube de humo que flotaba en el aire, acompañada por un fuerte aroma a sudor y licor. Como el típico bar de mala muerte.

Me dirigí a la barra. El hombre mayor que estaba haciendo de camarero se acercó a mí.

—¿Cuál es tu veneno, señorita? —esbozó una sonrisa con un silbido. Sospechaba que llevaba una dentadura postiza.

Le devolví el amable saludo con una sonrisa seca. Traté de enmascarar mi nerviosismo, pero me daba la sensación de que este tipo podía ver a través de mi farsa.

—Esta noche solo una Coca-Cola, gracias —le pedí.

Escuché la música que sonaba en el fondo; una radio, quizás. Esta vez, las canciones eran muy diferentes, lo cual hizo que me sintiera aliviada. Necesitaba mantener la mente clara.

El hombre me dirigió otra sonrisa.

—¿Dónde está tu amigo? —preguntó.

—En casa. He venido sola —forcé una sonrisa.

—Ah, ya veo —el camarero parecía sospechar de mí. Luego, perezosamente destapó una botella de Coca-Cola y me la entregó.

—¿Qué? ¿Una chica no puede ir a un bar sola? —me avergoncé un poco.

El camarero asintió cortésmente.

—Depende —respondió secamente, su semblante ilegible.

—¿De qué depende? —cuestioné.

—Depende de lo que estés buscando —cogió un vaso y la toalla que llevaba al hombro y comenzó a frotar las manchas.

Sus ojos me resultaban familiares. Eran demasiado intensos para un hombre de su edad.

—Como te has pedido una Coca-Cola, diría que estás aquí por negocios —esbozó una amplia sonrisa.

—Ya veo que eres un hombre inteligente —comenté con una sonrisa—. Estoy buscando a un hombre de unos dos metros de altura, pelo rubio por los hombros, de unos veintitantos años, ojos dorados, guapo… —me sorprendí a mí misma por lo rápido que había recordado los detalles sobre la apariencia del tipo ese —. Estuvo aquí esa noche —le di un trago rápido a mi Coca-Cola, tratando de hacer como si nada.

—¿Y qué es lo que una buena chica como tú quiere de él? —el camarero comenzó a frotar el vaso con más rapidez, como si estuviera tratando de crear una chispa.

—¿No es obvio? —le devolví la pregunta.

No me apetecía en lo más mínimo tener que explicar mis motivos, así que traté de pretender que me gustaba el otro chico.

El camarero depositó el vaso sobre la mesa, se volvió a poner la toalla sobre el hombro y me miró directamente a los ojos.

—No, no estás aquí por eso —desmintió. Las comisuras de su boca se inclinaron ligeramente hacia arriba, insinuando una sonrisa—. Aunque seguro que se sentiría halagado por tu oferta —me guiñó un ojo.

Parecía que este tipo sabía perfectamente cómo conseguir un aumento.

—¿Es que tu amigo le teme a una niña pequeña? —pregunté con un tono de voz desafiante.

El camarero abrió los ojos como platos.

Sentí la intensidad de su mirada mientras agachaba la cabeza. Cuando volví a alzar la vista y nuestros ojos se encontraron, se me atascó el aliento en la garganta. Era como si hubieran levantado un velo y, de repente, ¡puf!… el tipo de ojos dorados se encontraba en el mismo lugar donde había estado antes el camarero.

Alcé las cejas, asombrada.

—¿Q-qué acaba de pasar? ¿A dónde se ha ido el otro hombre? —me quedé mirándolo, incrédula—. Espera... ¿Eras tú ese tipo?

«¡Por favor, di que no! ¡Por favor, di que no!», repetí en mi mente.

Claramente estaba teniendo un momento de debilidad. Debía admitir que el tipo de ojos dorados era un placer para los ojos y estaba demasiado bueno para ser un vejestorio.

—Puede que sí, puede que no —esbozó una sonrisa que dejó ver sus ojos perlados.

Sentí un escalofrío. Tenía que concentrarme. Por muy majestuoso que fuera, me negaba a caer rendida a los pies de otro hombre, así que ignoré mi debilidad.

—Estoy aquí porque una amiga me ha dicho que me podrías ayudar.

—¿Ah, sí? ¿Qué tipo de ayuda necesitas? —dejó la toalla y el vaso en la barra y se apoyó sobre los codos, inclinándose hacia mí.

Me eché hacia atrás, poniendo distancia entre los dos.

—Necesito encontrar a alguien.

—A ver, Pequitas, eso suena como un trabajo para la policía —el hombre se irguió de nuevo y siguió limpiando el mismo vaso, desestimando mi presencia.

Estaba claro que no quería involucrarse.

—La policía no me puede ayudar —insistí.

De repente, dejó de frotar el vaso, y nuestras miradas se cruzaron.

—¿Por qué no te ayudarían con tu caso? —sus ojos denotaban una chispa de interés.

—Porque necesito infiltrarme en los Illuminati —le solté como si fuera una bomba explosiva.

Se inclinó de nuevo, esta vez más cerca, depositando tanto el vaso como la toalla. Ahora tenía su total atención.

—¿Qué es eso tan importante que te ha quitado esa familia para que estés dispuesta a perder tu vida?

Sentí como si todo el aire hubiera salido por la puerta y un gélido silencio se hubiera apoderado del antro. En este momento, ya no tenía sentido andarse con rodeos; o bien estaba dispuesto a ayudarme, o no.

—Mi hija —contesté.

Le devolví la mirada y atisbé la chispa de shock que se apoderó de su expresión. Se había quedado helado.

De repente, arrojó el vaso a través de la habitación, provocando que se estampara contra la pared y los fragmentos de cristal salieran disparados a causa de la explosión.

Me estremecí ante su repentina reacción.

«Puede que venir aquí haya sido un gran error».

—¿Quién te ha enviado? —la ira endureció sus rasgos.

Incómoda, me aclaré la garganta antes de contestar:

—La señora Noel, mi amiga.

Di un paso hacia atrás.

—¿Cómo está la señora Noel? —preguntó mientras se pasaba la mano por el pelo. Aunque aún estaba agitado, parecía estar calmándose poco a poco.

—Falleció. La enterramos hace solo unos días.

—Lo lamento. Era una buena mujer —se puso a limpiar otro vaso, con más vigor esta vez—. Pero me temo que estaba equivocada —continuó puliendo el vaso.

—¿Equivocada sobre qué? —pregunté bruscamente, tratando de enmascarar mi inquietud.

Me miró, y pude distinguir la intensa exasperación en sus ojos.

—No hay nada que puedas hacer. Puedes dar a tu bebé por muerto.

Sus crueles palabras me partieron el corazón. Entrecerré los ojos.

—Siento haberte molestado, sea cual sea tu nombre.

Estaba malgastando mi saliva. Me di media vuelta con intención de salir de allí.

—Val —dijo a mis espaldas—.En corto de Valor. ¿Y tú eres?

—Stevie —respondí, enfrentándolo.

—Stevie, ¿dónde está el padre de tu hija?

—Muerto —respondí rotundamente.

—¿Cómo murió?

—No lo sé —estaba un poco tensa.

—¿Lo mataron los Illuminati?

—Posiblemente —agaché la cabeza.

No sabía a dónde iba con esto.

—¿Estabais casados o erais solo novios?

Me resultó extraño que me preguntara algo tan personal. ¿A él que le importaba?

—¿Quieres que te diga la verdad? —le planté cara con los hombros echados hacia atrás, preparada para lo que me fuera a tirar encima.

—Sí —parecía más que curioso.

—El padre no era ni lo uno, ni lo otro.

—¿Ninguno? —arqueó una ceja—. No pareces ser de esas que tienen rollos de una noche.

—A ver, señorito, o me ayudas o no me ayudas. Pero no veo en qué te incumbe mi vida amorosa.

—Y tu difunto amante… ¿tiene nombre?

—Sí —contesté, apunto de ponerme echa una furia.

El camarero alzó una ceja, claramente esperando que le proporcionara el nombre.

Puse los ojos en blanco.

—Aidan Bane DuPont —espeté.

El hombre de ojos dorados sonrió.

—He oído hablar de él. Pertenece a la familia de los Illuminati.

—Sí —confirmé.

—¿Y esta hija tuya es una Illuminati?

Mi mal genio comenzó a salir a la superficie.

—¡No! Es mi hija —señalé mi propio pecho, indignada—. ¡Fui yo la que dio a luz, no esa vil familia!

—¡Vale, vale! —alzó las manos en señal de defensa—. Lo entiendo. Eres madre y quieres recuperar a tu hija.

—¿Me vas a ayudar o no?

—Mmm... déjame que lo piense —hizo una pausa como si estuviera considerando la idea en su cabeza—. Ya, sobre eso... ¡ni muerto, señora!

—Y ¿por qué no me has dicho eso desde el principio?

—Mira... deja que te ahorre el problema. No hay nada en este universo que pueda penetrar las fuerzas de esa maldita secta. A tu hija la puedes dar por muerta. Y, por muy injusto que parezca, cuanto antes afrontes ese hecho, mejor estarás tú y todos los que te rodean.

«Ya veo que este no se muerde la lengua», pensé.

—¡Mira, no he venido aquí a que me den una charla, idiota! Nadie sabe lo que esa familia es capaz de hacer mejor que yo. Con tu ayuda o sin ella, ¡voy a recuperar a mi hija! ¿Lo entiendes? —cerré el puño a mi costado, lista para comenzar a lanzar puñetazos.

En cambio, el suelo comenzó a temblar bajo nuestros pies, y nuestra discusión llegó a su fin repentinamente. Cuando nuestras miradas se cruzaron, vi que él estaba tan estupefacto como yo. Abruptamente, perdí el control de mi punto de apoyo y mis pies salieron volando por debajo de mí. Todo sucedió tan rápido que no tuve tiempo de recuperar el equilibrio.

Esperaba sentir un dolor agudo en el trasero al caer contra el suelo de hormigón duro, pero, en cambio, me encontré acurrucada contra el pecho del hombre de ojos dorados, que me sujetaba con firmeza.

El rumor cesó, pero mi corazón continuó latiendo a mil por hora a pesar de que el suelo había dejado de moverse. Por un breve instante, me sentí aturullada. Cuando nuestras miradas se cruzaron de nuevo, atisbé un brillo curioso en sus ojos dorados.

—¿Qué diablos eres? —susurró.

Entonces, recordé cómo se había hecho pasar por otro hombre y lo rápido que me había rescatado de una caída inminente.

—Yo podría preguntarte lo mismo —respondí.

Sus ojos dorados brillaron tanto que me robaron el aliento, como si estuviera a su merced.

«¡Mierda!», maldije en mi cabeza.

LA GUARIDA DEL DIABLO

«¡Menudo imbécil!», pensé.

Le había abierto mi corazón, prácticamente rogándole que me ayudara, y todo lo que hizo fue echarme a patadas. Sin ninguna explicación. ¡Nada! Y ni siquiera me pidió que me fuera amablemente. La última vez había sido tan dulce como un Pitbull, lo que era un avance en comparación a esto. Para empeorar las cosas, tuvo la cara de llevarme a brazos y soltarme de culo en mitad de la acera. Sus últimas palabras fueron: «Vete a casa, Pequitas. Te dije que no volvieras». Luego, me pidió un taxi y desapareció en el interior de su maldito bar, dejándome allí tirada.

No entendía por qué la señora Noel me había enviado hasta él. Se había equivocado con este idiota. No tenía ni una pizca de amabilidad. A no ser que consideraras «amable» a alguien arrogante y egoísta, entonces sí. No necesitaba su maldita ayuda de todos modos.

Esa semana, hicimos todo lo posible por volver a nuestra rutina habitual. Aunque, obviamente, todos los miembros de la casa seguían estando de luto por la muerte de la señora Noel. Dom se encargó de alimentarnos e hizo todo lo posible por consolar a su compañero de más de veinte años. Me conmovió ver cómo Dom cuidaba de Jeffery con tanto cariño en su peor momento. El apoyo familiar jugaba un papel muy importante a la hora de superar la muerte de un ser querido. Todos echaríamos de menos a la señora Noel, pero con el tiempo el dolor de la pérdida de Jeff y de Dom disminuiría. Ella hubiera querido que fuera así.

Mientras tanto, yo decidí llevar a cabo mi propia investigación. Claro que tuve que mantenerlo en secreto. Si Dom y Jeffery descubrían mis planes, me encerrarían en la bodega y tirarían la llave. O, peor aún, insistirían en venir conmigo. Una idea encantadora, pero nada inteligente. Tenía que hacer todo esto por mí misma.

Pensé que el hospital Haven sería el mejor lugar por el que empezar a buscar. Como la mayoría de los hospitales, podía asumir que contaban con un sistema de archivo. Supuse que Haven también guardaba registros de todos sus pacientes y, con un poco de suerte, tendrían un archivo escondido sobre el nacimiento de mi hija. Puede que fuera una misión imposible, pero era mi única oportunidad.

Sucumbí ante un sentimiento de lo más desalentador. ¿Sería la familia lo suficientemente descuidada como para confiar en Haven con sus archivos más valiosos? Había una pequeña posibilidad. Puede que encontrara una pista... algo que pudiera conducirme al paradero de mi hija.

Entrar en Haven sería pan comido. El hospital nunca había llegado a modernizarse, por lo que no contaban con computadoras, sino que lo almacenaban todo en papel. Lo que significaba que cualquier tonto con un poco de motivación podría obtener fácil acceso a sus archivos.

Además, había formulado un buen plan sobre cómo hacerme con el archivo. Bueno, más o menos. Al menos, cuando lo analizaba en mi cabeza, parecía un plan racional con pocos riesgos.

~

Cuando dio la una de la mañana, me dirigí a un lugar conocido que atraía a una multitud de lo más particular. Un bar clandestino, argot para referirse a un bar ubicado en el distrito Upper Ninth Ward, uno de los más peligrosos de Nueva Orleans. Se trataba de un bar de mala muerte al que no iría ni con el infame Jack el Destripador en mi peor noche. Pero, no estaba preocupada. Sabía que podría arreglármelas. Si había podido sobrevivir a la iniquidad de los Illuminati, cualquier otra cosa sería pan comido.

Había descubierto este lugar durante mi estancia en Haven. Por aquel entonces, no había significado nada para mí, pero ahora puede que fuera justo lo que necesitaba. Había escuchado a un par de camilleros hablar de un bar al que solían ir, situado en el área de Bywater, al sur del río Mississippi. Tras escuchar sus lascivas conversaciones, supuse que debía ser un bar de lo más sórdido y, a juzgar por sus caracteres, no podía imaginar nada mejor.

Había escuchado a un pez gordo en particular presumiendo ser un cliente habitual. Dado que había decidido ir un sábado por la noche, con un poco de suerte, el bastardo estaría pasándoselo en grande en el bar esta noche. Como trabajaba en el hospital, él tendría fácil acceso a la oficina, lo que significaba que podría robar el archivo por mí. Pensé que, si endulzaba el trato con un generoso incentivo, podría motivarlo. Además, había oído que tenía problemas con el juego y estaba sin un duro. Parecía una locura, pero puede que sobornar a ese gordo hijo de puta fuera mi oportunidad de hacerme con el archivo y encontrar a mi hija. Por muy improbable que pareciera. Los empleados del hospital Haven eran tan retorcidos como sus jefes, los Illuminati, pero si pudiera apelar a la codicia del camillero, puede que estuviera dispuesto a ayudarme. Al fin y al cabo, el dinero era la raíz de todo lo malo. Este hombre era codicioso y malvado. Aquello me proporcionaba la ventaja.

Divisé el viejo letrero que colgaba de una cadena oxidada. A pesar de que las palabras apenas eran legibles, vi que se llamaba «La Guarida del Diablo».

«Muy apropiado», pensé.

Había bares de mala muerte, y luego estaba este antro.

Por razones de seguridad, no quería ser visible. Con el propósito de ocultar que era una chica, había encontrado una vieja gorra de béisbol y una sudadera que debería haber tirado hacía mucho tiempo. Incluso había llegado a aplastarme el pecho, para que pareciera que no tenía ni tetas ni curvas. Además, como estaba sudando como un cerdo debajo de toda esa ropa en la noche más calurosa del año, estaba segura de que mi hedor repelería a cualquier posible admirador.

Caminé hacia el interior como si fuera la dueña del lugar. Noté cómo la bilis me subía por la garganta mientras saludaba a distintos extraños. Se podía decir que nadie había notado la diferencia.

El antro me recibió con música a todo volumen y una multitud de cuerpos que chocaban hombro con hombro, produciéndome todo tipo de escalofríos. El espacio personal no existía en este bar. Adentrarse en la vida nocturna de Nueva Orleans tenía sus riesgos, pero este bar infestado de ratas se llevaba el primer premio. El hedor que desprendía este lugar era diferente al olor del bar de ojitos dorados. Capté un fuerte hedor a licor, sudor y sexo.

«Qué asco», pensé, al tiempo que arrugaba la nariz.

Había mesas centradas alrededor de un escenario iluminado en el que se erguía una barra de plata justo en medio con una chica desnuda abierta de piernas y brazos que pedía propinas. Al otro lado, había escenarios más íntimos con cortinas transparentes que permanecían en las sombras. Resultó que tenía razón. Esto era un club nocturno. Me di cuenta de que todas las miradas estaban puestas en las mujeres desnudas, lo cual significaba que la atención no estaría puesta en mí. Ahora todo lo que tenía que hacer era encontrar a mi hombre.

Me aclaré la garganta, esperando que mi voz no sonara demasiado aguda y, con precaución, me acerqué al tipo musculoso de detrás de la barra. Pensé que el camarero tenía más posibilidades de conocer a mi pez gordo. Me puse de puntillas, me incliné sobre la barra y le hice señas con la mano al camarero. No quería tener que gritar. El factor sorpresa me proporcionaría una ventaja.

—Oye, ¿conoces a Joe Harrell? —pregunté por encima de la música.

El hombre no era nada del otro mundo, pero por su tamaño, sabía que era alguien a quien no debía cabrear.

—¿Por qué lo preguntas? —espetó mientras masticaba chicle, mirándome sospechosamente.

¿Por qué todos los camareros me hacían las mismas preguntas? ¿Acaso se lo enseñaban en la escuela de camareros?

—Esa información vale pasta.

Esbocé una sonrisa pícara y deslicé sobre la barra un billete de cien dólares.

El camarero le echó un vistazo al billete y luego volvió a posar su mirada en mí. Cogió el dinero con su sucia mano y gestionó con la cabeza hacia el último escenario en la esquina más alejada.

—Joe está allí con una de nuestras chicas. Puedes unirte a él si quieres —el camarero sonrió, mostrando sus dientes podridos.

Fruncí los labios, disgustada. Ni siquiera me molesté en responderle. Estiré el cuello, tratando de atisbar la parte posterior del antro. Como cualquier otro bar, estaba mal iluminado y hasta arriba de humo.

Me alejé de la barra y me abrí camino a través de la sórdida multitud. Con cada paso que daba, consideraba una idea tras otra en mi cabeza. Pero, con mi mala suerte, no se me ocurrió nada mejor. No me quedaba otra.

Suspiré.

Cuando llegué al último cubículo, abrí las cortinas de par en par. Efectivamente, allí estaba él, medio desnudo con una joven que podría haber sido mi hermana pequeña. Asumí que era menor de edad y que no tendría más de dieciséis años.

Por la mirada amenazadora que me lanzó el hombre, supe que había interrumpido algo.

—Hola, Joe —lo saludé—. ¿Te acuerdas de mí? —pregunté sarcásticamente.

El camillero se irguió, gruñendo como un cerdo de peluche. Alzó la cabeza para mirar a la chica semidesnuda mientras ésta recogía la poca ropa que poseía y se cubría el cuerpo.

—Cariño, ¿por qué no vas a buscarme una bebida? —graznó con voz ronca mientras se acercaba y le daba una palmadita en el trasero.

Le eché un vistazo a la pobre chica y, en ese mismo instante, deseé poder castrar a ese maldito pervertido. Me acerqué a la chica y me incliné junto a su oreja.

—Toma esto y sal cagando leches de aquí —le susurré al oído —. Y será mejor que no te vuelva a ver en este antro —le entregué un fajo de dinero—. Vete a casa —ordené finalmente.

La chica abrió los ojos como platos, sorprendida. Asintió con la cabeza rápidamente y apretó el fajo verde contra su pecho como si su vida dependiera de ello. Esbozó una sonrisa, aunque pude ver lágrimas brotando de sus ojos marrones.

Observé cómo la joven salía por la puerta principal y me sentí aliviada al saber que la había sacado de este basurero.

Una voz brusca me recordó la razón por la que había venido a este lugar. Recordaba esa voz perfectamente.

—¡Oye! Yo te conozco —el camillero me miró de pies a cabeza.

Un escalofrío me recorrió la columna vertebral.

—Me alegro de verte. Debes haber echado de menos al viejo Joe. Tú y yo tuvimos algunos buenos momentos —me guiñó un ojo—. Pero dudo que lo recuerdes. Estabas colocada —esbozó una desagradable sonrisa.

Entonces, entendí sus palabras. El bastardo se había acostado conmigo, estando yo drogada, durante mi estancia en Haven.

Sentí una repentina ola de rabia. Mi instinto se apoderó de mí y me lancé contra ese asqueroso animal con ojos asesinos. Su risa enfermiza resonó en mis oídos. Me recordaba al gorgoteo de un cerdo al que le acaban de rajar la garganta. Sin pensarlo, le propiné un fuerte puñetazo. Conseguí darle unos buenos golpes antes de que me empujara como si fuera una pelota de goma contra la pared de ladrillo.

Se puso en pie, escupiendo sangre.

—Como hiciste que esa dulce potrilla saliera corriendo y como me has arruinado la noche, me parece justo que tú la sustituyas —su tono de voz rezumaba lujuria.

En ese momento, quise cortarle los testículos y embutírselos por la garganta. Tenía que evitar que este demonio hiciera daño a más chicas. Sin dudarlo, arremetí contra su garganta con la daga en la mano, pero el cerdo actuó más rápido de lo que esperaba y, rápidamente, esquivó mi ataque mortal.

—¡Zorra estúpida! —gritó. Su rostro se había vuelto rojo intenso—. ¿Sabes qué te digo? —el cerdo apretó la mandíbula—. Que voy a hacer que te acuerdes de lo bien que nos lo pasamos en Haven.

Me agarró y me empujó contra el sucio suelo, lo que hizo que mi daga saliera disparada de mi mano mientras su cuerpo caía sobre mí, aplastando mis pulmones. Si no me quitaba esta vaca de encima, me asfixiaría. Y eso no era lo peor. Cada parte de su cuerpo presionaba contra el mío. Quería vomitar, pero temía atragantarme.

«¡Joder!», maldije en mi cabeza.

De repente, embistió su puño contra mi barbilla, golpeándome la cara hacia un lado. El dolor que me recorrió el cuerpo me paralizó. Debió haberme dislocado la mandíbula.

«¡Joder, eso duele!»

A medida que me golpeaba, la sangre se extendía por mi cara. Con cada golpe de acero me sentía más y más desconcertada. Entonces, la pelea cambió, y me di cuenta de que tenía un problema.

Con un fuerte tirón, Joe comenzó a arrancarme la ropa. Grité, pero nadie acudió en mi ayuda. Lo maldije una y otra vez mientras trataba de defenderme. Al menos me alegraba saber que esta vez no iba a ser una ganancia fácil. En un último intento, alcé mis pulgares y presioné con fuerza contra las cuencas de sus ojos, tratando de meterlos de nuevo en ese cerebro suyo del tamaño de un guisante. Comenzó a maldecir y se llevó las manos a la cara, aflojando así su agarre por un breve segundo. Eso era todo lo que necesitaba.

Estiré la mano para coger mi daga, que se encontraba a solo unos centímetros de mi alcance. Agarré la empuñadura y arremetí contra su yugular. El camillero se tambaleó hacia atrás. Sin perder ni un segundo más, me puse en pie y arremetí contra la garganta de ese animal una vez más. No tenía pensado parar hasta que ese cerdo se desangrara en el suelo.

De repente, mi cuerpo se alzó en el aire. Alguien me había cogido por los pantalones y me sostenía en alto.

—¡Qué demo...! —posé la mirada sobre la última persona que esperaba ver... ojitos dorados—. ¡Bájame! —grité.

Podía escuchar las mentiras que ese cerdo pervertido estaba soltando.

—¡No la he tocado! Esa zorra loca ha tratado de matarme —gritó hacia la multitud que se había congregado a nuestro alrededor.

Pero la única persona que atraía mi atención era la que me tenía retenida.

—¡He dicho que me sueltes! —repetí—. Este patético cerdo merece morir —bramé.

—No te voy a soltar hasta que te calmes, niña —espetó ojitos dorados con autoridad.

—¡Que me calme! —grité—. ¡Ese asqueroso gusano ha intentado violarme! ¡Cálmate tú! —espeté.

Mi captor suspiró, exasperado. Con un rápido movimiento, me quitó la daga, desarmándome, y me colocó sobre su hombro fornido como si fuera un saco de patatas.

Le golpeé la espalda y pateé, sin dejar de maldecirlo, pero no parecía que me fuera a liberar.

—Te juro que tú serás el siguiente si no dejas que mate a ese bruto gordo —maldije entre dientes.

Ignoró mis amenazas como si no le importara que me estuviera resistiendo. Su silencio me enfureció.

Cuando llegamos a un apartamento desconocido que se encontraba en el último piso sobre el bar del tipo, me liberó.

—Siéntate en el sofá —dijo mientras me soltaba en medio de lo que supuse que sería su apartamento.

Para entonces, no me quedaban fuerzas para luchar, así que me dejé caer en su sofá de cuero. Estaba frío al tacto, lo que pareció calmarme.

Ojitos dorados desapareció y volvió unos minutos más tarde con una bolsa de hielo y algo más que captó mi interés. Me fijé en el vaso de chupito y el Jack Daniels que llevaba en la otra mano. Sin pronunciar palabra, llenó el vaso hasta arriba y me lo entregó. Acepté la bebida con mucho gusto y me la tomé de un trago. Aunque se suponía que era un licor suave, ardía como el demonio, pero enseguida el calor se extendió hasta llegar a los dedos de mis pies. Deposité el vaso sobre la mesa de centro con un golpe.

—¡Más! —le pedí, a pesar del ardor que sentía en la garganta. Me limpié el licor de la boca con la manga.

Sin decir nada, cogió el vaso vacío, vertió otro trago y me lo devolvió.

—Gracias —le eché un vistazo por el rabillo del ojo.

Ojitos dorados sacó una silla de la cocina y la colocó junto a la mesa de centro, directamente frente a mí. Con un rápido movimiento, alzó su larga pierna sobre la silla y se sentó del revés. Se cruzó de brazos sobre el respaldo de la silla y centró su atención en mí. Fue entonces cuando decidió romper su silencio.

—¿Qué es lo que ha pasado antes? —preguntó con un tono de voz sosegado.

Me incliné hacia atrás y coloqué la bolsa de hielo sobre mi cara. Hice una mueca ante el dolor.

—¿A ti qué te importa? —espeté, fulminándolo con la mirada. Todavía estaba furiosa.

—A ver, pequeña bruja —aparentemente, mi respuesta le había tocado la moral—. Casi consigues que te maten. Ese lugar solo trae problemas.

—Puedo arreglármelas yo sola —espeté.

—Uy, sí, claro. Te las arreglaste realmente bien esta noche —adoptó una expresión seria—. ¿Qué es lo que hace una buena colegiala como tú yendo a un antro lleno de criaturas depravadas que prefieren comerte a mirarte?

—Mira... Eso es problema mío —fruncí el ceño, furiosa—. Además, la última vez que te pedí ayuda, me dejaste tirada en la acera y te largaste. ¿Por qué te importo ahora?

—Pequitas, no eres tan dura como piensas —no contuvo la ira en su tono.

No tenía tiempo para que me dieran una charla. Traté de ponerme en pie, pero me tropecé. El licor se me había subido a la cabeza, haciendo que todo me diera vueltas.

«¡Mierda!», maldije en mi cabeza.

Me había olvidado de comer. Mi estómago había estado gruñendo durante todo el día. De repente, mi estómago se estremeció, y tuve que esforzarme por no vomitar. Me llevé el dorso de la mano a la frente, sintiéndome más enferma con cada minuto que pasaba.

—Es tarde. Tengo que irme a casa —mascullé conforme me tambaleaba hacia la puerta.

Ojitos dorados me agarró suavemente por el brazo antes de que llegara a la puerta... ¿o me había atrapado antes de que me cayera? Mi mente estaba un poco nublada.

—Son casi las dos de la mañana —dijo—. Puedes quedarte a dormir en mi cama. Yo me quedaré en el sofá —esbozó una débil sonrisa.

~

A la mañana siguiente me desperté con un dolor de cabeza palpitante y los músculos rígidos. No sabría decir qué me dolía más, si la cara o la cabeza. De inmediato, capté el aroma a beicon y escuché un chisporroteo.

«Qué extraño», pensé. «¿Desde cuándo puedo escuchar a Dom cocinando desde el piso de arriba?»

Entonces, los recuerdos volvieron a mi mente.

«¡Joder!»

Me encontraba en el apartamento del camarero, más concretamente en su cama, y medio desnuda. Sorprendida, me erguí rápidamente y me puse en pie, tambaleándome. Todavía podía sentir los efectos del licor que me había bebido la noche anterior.

«Pues sí que me emborracho con facilidad», pensé.

En realidad, nunca había sido una persona resistente al alcohol, aunque no es que me pasara las noches bebiendo como una cosaca. Claramente, me había quedado frita.

Me di cuenta de que no llevaba puesta mi ropa. La tirita había desaparecido, junto con mi sudadera y mis vaqueros. En su lugar, llevaba puesta una camiseta que no era mía. Me quedaba tan grande que parecía que me hubiera vestido con una cortina. Además, tenía el nombre de algún equipo deportivo escrito en la parte delantera y un número en la parte posterior.

¡Puaj! Odiaba los deportes.

Miré a través de las puertas de cristal y atisbé una manta y una almohada en el sofá. El tipo debía haber dormido ahí. ¡Uf! Respiré hondo. Eso hizo que me sintiera un poco mejor. Pero el tipo me había desvestido, y no sabía cómo sentirme al respecto.

Abrí las puertas francesas y entré en el pequeño salón. Este apartamento era más pequeño que mi habitación. Era claramente una guarida masculina, pero tenía su encanto.

—¡Buenos días! —me saludó una voz alegre proveniente de la parte posterior del piso.

Di la vuelta a la esquina, siguiendo su voz de barítono, y me encontré con su impresionante sonrisa en un rincón muy pequeño de menos de un metro cuadrado. La cocina, supuse. No era gran cosa; un pequeño frigorífico, una cocina con solo dos hornillas, un horno, un pequeño fregadero y una mesa que se desplegaba de la pared. Al ver los platos sucios en el fregadero y dos platos cargados con huevos y tocino, me di cuenta de que me había preparado el desayuno.

Alcé una ceja, cuestionándolo. ¿Por qué se molestaba? Estaba claro que no éramos la pareja perfecta. Si apenas nos tolerábamos mutuamente.

—¿Has dormido bien? —esbozó una sonrisa, sacándome de mis pensamientos.

Fruncí el ceño.

«Ojalá no hiciera eso».

Odiaba las sonrisas con hoyuelos y, además, sus dientes eran demasiado perfectos. ¿No debería estar haciendo esto por su novia?

—Necesito volver a casa. ¿Dónde está tu móvil? Puedo llamar a un taxi.

Era consciente de que sonaba distante. Pero, ¿qué sentido tenía todo esto?

—Yo te puedo llevar a casa, pero primero tienes que comer algo.

Hice una mueca de disgusto.

—Venga ya... He preparado toda esta comida. Lo menos que puedes hacer es comer —frunció el ceño como si hubiera herido sus sentimientos.

¡Maldita sea! ¿Por qué tenía que ser tan amable?

Arrugué la nariz.

—No soy fan del desayuno. ¿Te queda algo del Jack Daniels? Para mi maravillosa resaca —me encogí de hombros.

«¡Joder! No tiene por qué quedarse ahí embobado».

Cuando nos sentamos en la pequeña mesa de la cocina, la situación pareció haberse vuelto demasiado íntima. En la mesa apenas cabían dos personas, por lo que nuestras rodillas no dejaban de rozarse mutuamente. Supuse que estaba tratando de ser un buen anfitrión. Incluso llegó a ofrecerme dos aspirinas y un vaso de zumo de naranja. Aparentemente, sus invitados no recibían alcohol durante el desayuno, lo cual era una pena.

Cuando me había comido la mitad del desayuno, llegaron las preguntas molestas.

—Y ¿cómo conociste a la señora Noel? —me preguntó, tratando de entablar una conversación.

—Éramos vecinas cuando vivía en Tangi —respondí con la mirada fija en mi plato mientras jugaba con la comida en vez de comérmela.

Sentí su mirada penetrante posada en mí, lo que hizo que me revolviera en mi asiento. Mantuve la mirada fija en mi plato. Mi dolor de cabeza estaba empeorando. Lo único que quería era irme a casa y dormir hasta deshacerme de esta resaca. Además, no quería que fuéramos amigos. Si me mantenía alejada de él no me metería en ningún lío.

—Lamento su muerte —dijo de nuevo y esbozó una débil sonrisa—. ¿Cómo murió?

—Eh... sus niveles de azúcar en sangre se desplomaron en mitad de la noche —contesté mientras seguía jugando con mi comida.

—¿Por qué fuiste a La Guarida del Diablo anoche? —esbozó una sonrisa amable, como si estuviera tratando con un niño temperamental.

—Es algo personal —respondí secamente.

Entonces, oí un suspiro y el sonido de un tenedor cayendo contra el plato. ¿Por qué a este tipo le gustaba tanto romper platos?

—Mira... Siento haberte dejado tirada en la calle —se disculpó, algo irritado.

Ahora sí que había captado mi atención. Alcé la cabeza.

—¿Te estás disculpando por las dos veces? —le eché una mirada asesina y arqueé una ceja.

—Sí, supongo que sí —su voz escondía una pizca de burla.

—¿Por qué nos echaste a Jeffery y a mí de tu club esa primera noche? —le di mi primer bocado a los huevos. Masticar me ayudó a calmar mi temperamento.

—Conozco a los de tu tipo —soltó.

Sentí que había un secreto escondido detrás de su mirada. Parpadeé varias veces, sorprendida.

—La música —continuó explicando—, le afecta a los de nuestra especie —esbozó una breve sonrisa.

—No tengo ni la más remota idea de qué estás hablando —negué.

No estaba segura de poder confiar en él. Si mi secreto saliera a la luz, terminaría como una rata de laboratorio en alguna de las instalaciones secretas del gobierno. Gracias, pero no.

—No se te da muy bien mentir, ¿verdad? —sonrió, sin esperar recibir una respuesta—. Los humanos no pueden escuchar nuestra música porque está en una frecuencia diferente.

Arqueé una ceja.

—¿Qué? ¿Como un silbato para perros? —bromeé, pero por dentro me estaba poniendo nerviosa.

—No. Más bien como algo celestial —me miró con una amplia sonrisa.

—¿Celestial?

Esto tenía que ser una casualidad. ¿Cómo lo habría sabido si no?

—¿Te refieres a los ángeles? —inquirí.

—Exactamente. La música apela a nuestro espíritu. Es como la nébeda para un felino.

—¿La música? —esta vez solté mi tenedor y le presté toda mi atención.

—Sí, la música —había algo escondido en su sonrisa.

—¿Y tú eres como yo?

—Bueno, no exactamente —hizo una pausa—. Mi nacimiento fue fruto de la creación divina, no a mano del hombre.

—¿Creación divina? —intenté mantener la calma, pero no pude evitar que la sensación de alarma se apoderara de mí.

—Correcto —confirmó.

¿Creado por Dios? ¿Es que estaba loco?

—Sí, somos una raza de ángeles. Nuestra especie es conocida como Zophasemin. O zop, para abreviar.

—¿Zop? Es una palabra graciosa —forcé una sonrisa.

No dijo nada, sino que fijó su mirada en mi rostro.

—No te hagas la tonta conmigo. Sé quién eres. Hay un montón de información sobre ti ahí fuera.

—¡Claro! Y mi madre y mi padre son hadas —no había nada como un poco de sarcasmo mientras desayunas con un extraño.

—En realidad, tu madre era la recipiente. No fuiste concebida naturalmente —se recostó en su silla y esbozó una sonrisa de suficiencia, como un lobo que acababa de cazar a su primera presa.

Un escalofrío me recorrió la columna vertebral.

—No sé de qué estás hablando —estaba dispuesta a llevarme el secreto a la tumba.

Esbozó una sonrisa irónica.

—¿Te vas a pasar toda la mañana eludiendo la verdad? —sus ojos brillaron más de lo habitual.

Agaché la cabeza, observé mi plato de comida, que seguía intacto, y exhalé un profundo suspiro. ¿Estaba loca por querer saber más sobre mi origen? Alcé la cabeza y lo miré directamente a los ojos.

—Cuéntame más.

Estaba dispuesta a escuchar lo que me tenía que decir, aunque no tenía pensado admitir nada. Cuanto menos le dijera, mejor. Lo que sí estaba claro es que había captado mi curiosidad. ¿Realmente había criaturas como yo?

—Como yo, eres un ser celestial. Se podría decir que eres un noventa y nueve por ciento celestial. Pero tienes una pequeña porción de ADN humano y de algo más que no soy capaz de descifrar.

—¿Qué te hace pensar que soy una de esas criaturas? —le dirigí una mirada de sospecha.

Él contuvo una carcajada.

—Tanto yo como los de mi especie podemos ver el aura humana. Tú no solo tienes un aura, sino que también emites una efusión, lo cual es característico de los seres celestiales.

—¿Efusión? Nunca he oído hablar de eso.

Él arqueó una ceja.

—Es como un rocío translúcido o «esencia», a falta de una palabra mejor.

—¿Y yo tengo eso?

Maldita sea, sonaba demasiado entusiasmada.

—Sí, junto con tu aura también.

—¿Qué aspecto tiene mi aura?

Mi corazón latía con fuerza contra mi pecho. Más vale que no me estuviera tomando el pelo.

—Es diferente en cada ser humano. Tu aura es como una rosa, pero cuando te enfadas se vuelve de color morado oscuro. La efusión es más un sentido que un color.

—Interesante.

Yo no veía colores ni sentía ninguna efusión.

—Tu aura es bastante suave, pero tu efusión es mucho más fuerte, más parecida a las nuestras.

Había llegado la hora de quitarme el escudo. Tenía que saber la verdad.

—¿Por qué no veo todo eso yo misma? —pregunté.

—Lo único que puedo concluir es que tu cerebro no ha aprendido a usar estos sentidos. Debería ser algo natural —se encogió de hombros—. Es posible que tu parte humana esté bloqueando el flujo de tu efusión. Algo así como estar resfriado y tener la nariz bloqueada. Yo no me preocuparía mucho por eso. Ya te llegará en algún momento. Al fin y al cabo, eres fuerte —me aseguró.

—Si soy como tú, ¿por qué me echaste de tu bar?

—Los otros hubieran percibido que eres mixta, medio humana —su semblante era solemne.

—Eso no explica por qué me echaste de tu bar.

De repente, apretó los labios, que quedaron tan finos como una navaja de afeitar, y se aclaró la garganta nerviosamente antes de contestar.

—La mayoría de los zop ven a los mixtos como si fueran los gigantes nephilim, impuros o endógamos.

—¿Y? ¿Qué tiene de malo un poco de diversidad? —el insulto me dolió como si me atravesaran con una daga el corazón—. ¡La sangre de mi padre era pura y buena!

Nada de esto me parecía justo. Por fin había encontrado una raza de personas que eran como yo y, aun así, me veían como una paria.

—Estoy seguro de que tu padre era un hombre excepcional. Pero, dado el caso, es irrelevante. Un zop de sangre pura ve a los engendros de ángeles y humanos como una abominación.

—Yo no soy un engendro —me señalé a mí misma con el dedo.

—Sé que es difícil entender nuestras formas, pero independientemente de cómo llegaste a este mundo, la verdad es que no fuiste creada en la luz divina. Y, por lo tanto, los zop te perciben como un ser contaminado.

—¿Y tú piensas lo mismo que ellos? —entrecerré los ojos.

No sabía por qué de repente me importaba su opinión.

—Eh... a ver... Te saqué de una pelea en la que te iban a cortar tu bonita cabeza a riesgo de que me mataran, y ahora estoy aquí sentado contigo en mi propia casa. Y eso que yo nunca dejo que nadie entre en mi humilde morada, ni siquiera a la mujer con la que me esté acostando.

Sentí que mis mejillas se sonrojaban ante esa visión, aunque no es que me importara.

—Te ofrecí mi cama —continuó—, a pesar de que la eché mucho de menos anoche y, por último, pero no menos importante, te he preparado el desayuno. Y yo nunca cocino. Ni siquiera para una mujer que me haya mostrado gran afecto —sus ojos dorados resplandecieron—. ¿Responde eso a tu pregunta? —parecía divertirse mientras esperaba mi respuesta.

Su severidad hizo que sintiera un cosquilleo que me pareció de lo más molesto. Preferiría echar a correr en lugar de rendirme al sentimiento olvidado que este extraño había despertado en mi interior. Una sensibilidad que prefería evitar.

Entonces, caí en la cuenta de algo. Si no estaba interesado en acostarse conmigo, ¿qué es lo que quería de una persona repugnantemente impura?

—Bueno —respondí—. Dejemos ya toda esta charla y simplemente dime qué es lo que realmente quieres.

—No quiero nada —dijo ojitos dorados, impávido.

—Entonces, ¿por qué perder el tiempo contándome todo esto? ¿Por qué no dejaste que los zop puros se deshicieran de la chica del otro lado de los cielos?

Permaneció en silencio durante un par de segundos. No pude leer sus pensamientos.

—No estoy seguro. Me sentía responsable —se encogió de hombros.

—¿Responsable? Ya, claro. Eso lo he oído antes —espeté—. Entonces, ¿por qué me dejaste tirada en la acera cuando vine a pedirte ayuda?

Se pasó los dedos por su cabello desaliñado y dejó escapar un profundo suspiro.

—Conozco a la familia mejor que tú, probablemente. Los conozco desde hace mucho, y tenemos un pasado en común. Pero tampoco me importan demasiado. Sé cómo funcionan y cómo piensan. Tu amiga tenía razón al hacer que contactaras conmigo —hizo una pausa—. Pero mis días de lucha contra la familia han terminado. Ahora me centro en lo mío. Como he dicho, demasiado pasado en común —apretó la mandíbula. Era obvio que él reaccionaba igual que yo ante la mención de los Illuminati.

De imprevisto, sentí una chispa de esperanza. Puede que si le ofreciera un incentivo estuviera más dispuesto a ayudarme. Para la mayoría, la motivación era el dinero y, por los pocos muebles que había en su apartamento, supuse que probablemente no le vendrían mal unos cuantos dólares.

—Nombra tu precio —solté de repente—. Te puedo pagar por tu ayuda —coloqué el cebo.

Todo el mundo tiene un precio.

Rápidamente, su semblante pasó a reflejar su ira.

—¿Crees que estoy haciendo todo esto por dinero? —preguntó, ofendido.

Me encogí de hombros sin responder.

—No necesito tu dinero —gruñó, poniéndose en pie—. ¡Me parece que ya no eres bienvenida! No vuelvas a poner un pie en mi bar porque la próxima vez no te protegeré.

Ojitos dorados se acercó a mí, me agarró con un solo movimiento, me sacó por la puerta, me bajó por las escaleras y solo se detuvo cuando salió a la calle. Una vez más, me dejó tirada en la acera. Luego, se metió dos dedos en la boca y le silbó a un taxi para que se aproximara.

—¡Llévate a esta chica a su casa y no la traigas de vuelta! —gritó ojitos dorados en cuanto el taxista se detuvo y bajó la ventanilla. Luego, colocó un fajo de dinero en la mano del hombre.

—¡Sí, señor! —el conductor asintió con la cabeza.

Me había puesto roja como un tomate y estaba estupefacta. Dejarme tirada en la acera estaba empezando a convertirse en un hábito. No obstante, este tipo no me conocía muy bien. Podía llegar a ser más pesada que un mosquito. Para mí, la palabra «no» solo suponía un desafío. Volvería. No le temía ni a él ni a los de su especie.

NO ME RENDIRÉ

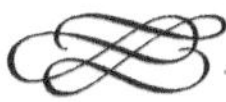

Cuando volví a casa esa mañana y vi que a Jeffery casi se le salían los ojos de sus órbitas al verme, caí en la cuenta de que solo llevaba puesta una camiseta. Dada mi falta de atuendo, estaba segura de que tanto Jeff como Dom tendrían un par de preguntas que hacerme.

Solamente fui capaz de evitar sus preguntas hasta esa misma noche. El interrogatorio comenzó cuando bajé a cenar. Apenas pasaron un par de segundos antes de que Jeffery me lanzara una avalancha de preguntas conforme nos sentábamos a la mesa.

—¿Qué hiciste anoche? Me atrevo a decir que debió de haber sido... mmm, interesante —dijo Jeff dulcemente.

Dom permaneció en silencio y solo se limitó a poner los ojos en blanco de vez en cuando.

—Eh... salí por ahí —le respondí alegremente.

—Bueno, puede que no sepa mucho sobre lo de «salir», pero seguro que puedo adivinar de qué va lo de «por ahí» —Jeffery me miró con sospecha.

Dom carraspeó y le echó una mirada a su compañero.

—Bueno, ¿y de qué va eso?

No quería contar a los chicos sobre el lío en el que me había metido la noche anterior.

—Por cierto, me gusta tu camiseta. ¿Es que has estado viendo partidos de fútbol últimamente? —preguntó Jeffery con fingida indiferencia.

—No, ni uno —respondí.

Entonces, el bueno de Jeffery rompió su serenidad.

—Chica, si no escupes en qué lío te metiste anoche, ¡te voy a azotar ese culo que tienes hasta que las malditas vacas vuelen! ¡Dom y yo estuvimos en vela toda la noche preocupándonos por ti! Pensábamos que estarías muerta en una cuneta.

Agaché la cabeza con los hombros caídos. Sabía que Jeffery podría cumplir su amenaza y, lo que es peor, me lo merecía.

—Chicos, lo siento. Estaba siguiendo una corazonada, pero... creo que me ha salido el tiro por la culata.

Jeffery me miró sospechosamente y arqueó una ceja.

—Bueno... por lo que se ve, parece que te ha ido bastante bien la cosa. ¿De quién es la camiseta que llevas puesta desde esta mañana, señorita?

Me ardieron las mejillas.

—No es lo que piensas.

—¿Qué estoy pensando? —me retó Jeffery.

—Bueno... ya sabes —puse los ojos en blanco—. La camiseta me la ha prestado un amigo. Digamos que me metí en una pequeña pelea anoche y se me arruinó la ropa un poco, eso es todo —me encogí de hombros y le di un bocado a mi pizza, sintiendo el calor de los cuatro ojos que me observaban fijamente.

Jeffery y Dom compartieron una mirada seria.

—Debió ser una pelea intensa —intervino Dom amablemente —, para que te magullaras la cara tanto. ¿Sí?

¡Maldita sea! El maquillaje no había funcionado.

—Ya, sobre eso... Digamos que me caí contra una... eh... puerta.

—Ajá. Y me imagino que esa maldita puerta simplemente apareció ante tus narices —añadió Jeff con cinismo.

—Stevie —intervino Dom con su sabia paciencia—, Jeffery y

yo nos preocupamos por ti y por tu seguridad. Cuando te pasas toda la noche fuera y vuelves a casa a la mañana siguiente..., perdona mi franqueza..., con estas pintas, es decir, que tu pelo es un desastre y apenas vas vestida; tememos que te estés comportando de una manera imprudente. Solo estamos preocupados. Lo puedes entender, ¿sí? —la voz de la razón de Dom siempre conseguía enderezarme.

Me sumergí en una ola de vergüenza que me golpeó con fuerza y dejé escapar un suspiro, derrotada.

—No os gustará lo que os voy a decir. Para empezar, no es lo que pensáis. No tengo un amante.

«Qué vergüenza».

—Que tengas un amante es la menor de nuestras preocupaciones. Tememos cosas mucho peores, querida —la voz de Dom rezumaba inquietud.

—No quiero meteros en problemas. Es solo que no puedo seguir con mi vida sin saber si tengo una hija o no. Me lo debo a mí misma y especialmente a ella, incluso si muero en el intento.

—¿Ella? ¿Sabes con certeza que tienes una hija? —Dom parecía estar sorprendido.

—No. Es solo una corazonada.

—¿Qué podemos hacer para ayudarte? —preguntó Jeffery.

—¡Ah, no! —abrí los ojos como platos, alarmada—. No quiero que ninguno de los dos os metáis en esto. No voy a permitir que se derrame más sangre a mi costa. Os quiero demasiado como para dejar que os involucréis en mis problemas.

—Pero, querida —intervino Dom—, ya estamos involucrados simplemente por relacionarnos contigo. Estamos juntos en esto.

—Puede ser—negué con la cabeza—, pero aun así no os voy a pedir ayuda. No puedo pediros eso. Creo que mientras os mantengáis fuera de esto, la familia os dejará vivir en paz —me mantuve firme. No había forma de que me hicieran cambiar de idea.

—Y... ese amigo o amiga que te ha prestado la camiseta, ¿te está ayudando? —preguntó Dom.

—Aún no, pero lo hará —esbocé una sonrisa traviesa.

—¡Madre mía! —Jeffery abrió los ojos como platos—. Te has estado juntando con el guapísimo dueño del puto bar ese. ¡No lo niegues! Se te nota en la cara.

—¡No es lo que piensas! —me sonrojé.

—Ajá… niña, ¡estás mintiendo! Te gusta —insistió Jeffery con vehemencia.

—Ya te digo yo que entre nosotros no hay ni una pizca de amor. Es decir, ¡nada de nada!

Jeffery puso los ojos en blanco y comenzó a balancear la cabeza en un movimiento rítmico con su típica actitud de diva.

—Ya, ya… si tú lo dices, cari.

Me mordí el labio. Había algo que quería preguntarle a Jeffery, pero dudaba de si debía hacerlo.

—Jeffery, necesito tu consejo sobre algo —solté a toda velocidad.

—Vale. ¿Qué necesitas? —mi amigo le dio un sorbo a su taza de café caliente sin quitarme los ojos de encima.

—¿Cómo puedo seducir a un hombre? —solté.

De repente, Jeffery escupió su café, y la cara de Dom palideció. Para no ser padres, realmente actuaban como tales.

Esa noche, antes de salir de casa, Jeffery y Dom me dieron un par de instrucciones, aunque más bien eran reglas. Jeffery quería venir conmigo para asegurarse de que no hiciera nada estúpido. Tuve que esforzarme por convencerlo de que no era necesario. Le aseguré que mis planes no eran nada arriesgados y que, si quería llamar la atención de un hombre, sería mejor que mi buen amigo no me acompañara. Llevar a un sujeta-velas conmigo no me parecía una buena idea cuando quería intentar seducir a un hombre y, además, con lo inexperta que era en lo que a los hombres se refería, no necesitaba algo que me arruinara los planes.

Lo único que sabía con certeza era que tanto los seres celestiales como los humanos entendían de qué iba el sexo. Así que esta vez iba a volver a ese bar con mis armas cargadas. Si pudiera captar la atención de ojitos dorados, puede que consiguiera persuadirlo para que me ayudara a encontrar a mi hija. Al menos tenía que intentarlo.

Cuando salí del taxi que me había traído hasta el bar, un par de tipos que pasaban a pie en ese momento me silbaron. Instantáneamente, tiré del bajo del vestido tan corto que llevaba puesto, cuestionándome la elección de vestuario que Jeffery había seleccionado para esta noche. Me había jurado que con esto sería suficiente. Hasta ahora se podría decir que, a juzgar por las miradas que me habían lanzado esos dos extraños, puede que Jeffery llevara la razón. El vestido era demasiado intenso para mi gusto. Se aferraba a mis curvas como una segunda piel. Por norma general, no solía ponerme una prenda como esta, que dejaba tan poco a la imaginación. Es más, entre que el vestido era de color rojo intenso y que tenía un escote de lo más arriesgado, parecía la representación de la palabra «sexo». Sentía que se me iba a salir una teta de un momento a otro. También me preocupaba que el vestido se deslizara hacia arriba y revelara el tanga enano que apenas me cubría el trasero, un atuendo de lo más incómodo que nadie llegaría a ver. Las botas, que me llegaban hasta las rodillas, me recordaban a unos tacones de prostituta, pero iban a juego con mi cabello salvaje y mis labios de color rojo cereza que hacían que pareciera que me había picado una abeja.

Encajaba a la perfección la descripción de una leona al acecho. Suponía que de cierta manera sí que estaba al acecho, pero para saciar otro tipo de hambre.

Me detuve frente a la entrada del bar y respiré hondo. Me ajusté las tetas y entré.

«¿Y si esto no funciona?», pensé, desmoralizada.

Me escondí en un rincón sombrío y observé cómo los clientes se relacionaban los unos con los otros, como cualquier otra noche. El bar estaba hasta arriba.

«Tal vez debería probar a hacer esto otra noche cuando no esté tan lleno», pensé. «Pensándolo mejor, si me echo para atrás ahora, puede que nunca vuelva a tener el valor para hacerlo».

Alcé la barbilla de manera desafiante, me ajusté el vestidito y me abrí paso a través de la humareda del bar.

—Espero que el vestido me quede bien. Si no, voy a hacer el ridículo —murmuré para mí misma.

Como era de esperar, el interior del local estaba oscuro y apestaba a perfume y a whisky. Me temblaban las manos como si fuera una alcohólica apunto de vomitar.

Entonces, me pasó por la mente un amargo pensamiento: me encontraba entre los de mi propia especie y, sin embargo, nunca me había sentido tanto como una forastera o, en mi caso, como un ángel. Tenía que recobrar la compostura. Una mujer seductora no temblaba como una cobarde.

Examiné el tenue local con la mirada, tratando de localizar a mi presa. Si era el tipo de hombre que pensaba que era, debería picar el anzuelo, que en este caso era yo. Seguí las instrucciones de Jeffery sobre cómo caminar de manera seductora. Esperaba haberle entendido pero, aun así, Jeffery lo hacía mucho mejor que yo.

Inesperadamente, comenzó a sonar esa música tan extraña. Esta vez las melodías eran diferentes, pero lograron el mismo efecto. Intenté ignorarla, cantando mentalmente una canción pegadiza que había escuchado en la radio, pero su atracción era más fuerte que mi voluntad. La canción llamaba a mi sensualidad. ¿Cómo podría rechazar algo que parecía ser tan natural como respirar?

«¡A la mierda!»

Conforme me abría paso a través de la multitud, atisbé a ojitos dorados detrás de la barra en medio de una conversación con un par de mujeres guapísimas. Sin embargo, en cuanto se percató de mi presencia, las mujeres pasaron a estar en un segundo plano y posó su mirada en mí. Sentí una pizca de victoria. Por alguna extraña razón, la imagen de ojitos dorados con otra mujer me tocaba la fibra sensible.

Le lancé una mirada tentadora conforme comenzaba a mover mis caderas de forma seductora y me pasaba los dedos por el cabello, despeinándolo mientras caminaba hacia la pista de baile. Mientras la música infundía mi espíritu, me deshice de mis inhibiciones y asumí el papel de mujer fatal.

Cuando alcé la cabeza hacia mi presa, nuestras miradas se encontraron, y las comisuras de mis alegres labios formaron una leve sonrisa. Dejé que la música poseyera mi mente y mi cuerpo. Mis caderas comenzaron a moverse hacia adelante y hacia atrás, dejando que la música me hiciera el amor. Hipnotizada, me rendí a su fuerza. Como una verdadera mujer seductora, me burlé de todas las miradas que se atrevieron a posarse en mí.

Cuando volví a abrir los ojos, allí estaba él, y sus ojos brillaban de una manera muy diferente a como me había mirado antes. ¿Deseo, tal vez?

Me quedé sin aliento. Había olvidado lo guapo que era. Me recordó a un rey que esperaba a su amante. Sus ojos dorados me observaron de pies a cabeza. A cambio, lo provoqué con una sonrisa excitante. Luego, estiré el brazo, y él tomó mi mano, atrayéndome hacia sus fuertes brazos hasta que quedamos a centímetros de distancia. La calidez y la comodidad de su cuerpo firme contra el mío me provocó un hormigueo en el cuerpo, mientras que su olor y su sudor curiosamente me recordaron a un campo de flores silvestres, y eso casi me volvió loca.

Presionó su mano contra la parte baja de mi espalda, atrayéndome hacia él. Mientras su dulce aliento acariciaba mi cuello desnudo, mi corazón latía con fuerza contra mi pecho.

—¿Tienes alguna idea de lo que me estás haciendo? —me susurró al oído con su voz grave y ronca.

—¿Por qué no me lo dices? —pregunté, provocativa, mientras echaba los largos mechones de pelo sobre mis hombros.

Comencé a deslizar las manos por su pecho firme mientras lo examinaba con la mirada. Rápidamente, me alzó entre sus brazos, me colocó sobre sus caderas, y empezamos a bailar. Bailamos apretados el uno contra el otro de una forma totalmente inapropiada y calenturienta. Me entregué a él, dejando que me guiara al ritmo de la música hechizante. Con cada roce sensual, sentía escalofríos por todo mi cuerpo. Sorprendida, me di cuenta de que anhelaba algo que no había vuelto a experimentar desde aquella noche con Aidan.

Antes de que pudiera darme cuenta de lo que estaba pasando, él se inclinó y me besó, devorando mis labios como si fuera un hombre hambriento. Como si quisiera tomarme ahí mismo en la pista de baile. Pero la parte más aterradora de todo era que… yo lo deseaba también.

De repente, se apartó.

Abrí los ojos, confundida, aunque seguía en trance.

—¿Qué pasa? —murmuré.

Entonces, atisbé el ceño fruncido que había aparecido en su rostro. Antes de que pudiera recomponerme, él me levantó entre sus brazos, me colocó sobre su hombro, dejándome con el culo al aire, y se abrió camino hacia la puerta principal. Aquello sucedió tan rápido que no pude llegar a entender lo que había ocurrido entre nosotros hasta que me dejó de culo sobre la acera y me encontré respirando el aire de la ciudad. Entonces, caí en la cuenta de que el hechizo se había esfumado. Y, a juzgar por su mandíbula apretada, supe que había fracasado en mi misión.

«¡Mierda!», maldije en mi cabeza.

—¿Qué demonios acaba de pasar ahí dentro? —señaló hacia su bar mientras se alzaba sobre mí con su rostro lo suficientemente cerca como para que sintiera la ira en su aliento.

Esto no estaba yendo como yo esperaba. La pasión en sus ojos había desaparecido y había sido reemplazada por la hostilidad.

—No sé de qué hablas —traté de hacer como si nada—. ¿Es que es un delito que me gustes? —fruncí mis labios color cereza.

Sin embargo, la suerte no estaba de mi parte y, al parecer, mi patético intento de coquetear, solo consiguió empeorar el mal genio de ojitos dorados.

—¿Tienes alguna idea de lo que esto —agitó las manos, señalando las curvas de mi cuerpo sin tocarme—, le hace a alguien como yo? —apretó la mandíbula aún más.

—¿No te gusta mi vestido? —pestañeé varias veces con torpeza.

«Esto es lo más bajo que he caído y estoy haciendo el ridículo más grande de la historia», pensé.

—No importa lo que a mí me guste. ¡Tú no eres así! —sonaba como si fuera un padre criando de una niña.

A pesar de su tono, sabía que tenía razón. Aun así, no quería escuchar un sermón.

—¡No me hables como si fuera una niña! —repliqué.

—Eres una niña —espetó en un tono cortante.

—¡Y una mierda!

Ojitos dorados soltó una profunda risa gutural.

—Ah, ¿sí? Dime cuántos años tienes. Y no mientas. Lo sabré si no me dices la verdad.

Me planté frente a su cara y declaré:

—Soy lo suficientemente mayor como para foll…

Antes de que pudiera terminar mi comentario tan obsceno, me agarró por las piernas con una mano y, con la otra, abrió la puerta de un taxi y me tiró sobre el asiento trasero. Estaba segura de que le habría echado un buen vistazo a mi tanga rojo de encaje cuando se me subió el vestido por encima del culo.

Le entregó al conductor, que era el mismo de la última vez, un fajo de billetes y le dio órdenes estrictas.

—Lleva a esta niña medio vestida a su casa. Directo a su casa. Si te parece que quiere volver aquí, quiero que me informes de ello inmediatamente —ordenó con autoridad.

El taxista simplemente asintió.

Luego, ojitos dorados fijó su mirada sobre mí e hizo una mueca, molesto.

—Niña, qué cara tienes al haber vuelto a mi bar para tratar de seducirme. ¡Quédate en tu puta casa! Ve al colegio y pórtate bien —dicho eso, cerró la puerta del coche.

Sabía que esta era mi última oportunidad de poder llamar su atención, así que grité:

—¡Espera! —estaba tan frustrada que las lágrimas comenzaron a correr por mi rostro—. Necesito tu ayuda. No puedo hacer esto yo sola. Tú eres la única persona que conozco capaz de encontrar a mi hija. ¡La señora Noel dijo que podrías ayudarme!

—¿Qué va a saber una pobre anciana? —apretó la mandíbula —. ¡Vete a casa! Eres demasiado joven para estar haciendo estos jueguitos.

A pesar de su obstinación, no me iba a rendir tan fácilmente.

—¿Crees que soy una niña? Te voy a decir yo lo que soy — saqué la cabeza por la ventana, tratando de captar su atención—. Soy una madre decidida a encontrar a su hija perdida —grité, ahogándome entre mis propias lágrimas—. ¡Incluso si eso significa acostarme contigo!

Desconcertado, ojitos dorados le dio una patada a la rueda del taxi y se pasó los dedos por su cabello rubio. Claramente, su indecisión complicaba su dilema aún más. Podía ver que estaba luchando consigo mismo. Entonces, dio un paso atrás y su semblante se volvió estoico.

—Pequitas, me gustaría poder ayudarte, pero no puedo.

Dicho esto, asintió con la cabeza hacia el conductor y, antes de que pudiera decir nada más, el taxi se alejó a toda velocidad.

Observé desde la ventana trasera cómo aumentaba la distancia entre nosotros, mientras nos mirábamos el uno al otro. Por un segundo, pensé haber captado una chispa de arrepentimiento en su mirada, pero debí haber estado equivocada. Se quedó ahí plantado, observando mi partida, sin tratar de retractar su decisión.

Cuando doblamos la esquina, me di la vuelta finalmente, sintiendo todos los efectos de la derrota. Todas las esperanzas que tenía se habían quedado en esa acera. Debería haber sabido que usar mi sexualidad no le habría hecho cambiar de opinión. Había sido una tonta. No tendría que preocuparse por mí nunca más. Por fin había recibido el mensaje. Iba a tener que hacerlo por mi cuenta.

Estaba decidida. No podía permitir que un pequeño bache en el camino me detuviera. Pero, por ahora, lo único que me apetecía era ahogarme en mis remordimientos.

ALIADO

Cuando llegué a casa, logré evitar que Dom y Jeffery me vieran antes de que pudiera correr hacia mi habitación.

Al día siguiente, tras el almuerzo, Jeffery vino a verme. Supuse que habían caído en la cuenta de que la noche anterior no había ido tan bien como esperaba, dado que me había pasado toda la mañana hibernando en mi habitación.

Aún estaba tirada en la cama, acostada bajo las sábanas, cuando llamaron a mi puerta. Me mordí el labio. No quería responder, pero sabía que así solo retrasaría lo inevitable. Suspiré, dándome por vencida.

—Entra —gemí.

No me apetecía nada hablar. Pero, dejando de lado mi mal humor, sabía que debía hacerles saber que seguía tan vivita y coleando como uno podría esperar bajo las circunstancias.

La puerta se abrió ligeramente, y Jeffery asomó la cabeza por la ranura.

—¿Puedo entrar? —susurró.

—Sí —respondí y me tapé la cabeza con la colcha.

Jeffery entró en mi habitación, caminó hacia mi cama y se sentó en el borde.

—Supongo que las cosas no salieron según lo planeado —me

dio unas palmaditas en el pie, seguido de una sonrisa consoladora.

Le eché un vistazo por encima de las sábanas.

—Algo así —suspiré, avergonzada.

—Chica, sé algo de vudú por si quieres devolvérsela a ese idiota. ¡Y funciona! Ya lo he usado un par de veces —Jeffery alzó la barbilla con orgullo.

Me reí y sacudí la cabeza.

—No es necesario. Dudo que de todas formas un hechizo mágico penetre en esa cabeza dura—me erguí y me abracé las piernas contra el pecho—. Ni siquiera se molestó en escucharme —se me cayó el alma a los pies como un ancla bajo el mar.

—¿El vestido no lo provocó?

—¡Ja! Eso es quedarse corto. Hubo un momento que pensé que iba a hacérmelo ahí delante de todo el mundo.

—Querida, ¡no me puedo imaginar a ningún hombre heterosexual negándose a tus encantos!

—No lo entiendo —me encogí de hombros, sintiendo el peso de su rechazo—. Nos besamos un poco y, luego, de repente, me metió en un taxi y me ordenó que no volviera más —sacudí la cabeza—. ¿Cómo puedo volver allí después de ese fiasco? —suspiré—. He arruinado mi única oportunidad. No me va a ayudar a encontrar a mi hija —me tragué el nudo que se había formado en mi garganta.

—Ay, cari, no creo que sea tan malo como piensas.

Me abracé las rodillas con fuerza, arrepintiéndome de la noche anterior. ¿En qué estaba pensando? Me había desvalorizado y había usado mi cuerpo para persuadir a un extraño. Considerarme como una persona sexy era una broma. Fruncí el ceño y me encogí de hombros en respuesta.

—¡Escúchame! —Jeffery agitó su dedo en mi dirección—. Sé que no te ha salido como querías, pero no te rindas aún. A mí me parece que este tipo se preocupa por ti más de lo que piensas. Es obvio que se detuvo antes de arruinar tu virtuosa reputación.

—¡Mi virtuosa reputación! —me reí amargamente. Oh, sí, le

importo un montón. ¡Tanto que me dejó tirada de culo en la acera!

—¿Antes o después de besarte? —Jeffery frunció los labios.

—Después.

—¿Se te acercó él o te acercaste tú a él?

—Vino él a mí —gemí contra la almohada.

—¿Y dónde tuvo lugar este encuentro?

—En la pista de baile.

—¿Y estabas bailando como la noche que fuimos juntos?

—Eh… sí —me puse roja como un tomate de la vergüenza.

—¡Ajá! —exclamó éste—. Chica, se tragó el anzuelo, el cebo y la caña entera. Está coladito por ti, pero parece que lo has asustado un poco.

—No creo que sea eso. No creo que ojitos dorados se intimide fácilmente.

—Espera… ¿Cómo lo acabas de llamar?

—Ojitos dorados —respondí, confundida.

—Cari, ¿es que aún no sabes cómo se llama de verdad?

—Sí. Intercambiamos nombres brevemente.

—Y ¿alguna vez te ha llamado por tu nombre de pila?

Puse los ojos en blanco.

—No, no que yo recuerde.

No entendía a dónde quería ir a parar Jeff.

—¿Cómo te llama?

—Eh… Pequitas —confesé.

Jeffery soltó una carcajada. Se rio tanto que pensé que se iba a romper una costilla. Yo, por otro lado, no le veía la gracia. Permanecí ahí sentada en silencio, esperando a que me explicara dónde estaba la gracia.

—Chica —se secó las lágrimas que habían aparecido en las comisuras de sus ojos a causa de la risa—, puede que ese hombre no lo sepa todavía, ¡pero se ha enamorado de ti! Te ha dado un apodo. A eso se le llama afecto —Jeffery esbozó una sonrisa de suficiencia que se extendía de oreja a oreja—. Los hombres no son nada creativos. No pierden el tiempo con cosas pastelosas a no ser que realmente les gustes. Si te ha dado un apodo tan mono como «Pequitas», es porque has bailado un chachachá en su corazón, querida.

—También dijiste que le había hecho lo mismo a Aidan —forcé una sonrisa, tratando de enmascarar mi tristeza.

—Sí, y aún lo mantengo. No está escrito en ningún sitio que solo puedas tener un amor verdadero. Aunque a veces el amor trae tristeza. No siempre es todo color de rosa —Jeffery sonrió—. Este es diferente. Ya lo verás —me guiñó un ojo.

—Tú no has visto lo enfadado que estaba ni has escuchado la brusquedad de su voz —dije—. Si estuviera interesado en mí, estaría más dispuesto a ayudarme a encontrar a mi hija —agité la mano, descartando la poca fe que me quedaba—. Ya no importa. Encontrar a mi hija es más importante que ganarme favores de un hombre al que apenas conozco. No me puedo permitir tener más distracciones.

—No siempre es así de simple.

—De cualquier manera, no creo que venga a llamar a mi puerta para ofrecerme su caballerosa mano.

Me giré sobre mi costado y volví a tirar de las sábanas para cubrirme la cabeza. No me quedaba paciencia, ni energía para discutir sobre el tema por más tiempo.

Jeffery me dio unas palmaditas en la pierna.

—Creo que cambiará de opinión. Algunas personas tienen que darle vueltas al asunto antes de comprometerse totalmente. No olvidemos que las intenciones de la familia no son nada honestas, y que son tan complicados como malos. Sé paciente, ya verás cómo cambia de idea. ¡Te lo digo yo! —dicho esto, Jeffery salió de mi habitación, cerrando la puerta en silencio tras de sí,.

INVITADO SORPRESA

Al día siguiente, decidí ensuciarme las manos y acercarme a la madre naturaleza.

Mi mente estaba ocupada pensando en cómo proceder con mi próximo plan. En Haven, las enfermeras solían cambiar de turno a medianoche y, por lo general, estaban ocupadas corriendo de un lado para otro con su rutina de noche. Pensé que, si iba disfrazada de enfermera, podría colarme en la oficina donde guardaban los archivos, encontrar mi informe y salir de allí antes de que alguien se diera cuenta de que les habían robado. No era el mejor de los planes, pero era lo único que tenía. En este momento, deseé poseer la capacidad de Aidan para aparecer de la nada. Ese don ciertamente facilitaría mi misión. Desgraciadamente, ese no era uno de mis talentos innatos. Lo cual era un gran fastidio de lo más decepcionante, en mi opinión.

Esta mañana le había prometido a Dom que lo ayudaría con el huerto. Había bastante trabajo que hacer, y necesitaba que le echara una mano. Además, a mí no me importaba ayudarlo.

Me sentó bien trabajar con la tierra. Al ensuciarme las manos, sentí una conexión con la riqueza de la tierra. Empecé sembrando un pequeño huerto de verduras otoñales. Las filas que escarbé no eran perfectamente rectas, pero Dom me aseguró que a las plantas no les importaba la precisión, que siempre y cuando tuvieran mucha tierra y agua, crecerían. Decidí que la jardinería se había convertido en mi nueva pasión, y Dom pareció apreciar mi ayuda.

Contrariamente a mí, a Jeffery no le gustaba arruinar sus manos tan bien cuidadas o, a decir verdad, hacer cualquier cosa remotamente similar a las tareas domésticas. A menudo me preguntaba cómo se las había apañado para trabajar de mayordomo. Supuse que Aidan no habría esperado que Jeffery llevara a cabo el papel de un mayordomo tradicional. Aun así, Jeffery era muy leal. Por las conversaciones que había mantenido con ambos hombres, sentía que eran almas gemelas.

Me sentía mal por Dom y por Jeffery, dado que ninguno de los dos había tenido la oportunidad de pasar página tras la muerte de Aidan. Aunque ninguno solía hablar mucho durante la cena, sentía que su pérdida les había afectado más de lo que dejaban ver. Estaba claro que a mí me había afectado, incluso después de saber que Aidan me había traicionado.

En fin, aparte de esos desagradables recuerdos, fue un maravilloso día de otoño, ideal para darse a la jardinería. Una ligera brisa agitó la cima de los árboles y me envolvió en un frescor enérgico mientras el sol acariciaba mi rostro con su reconfortante calor. Me sentía más animada. Tras haber estado confinada en Haven durante tres largos años, durante los cuales no se me había permitido, ni siquiera, echar un simple vistazo a los rayos del sol, este día me parecía un regalo maravilloso que apreciaría por el resto de mi vida.

Me encantó trabajar en el jardín, pero pasar el rato con Dom fue especialmente entrañable. Descubrí que sabía mucho sobre el uso medicinal de las plantas. En cierto modo, me recordaba a la señora Noel. Yo misma había llegado a adquirir algo de conocimiento al respecto al verla hacer uso de hierbas comunes con fines medicinales, como el estramonio para el asma, que había estado en gran demanda durante el invierno.

Cuando llegó el crepúsculo, habíamos plantado varias filas con nuevas semillas, habíamos barrido y quemado las hojas, y mi rostro se había bronceado bajo los rayos del sol. Además, la suciedad y el barro se habían extendido desde mis pies descalzos hasta mi cabellera, y parecía un desastre andante. Tendría que bañarme varias veces para conseguir quedar totalmente limpia de nuevo, pero no me importaba.

Cuando Dom terminó con sus tareas, me dejó sola y entró en la casa para empezar a preparar la cena. No estaba lista para acabar el día, así que decidí terminar un par de tareas más. Estaba decidida a plantar algunas flores más, como vincapervincas, lantanas y caléndulas, a lo largo de los costados de la casa. También pensé en retocar el huerto de verduras con un poco más de labranza, ya que era importante que las raíces de las plantas tuvieran espacio suficiente para crecer.

Puede que disfrutara de la jardinería incluso más que Dom. El huerto tenía algo especial que hacía que mis problemas se disiparan mientras revolvía la tierra con los dedos. Era el mejor remedio para mi tristeza.

Me puse a tararear una de mis canciones favoritas conforme me arrodillaba sobre el parterre y empezaba a excavar con una pala. Decidí que primero plantaría las lantanas junto a la casa, ya que llegarían a ser las más altas, seguidas por las vincapervincas y, por último, colocaría las caléndulas doradas y naranjas alrededor del parterre. Con mi pequeña pala de dientes, removí la tierra húmeda para que quedara menos compacta y, luego, cavé pequeños agujeros para cada una de las flores. Después, saqué las flores de las pequeñas macetas de plástico una por una y las planté en cada uno de los agujeros correspondientes. Por último, acumulé la tierra alrededor de cada tallo para que el agua de la lluvia no se los llevara.

De repente, escuché a Jeffery carraspeando.

«Ay, Dios, ¿qué quiere este hombre ahora?», pensé.

Jeffery se había pasado todo el día molestándome sobre cualquier insignificante detalle. Ni siquiera me molesté en darme la vuelta para mirarle a la cara.

—Jeffery, ahora no, por favor. ¡Estoy ocupada! —espeté, irritada.

Fuera lo que fuese lo que quisiera, estaba segura de que podría esperar. Además, no estaba dispuesta a que me mandara a la tienda con estas pintas.

Entonces, Jeffery volvió a carraspear.

«¡Arg!»

Me di la vuelta, sin darle importancia a mi apariencia. Hice visera con la mano, tratando de bloquear el resplandor del sol, y me quedé estupefacta al darme cuenta de que no era Jeffery quien se erguía frente a mí. El sol me impedía ver el rostro del alto extraño. Me quedé helada sin saber quién se encontraba delante de mí. Después de la visita de Helen, no estaba muy a favor de las visitas inesperadas. Entonces, el extraño sonrió. Tragué saliva mientras observaba aquella sonrisa desigual que ni siquiera el sol podía ocultar.

—¿Ojitos dorados? —pregunté, dubitativa.

Resopló y dio un paso hacia la derecha, bloqueando los rayos del sol, por lo que finalmente su rostro se hizo visible.

—He oído que el barro va genial para el cuidado de la piel —me miró de pies a cabeza, desde mi cara cubierta de barro hasta mis pies ennegrecidos.

Sorprendida, me puse en pie de un salto, pero perdí el equilibrio. Ojitos dorados extendió el brazo, pero no lo suficientemente rápido, y terminé cayéndome contra su pecho. Hasta ese momento, no había notado que llevaba puesta una camiseta blanca. Como si fuera un acto reflejo, me eché hacia atrás.

—Yo... lo s-s-siento —tartamudeé.

Instintivamente, como si mi cerebro hubiera dejado de funcionar, comencé a frotar el barro que adornaba la parte delantera de su camiseta, lo cual solo consiguió que empeorara. Por la expresión de su mirada, no me quedaba duda alguna de que pensaba que era una torpe idiota.

Entonces, esbozó una amplia sonrisa y trató de quitar la suciedad en vano. Se rio.

—No pasa nada —hizo una pausa mientras nuestras miradas se encontraban por un momento en silencio.

En ese mismo instante, me di cuenta de lo mucho que me gustaban sus ojos dorados, que brillaban cada vez que sonreía.

—Eh... Te... queda bien la suciedad —comentó mientras soltaba una risa suave, algo que nunca le había visto hacer.

Di las gracias por la capa de barro que ocultaba mis mejillas sonrojadas. Traté de calmarme tanto como pude bajo las circunstancias y le pregunté, perpleja:

—¿Por qué estás aquí?

Retiró la mirada por un segundo y, luego, volvió a fijarse en mi rostro perplejo.

—Me gustaría reconsiderar la idea de ayudarte —cedió.

Abrí los ojos como platos.

—¿Lo dices en serio?

—Sí —se rascó la barbilla—. Supongo que sí —esbozó una media sonrisa con sus labios carnosos.

Sin pensarlo dos veces, corrí hacia sus brazos y, entonces, sucedió algo mágico. Sus labios presionaron contra los míos suavemente y se apoderaron de mi boca conforme me besaba. La dulzura de sus labios me produjo una sensación de lo más deliciosa. No fue un beso exigente ni posesivo. Sino dulce y tierno. Y, a su vez, sensual.

Cuando terminó, fue como si el tiempo se hubiera detenido. Reinó el silencio entre nosotros. Me miró de arriba abajo, inspeccionándome con la mirada. Me reí con nerviosismo, sintiendo cómo me ardían las mejillas.

—Eh... ¡tu camiseta! —exclamé, desviando su atención.

Agachó la cabeza para observar lo que hacía unos minutos había sido una camiseta bonita y limpia, y luego me miró por el rabillo del ojo.

—Ya... supongo que ahora me tengo que quedar a cenar. Ya

que me has ensuciado la camiseta, creo que es justo que la laves —sonrió con picardía.

Me mordí el labio inferior.

—Tienes razón —hice una pausa—. Jeffery la puede lavar —sonreí ampliamente.

Dejé a los hombres hablando sobre los deportes y otros intereses masculinos y corrí al piso de arriba a darme una ducha. Después de que el agua caliente hubiera seguido su curso y de que una tonelada de suciedad hubiera seguido el rastro del agua por el desagüe, salí de la ducha y envolví mi cuerpo con una toalla limpia. Rápidamente, me lavé los dientes e intenté cepillarme el pelo. Mi rostro había enrojecido un poco a causa del sol, así que no me molesté en maquillarme. Esta noche, decidí ser yo misma; iría descalza y sin maquillaje. Y no me pondría nada ostentoso, ni glamuroso.

Cuando bajé las escaleras, llevaba puestos mis viejos vaqueros, que ya estaban hechos jirones, y una camiseta sin mangas simple, lista para una noche relajante junto a nuestro nuevo invitado.

Jeffery le había prestado una de sus camisetas, lo cual me hizo sospechar que su generosidad escondía algún astuto motivo. La camiseta tendría que ser dos tallas más pequeña o algo así, porque se ceñía a las ondulaciones definidas del torso de ojitos dorados, así como las mangas se ceñían a sus bíceps.

Debo admitir que fue una maravillosa distracción. No obstante, no pude evitar propinarle un par de patadas por debajo de la mesa a Jeffery, quien se quedó embobado mirando al invitado, mostrando así su gran falta de modales y haciendo que me sintiera terriblemente avergonzada. Aun así, tendría que recordar darle las gracias más tarde por haber elegido esa camiseta.

«Bien pensado», pensé.

Disfrutamos de la maravillosa cena que Dom había preparado con platos típicos de Luisiana: cangrejos de río, mazorcas de maíz y patatas cocidas; y, después, nos acomodamos en el salón para tomarnos unas cervezas. No obstante, como yo odiaba la cerveza, me decanté por un té dulce.

Más tarde, Jeffery decidió entretenernos con el conocimiento que había adquirido en sus recientes clases de piano. Me obligué a sonreír, apretando la mandíbula, mientras nos torturaba con su versión de *Bridge over troubled water*. No consiguió dar ni una nota, y yo enseguida descubrí que el chirrido de una tiza en una pizarra era mucho más agradable que escuchar a Jeffery arruinar una canción perfectamente buena.

Por otro lado, nuestro invitado, ojitos dorados, fue lo suficientemente amable como para no quejarse e incluso logró esbozar una bonita sonrisa.

En cuanto hubo terminado, Jeffery se puso de pie e hizo una reverencia como si nos acabara de bendecir con una actuación maravillosa del calibre de Mozart o Beethoven. No hace falta decir que sentí un profundo deseo de patearle el trasero a Jeffery.

—¡Bravo, bravo! —lo vitoreamos todos.

A pesar de nuestro fingido entusiasmo, creo que todos esperábamos en secreto que no insistiera en tocar otra canción. Y, a pesar de que Jeffery estaba entusiasmado con su nuevo hobby, consideré seriamente cortarle las cuerdas al piano.

Todos tenemos un límite.

No mucho más tarde, Jeffery perdió interés en el piano y pasó a centrarse en los cuadros de la pared. Le encantaba su gusto por el arte, tanto como presumir de su conocimiento de los artistas. Dom dejó que Jeffery fuera el centro de atención. Permaneció sentado pasivamente, uniéndose a la conversación cada vez que Jeffery se detenía para tomar aire. Pero a Dom no parecía importarle. Creo que apreciaba el talento de Jeffery.

Cuando llegamos a la mitad de la noche, le di un codazo a nuestro invitado.

—¿Puedo hablar contigo en privado? —pregunté, medio susurrando.

La sonrisa de ojitos dorados menguó hasta quedar solo una ligera elevación en las comisuras de su boca.

—Claro —respondió—. Soy todo tuyo.

No pude evitar sentirme un poco nerviosa. Esbocé una sonrisa y lo agarré de la mano.

—Oigan, chicos —anuncié cuando nos pusimos en pie—. Necesito hablar un momento con ojitos... —me detuve a mitad de la frase al darme cuenta de que se me había olvidado su nombre.

Alcé la cabeza para mirar a mi invitado y atisbé una pequeña sonrisa entre las comisuras de sus labios, burlándose de mí.

Jeffery decidió intervenir, salvándome de una humillación total, e hizo el honor de presentarnos oficialmente.

—Dejadme hacer los honores —se aclaró la garganta—. Stevie, me gustaría que conocieras a Valor Cross —Jeffery señaló a nuestro invitado—, Val para abreviar. Y Val... —Jeffery me miró—, me gustaría presentarte a la inigualable Stephanie Ray Collins. Stevie, para abreviar —los ojos azules de Jeffery resplandecieron de alegría.

Mis mejillas se enrojecieron bajo la mirada divertida de Val. Agaché la cabeza, avergonzada.

—Me alegra poder llamarte por tu nombre —murmuré.

—Igualmente, Pequitas —respondió de manera juguetona.

Se me puso la piel de gallina. En el buen sentido.

Dom y Jeffery no me ayudaron en absoluto cuando ambos comenzaron a reírse a carcajadas. Algunas cosas nunca cambian.

A Jeffery se le ocurrió que mi invitado y yo tendríamos más privacidad en el porche delantero, ya que estaríamos lo suficientemente lejos de los oídos de los chicos.

La luna llena nos acariciaba con su luz plateada, y una agradable brisa nocturna revolvía las hojas de los árboles mientras el débil aroma de las lagerstroemias perfumaba la noche. Los ruiseñores trinaban alegremente, produciendo un sonido que nunca me cansaba de escuchar.

No quería sentarme en el columpio porque me traía demasiados malos recuerdos del pasado. Puede que siguiera sintiendo algo por Aidan. ¿Por qué si no sentiría una punzada en mi corazón cada vez que algo me recordaba a él? Supuse que el dolor se aliviaría con el tiempo.

Finalmente, decidí sentarme en el último escalón. Ojitos dorados hizo lo mismo, sentándose a mi lado, y extendió sus largas piernas. No cuestionó por qué había elegido las escaleras en vez del columpio. Gracias a Dios.

La casa estaba situada sobre una colina, por lo que podíamos ver todo el camino hasta el final de la calle. El Garden District era impresionante. Las aceras estaban alineadas con árboles e impresionantes casas victorianas en toda su gloria. En el pasado había creído que una vista tan maravillosa como esta solo existía en las revistas, y a veces tenía que pellizcarme para asegurarme de que esta era mi vida. Suspiré con tristeza. A pesar de la vida que se me había otorgado, si se me diera la opción, renunciaría a todo esto con tal de recuperar a mi hija.

Ojitos dorados, o debería decir Val, se aclaró la garganta, trayéndome de vuelta a nuestra conversación pendiente. Alcé la cabeza, pero no sin antes haber ocultado mi pena. Sus ojos moteados se suavizaron, y supe que había conseguido atisbar mi tristeza. Rápidamente, desvié la mirada, pero no importó porque Val ya había captado mi desazón. A pesar de que sus ojos rezumaban un suave ardor, no me preguntó por mi cara larga, sino que pasó su brazo alrededor de mis hombros y me abrazó con ternura. Permanecimos en silencio durante un momento. Luego, tras un profundo suspiro, comenzó a preguntarme sobre mis planes.

—¿Tienes pensado por dónde quieres empezar a buscar a tu hija? —su tono de voz era serio y directo.

—Sí, lo tengo todo planeado. Quiero que entres en el hospital Haven y robes mi archivo —confesé.

Val le dio un último trago a su cerveza y aplastó la lata con su propia mano. —Eh… tú no pides mucho, ¿no?

—Bueno… a no ser que tengas otra idea, eso es lo mejor que tengo —evité mirarle a los ojos y, en su lugar, mantuve la vista al frente—. Supongo que el hospital tendrá copias de mis documentos médicos. Y puede que la información sobre el parto esté en el mismo archivo.

—Espera… El tipo ese de La Guarida del Diablo trabajaba en ese hospital… Tenías pensado sobornarlo…

No podría decir si me estaba haciendo una pregunta o afirmando un hecho.

—Sí. Infortunadamente, no llegué lejos.

Cogí una piedra del suelo y la arrojé contra el buzón situado junto a la valla de hierro. Retumbó con un ting y rebotó contra el buzón. Entonces, se me ocurrió una pregunta curiosa.

—¿Cómo has sabido que vivo aquí?

Val se revolvió, vacilante, antes de responder.

—Mac, el camarero, te reconoció y me llamó. Mi amigo sabía que estabas hasta el cuello. Ese lugar no es exactamente el indicado para personas débiles.

—¿Piensas que soy débil? —giré la cabeza para mirarlo a la cara.

Val se tomó una pausa breve mientras buscaba algo en mis ojos.

—No. Pero sí creo que a veces haces las cosas sin pensar —sonrió—. Hay que tener agallas para hacer lo que tú hiciste. Pero, aun así, fue una estupidez —sus ojos brillaron con lo que parecía ser admiración.

—Ya, se está convirtiendo en una mala costumbre —sonreí para mí misma.

—Si sigues yendo a ese tipo de antros en callejones oscuros solo vas a conseguir buscarte problemas.

No hacía falta que me lo dijera. Era perfectamente consciente de las criaturas que acechan en las sombras. Entonces, me percaté de algo.

—¿Cómo es que me conoce tu amigo?

Lo miré a la cara. En ese momento me di cuenta de que... me gustaba su barbilla cincelada y su fuerte mandíbula. Era guapo, aunque de manera distinta a Aidan. Aidan era fanfarrón e igualmente arrogante. Sin embargo, Val parecía tener los pies sobre la tierra y, además, era un líder digno.

—En verdad no es nada del otro mundo. Mac te vio la noche que te eché de mi casa. Nuestro pequeño encuentro se ha convertido en un tema de conversación entre los clientes habituales —hizo una pausa y se puso a juguetear con sus llaves—. Le advertí a los bares vecinos de que te prohibieran la entrada, —Val esbozó una débil sonrisa.

Que nuestra pelea se hubiera convertido en un cotilleo me resultó de lo más inquietante. La parte sobre la prohibición no me importaba tanto, pero sabía que había algo más que no me estaba contando.

—¿Cuál es la otra razón?

Nuestras miradas se cruzaron y vi que las manchas doradas en sus ojos verdes resplandecían bajo la luz de la luna.

—Mi amigo sabía que siento debilidad por ti.

—Ah —murmuré, sorprendida. No sabía qué decir—. Eh... gracias —añadí.

Val respiró profundamente y volvió al tema.

—¿Así que necesitas que entre en ese hospital?

—No exactamente —metí un mechón de mi pelo suelto detrás de mí oreja—. Creo que con tu capacidad para imitar a otras personas, podrías hacerte pasar por uno de los camilleros. Lo único que tendrías que hacer es encontrar el archivo, cogerlo y salir de allí.

—¿Conoces la distribución del hospital?

Arrugué la nariz como si me acabara de comer un bicho.

—No. No del todo.

«¡Mierda!», maldije en mi cabeza. «¿Por qué me tenía que preguntar justamente eso?»

—Pero el camillero que estaba en La Guarida del Diablo sí que la conoce.

—¿Crees que ese gordo bastardo te va a ayudar después de que intentaras destriparlo? —preguntó Val con una risilla. Los ojos casi se le salieron de sus órbitas.

—¡No traté de destriparlo! Iba a por su garganta —aclaré.

Val echó la cabeza hacia atrás y soltó una fuerte carcajada.

—Oh, eso ya es otra cosa —se rascó la barbilla, captando mi mirada—. Entonces, ¿esa es la mejor idea que tienes?

—Creo que podría llegar a persuadirlo con una buena cantidad de dinero.

Puede que fuera un tanto inexperta en cuanto a este tipo de cosas, pero la codicia era una característica fácil de detectar.

—¿De cuánto estamos hablando?

—Lo que sea necesario —esbocé una sonrisa pícara.

—¿Es que eres rica o qué?

—Síp —admití.

Nuestras miradas se cruzaron por un breve momento. Reinó el silencio.

—Ese tipo —añadió Val tras un largo suspiro—, el padre de tu hija, debe haberte hecho mucho daño.

No era una pregunta, sino un comentario.

No le respondí. No tenía fuerzas suficientes. Desvié la mirada hacia la calle.

—Bueno, te conseguiré los planos, y tú, amiga mía, quédate aquí, fuera de peligro.

—¡Ah, no! Yo me voy contigo. No he dicho que tengas que hacer esto tú solo.

Ni en broma iba a quedarme sentada en el banquillo. Tenía pensado ir a muerte con mi plan.

—Vamos a hacer esto a mi manera, si no quieres que me vaya —por la seriedad de su semblante y sus labios fruncidos supe que no iba a ceder.

Aun así, mi terquedad me superaba.

—Estoy contigo en esto hasta el final —insistí.

—Lo siento —se disculpó con una sonrisa—. O lo hacemos a mi manera o aquí se termina esto, Pequitas —me miró fijamente con un semblante impasible.

Me tomé un momento para calmarme. Necesitaba su ayuda y no tenía más opciones. En realidad, él era mi única opción. Tenía que tomarlo o dejarlo.

—Vale —suspiré, derrotada—. De acuerdo. Pero una cosa más.

Val se puso tenso. Supe que temía lo que pudiera pedirle a continuación.

—¿Me puedes enseñar a luchar? Ya sabes, para las peleas callejeras —¿por qué andarse con rodeos?

Mi nuevo amigo sacudió la cabeza y sonrió. Luego, me miró directamente a los ojos.

—No dejas de sorprenderme. De acuerdo, te enseñaré a luchar. Pásate por mi casa bien temprano mañana por la mañana —hizo una pausa—. Si quieres que te entrene… no esperes que te lo ponga fácil. Te trataré como si fueras un hombre —Val se inclinó con su sonrisa torcida—. ¿Estamos de acuerdo? —su mirada era firme.

—No esperaría nada menos.

—¡Ah! Y no te pongas esos malditos pantalones cortos. Me distraen demasiado. Ponte unos pantalones de chándal y hazte una coleta con el pelo.

«Anda que no es directo ni nada», pensé.

—Vale, pero solo si dejas de llamarme Pequitas —negocié.

Val soltó una carcajada y negó con la cabeza.

—En la guerra no se hacen acuerdos, guapa —afirmó, pasándome la lata de cerveza que había aplastado antes. Tengo que irme.

Se puso en pie y esperó a que yo me levantara también, quedando cara a cara. Pensé que iba a besarme. Pude ver en sus cálidos ojos dorados que quería hacerlo, pero, en cambio, se apartó y me dio un suave golpe en el brazo, como si fuera su hermana pequeña. Supuse que eso era lo mejor. A decir verdad, no estaba preparada para dar el siguiente paso de momento. Aún no había superado lo que Aidan, Sally y toda esa familia me habían hecho. Puede que nunca lo superaría. Era algo que tendría que afrontar.

Me quedé mirándolo mientras bajaba las escaleras. Cuando llegó a la valla de hierro, se volvió hacia mí y gritó:

—Me gustas más sin maquillaje. Tus pecas destacan más —me miró por el rabillo del ojo mientras jugueteaba con sus llaves.

Sin decir nada más, se montó a horcajadas sobre su Harley y se marchó. Lo seguí con la mirada hasta que quedó fuera de mi vista.

Me pareció curioso que hubiera dicho eso porque esta noche había sido yo totalmente. Sin ropa de lujo o peinados extravagantes… solo yo.

SUEÑOS ESQUIVOS

Esa noche no conseguí concebir el sueño. La preocupación seguía nublando mi mente. A pesar de lo mucho que necesitaba que Val me ayudara, me preocupaba haberlo puesto en peligro. Al fin y al cabo, él no tenía nada que ver con esta lucha. Pero conocía a la familia. No estaba segura de lo que eso implicaba, pero sabía que ningún tipo de trato con los Illuminati podría ser bueno. Fuera cual fuese su experiencia, Val tenía conocimiento de sus negocios, así que no es que fuera con los ojos vendados. Estaba segura de que podría cuidar de sí mismo. Aun así, le estaba pidiendo demasiado.

Lo que me parecía de lo más extraño era cómo había cambiado de opinión a pesar de que había estado resuelto a no involucrarse. Me preguntaba si había sido el dinero lo que lo había persuadido, aunque aún no había nombrado su precio. No me parecía mal que el dinero fuera su motivación. Es más, preferiría que nuestra relación se basara solamente en los negocios. Si fuera algo personal, podría convertirse en un impedimento, y yo tenía que concentrarme en encontrar a mi hija.

Por la mañana, bien temprano, me senté frente al espejo de mi tocador, le eché un vistazo a mi cabello despeinado y decidí que necesitaba un cambio. Un nuevo *look* y una nueva actitud era justo lo que me hacía falta. Rápidamente, antes de que pudiera cambiar de opinión, abrí el cajón y saqué unas tijeras. Con un par de trasquilones, mis lustrosos mechones de pelo cayeron al suelo, formando un montón. Cuando hube terminado, me miré en el espejo. Lo que me quedaba de pelo acariciaba mi cara con forma de corazón.

«Apropiado para la nueva Stevie», pensé. «Val ya no podrá quejarse de que mi cabello se interpone en su camino».

Después de ducharme, me metí en el armario. Sacudí la cabeza. Solo a Jeffery se le ocurriría nombrar un armario, pero tenía que admitir que era impresionante. Observé cada atuendo de ropa, pero no encontré nada que se asemejara a lo que Val me había pedido que me pusiera. «Nada sexy». Me di un par de golpecitos con el dedo sobre el labio inferior. Terminé eligiendo unas mallas negras y la camiseta de Val. Las mallas se ajustaban a mis piernas, pero la camiseta, que era tres tallas más grande, cubría todas las partes sexys... es decir, mis pechos y mi trasero. ¿Qué más podría hacer?

Se me estaba echando el tiempo encima, y no quería llegar tarde en mi primer día. Si Val pensaba que no me lo estaba tomando en serio, puede que cambiara de opinión. Por lo tanto, en cuanto terminé de vestirme, bajé las escaleras de dos en dos. Ni siquiera tenía tiempo para desayunar, así que cogí una tostada y salí por la puerta.

Dado que, tanto Jeff como Dom seguían durmiendo, cuando volviera esta noche, planeaba disculparme con Dom por perderme su festín matutino. El desayuno en esta casa era como una festividad. Sabía que debía esforzarme más por quedarme en casa. Dom trabajaba demasiado por mantener toda la casa en perfectas condiciones. No podría ser de otra manera. En cualquier caso, tenía que mostrarme más agradecida.

Cuando llegué al bar, subí por las escaleras que llevaban a su apartamento, el cual se encontraba directamente encima de su establecimiento. Por alguna extraña razón, mi corazón comenzó a latir con fuerza en mi pecho. Respiré hondo, tratando de calmar mi pulso. Alcé la mano para llamar a la puerta, pero justo en ese instante la puerta se abrió, y allí estaba Val, vestido con una camiseta blanca que se ajustaba a su maravilloso torso de chocolate y exponía sus bíceps bien firmes. Sentí una oleada de emoción que me recorrió el cuerpo, pero no duró mucho. Por la crudeza en sus ojos, supe que estaba molesto.

—Llegas tarde —espetó.

—¡No es verdad! —respondí con brusquedad—. Me dijiste que llegara temprano. Y me he despertado antes de que cacareara el gallo —repliqué mientras irrumpía en su casa, rozándole el brazo con el hombro.

—Te dije que te pusieras pantalones de chándal. ¿Qué es esto? —tiró de su camiseta, que me había puesto desvergonzadamente.

Me zafé de su agarre y di un paso atrás.

—Sirve igualmente. No estoy enseñando nada de piel. ¿Qué problema tienes?

El carácter juguetón que había presenciado en el semblante de Val la noche anterior había desaparecido, y ahora parecía como si lo hubiera poseído un monstruo verde de ojos malvados.

—Esa camiseta define cada una de tus curvas. Y esos pantalones… ¿En qué estabas pensando? —me observó de pies a cabeza, desde mis chanclas hasta mis tetas, con una mirada dura.

—Pensé que podría ser una jugada inteligente usar mis mejores atributos para distraer a mi oponente —coloqué los brazos en jarras y le lancé una mirada asesina.

Los ojos de Val brillaron con humor por un segundo hasta que su atención se centró sobre mi cabello.

—¿Qué es esto? —cogió uno de mis cortos rizos entre sus dedos.

Le di un golpe en la mano, molesta por que se hubiera decidido a encontrarme tantos defectos.

—Solamente estoy tratando de ser como otro chico más —expliqué.

—Creo que eso es imposible, Pequitas —sus ojos resplandecieron, y las comisuras de su boca se alzaron, sugiriendo una sonrisa.

—Da igual —espeté, tratando de ocultar mis mejillas rosadas —. ¿Vamos a ponernos manos a la obra o qué?

Val examinó mi cuerpo con la mirada mientras sonreía y, luego, respiró profundamente.

—Sígueme —abrió la puerta, me indicó que saliera yo primero y, luego, me siguió.

Durante todo el camino hasta abajo, sentí el calor de sus ojos pegados a mi culo. Resultaba obvio, debido a que sus pies se movían lentamente y con un cuidado deliberado a cada paso que daba. Me alegré de estar de espaldas a él cuando mi rostro se puso tan rojo como un tomate.

Finalmente, nos detuvimos frente a una puerta de metal con un letrero que decía «Privado». Mis nervios se estaban apoderando de mí. Me había metido en muchas peleas cuando iba al colegio, pero no tenía ni idea de cómo luchar contra un zop. Suspiré, inquieta.

Val sacudió sus llaves mientras daba un paso para colocarse por delante de mí y, entonces, abrió la puerta. Mantuvo la puerta abierta para que yo pudiera pasar.

—Las mujeres primero —ofreció.

Supuse que su buen estado de ánimo se debía a la buena vista de mi culo que había obtenido mientras bajábamos tres malditos tramos de escaleras. Tendría que acordarme de ir a comprarme unos pantalones de chándal más tarde.

Puse los ojos en blanco mientras entraba, sumiéndome en la oscuridad. Cuando Val encendió las luces, me quedé sin aliento.

—¡Vaya! Menuda mejora —exclamé—. Esto tiene que tener al menos novecientos metros cuadrados, ¿no? —di una vuelta alrededor, contemplando el panorama al completo.

—Sí, en realidad algo más que eso —esbozó una sonrisa orgullosa. Estaba claro que el almacén tenía un propósito vital para él.

Entonces, me picó la curiosidad.

—¿Para qué necesita un solo hombre un espacio tan grande?

Val alzó una ceja.

—Ah, hay muchas cosas que uno puede hacer en un sitio como este —respondió en voz baja.

No estaba segura de querer saber a qué se refería.

Aquel lugar me recordó a algo salido de la Alta Edad Media. Era rústico y olía a sudor de hombre. La gran sala estaba débilmente iluminada y parecía tener una estructura sólida con grandes vigas de madera que iban desde el techo hasta el suelo, lo que me recordaba a un almacén centenario. La palabra «gimnasio» no le hacía justicia.

Mientras examinaba el espacioso lugar, sentí un escalofrío. Recordé mis estudios sobre la historia de Europa y cómo la Edad Media era conocida por sus métodos de tortura de lo más inhumanos. Los instrumentos de tortura que utilizaban en ese período tan bárbaro eran inconcebibles, y aún me resultaba más difícil creer que habían existido personas que habían disfrutado inventando los instrumentos más horripilantes.

Si no recordaba mal lo que había estudiado, pude reconocer un instrumento conocido como «la cuna de Judas». Parecía un taburete de madera, solo que el asiento tenía forma de cono afilado en vez de ser una superficie plana, y ciertamente no estaba destinado a ser utilizado como tal. Solían despojar a las personas de toda su ropa. Luego, levantaban al prisionero y lo dejaban caer sobre la afilada punta, destrozando así su recto. La imagen que se dibujó en mi mente era de lo más perturbadora.

Logré identificar otro instrumento: el potro. Se creía que era la madre de todos los instrumentos de tortura. Consistía en un marco de madera con dos cuerdas atadas a la parte inferior y otras dos atadas a una manivela en la parte superior. Recordaba haber leído acerca de cómo el torturador giraba la manivela mientras las cuerdas tiraban de los brazos de la víctima, dislocando los huesos con un fuerte chasquido. Y, si el torturador giraba la manivela durante el tiempo suficiente, las extremidades llegaban a separarse del cuerpo.

Corrí hacia Val, horrorizada.

—¿Qué demonios es este lugar? —inmediatamente, giré sobre mis talones y me dirigí hacia las puertas dobles.

Val me agarró del brazo, deteniéndome.

—En mi mundo —explicó, esbozando una sonrisa torcida—, a veces tenemos que recurrir a medidas drásticas.

Lo miré a los ojos, asqueada.

—Es una broma, ¿no? Después de todos estos siglos, tú, un zop, ¿tienes que recurrir a los métodos bárbaros sacados de la Edad Media?

—Sé que esto es difícil de entender, pero el mundo de lo extraordinario es cruel y salvaje. Si quieres seguir con vida, será mejor que no olvides eso —el destello en los ojos de Val me sobresaltó.

No importaba cómo lo mirara, aquello era espeluznante.

Unos segundos más tarde, mis ojos se fijaron en la pared más alejada, donde se erguía una vitrina de cristal repleta de armamento. Sin darme cuenta, me acerqué a ese rincón y me quedé parada frente a una de las vitrinas, observándola con curiosidad. En mis lecciones de historia nunca había leído nada sobre espadas. Cada una tenía un diseño único, aunque algunos de los grabados se habían desgastado.

Me percaté de otro aparato, metido en su propia vitrina, que me recordaba a una broqueta. Extrañamente, sonaba como si estuviera cantando mi nombre. Mientras examinaba la espeluznante espada, asumí, debido a su condición erosionada, que o bien no había sido bien cuidada o era muy vieja.

Me volví para llamar a Val, pero me di cuenta de que estaba parado detrás de mí. Caminaba tan silenciosamente como un ladrón, lo cual me recordaba a Aidan. Sentí una ligera punzada en mi corazón al pensar en él. Sin vacilación, aparté esa memoria de mi mente y volví a centrar mi interés en mi más reciente descubrimiento.

—¿Qué es esto?

Toqué el cristal con la punta de mis dedos mientras admiraba el objeto. Sentía curiosidad por el extraño efecto que parecía tener sobre mí.

—Es muy antiguo. Según la leyenda, está maldito y mata a quienquiera que se atreva a usarlo.

—¿Cómo si estuviera embrujado? —susurré, hipnotizada, incapaz de apartar la mirada.

Reinó un breve silencio entre nosotros, mientras Val me observaba con curiosidad.

—¿Alguna vez has oído hablar de la espada del destino?

—No —parpadeé varias veces, incrédula.

Sentía la necesidad de saber más.

—Le dio el nombre un soldado romano después de perforar el corazón de Jesús de Nazaret.

Le eché un vistazo a la espada y, luego, volví a mirar a Val, boquiabierta.

—¿En serio?

—Muy en serio —resopló—. La reliquia tiene poderes místicos que hacen que uno pueda cambiar el mundo a su voluntad —una expresión de disgusto enmascaró su rostro como una manta de niebla.

—¡Santa madre de Dios! —exclamé—. ¿Y la guardas aquí? —sentí tanto miedo como asombro.

—¡Sip! No se va a ir a ninguna parte. Yo mismo me aseguré de ello.

—¿Y si alguien la roba? —pregunté.

—Sería una estupidez por su parte —la voz de Val rezumaba una extraña oscuridad.

—¿Por qué dices eso?

Tenía sed de más.

—Simple. Cualquiera que use la espada muere en cuanto deja de estar en su posesión. Esta espada ha dejado un rastro de reyes y dictadores muertos a su paso. Dicen que eso es lo que le sucedió a Hitler —se encogió de hombros—. Por eso la guardo en la vitrina. Está custodiada por un hechizo de protección.

—¡Virgen Santa! Si esto cayera en manos de los Illuminati,

acabaría con ellos. Como la peste negra, borraría del mapa a cada uno de esos hijos de puta.

Val hizo una mueca.

—La maldición no le afecta a la orden. Son inmunes.

—¿Cómo es eso posible? —me quedé mirándolo con la boca abierta, incrédula.

Val tragó saliva con fuerza como si estuviera tragándose algo repugnante.

—Si eres tan malo como la maldición, la maldición es inútil. Es como una vacuna. Una vez has estado expuesto al virus, te vuelves inmune.

—¡Madre mía! ¡Entonces la orden nunca puede hacerse con esta lanza! —exclamé con los pelos de punta. Entonces, una pregunta despertó mi curiosidad—. ¿Se podría matar a uno de ellos con la espada?

Val alzó la ceja izquierda ligeramente.

—Sí —admitió—. En algunos casos, como por ejemplo aquellas personas dotadas de magia, la espada es lo único que puede matar a uno de esos bastardos sin corazón.

—¡Vaya! —mi pulso se había acelerado—. Pues espero que tu hechizo mantenga la espada a salvo. Me alegro de que nuestro equipo tenga esta arma, pero me preocupa que caiga en sus manos.

—Exacto —Val hizo una mueca y le echó un vistazo a la espada—. Planeo mantenerla fuera de su alcance —colocó una mano sobre mi hombro—. Vamos a ponernos con lo nuestro —extendió su otra mano e hizo un gesto hacia el lado opuesto de la sala.

Permanecí allí durante un momento mirando a través del cristal, incapaz de apartarme de la espada embrujada. Fuera cual fuese el hechizo que le habían echado, sentía que era insidioso y muy poderoso. Era como si la espada estuviera gritando mi nombre. Me estremecí al pensar en el mal que emanaba del arma.

Me alejé de allí y seguí a Val hacia el centro de la sala, donde yacían las esterillas extendidas por el suelo. Nos detuvimos en el centro y Val hizo un gesto con los dedos en mi dirección.

—¡Dámela! —exigió con su voz grave.

Fruncí el ceño, desconcertada.

—¡Sí, claro! —solté, sin pensarlo dos veces.

—No, eso no —me cortó, poniendo los ojos en blanco. Luego, esbozó una sonrisa maliciosa—. Tu daga, por favor —el dorado de sus ojos resplandecía.

—¿Cómo lo has sabido?

Sonrió como un niño que acaba de descubrir un tesoro escondido.

—Eh… por tu forma de caminar —explicó.

—Sabelotodo —repliqué.

Val se quedó mirándome con la palma de la mano abierta.

—Lo siento, pero la daga se queda conmigo.

Nada podría hacer que cambiara de idea en cuanto a mi daga.

—He visto lo rápido que eres con esa cosa y aprecio mi cuello, y algunas otras partes de valor, demasiado como para confiar en ti con esa daga. ¡Dámela! —repitió, frunciendo el ceño —. A menos que quieras que te la quite —añadió de manera atrevida, con un destello travieso en su mirada.

Lo consideré durante un milisegundo porque sonaba bastante tentador, pero finalmente cedí. No quería hacerle daño antes de haber recibido mi primera clase.

Tomé una respiración profunda y exhalé.

—Vale, pero date la vuelta. Has visto mi culo lo suficiente por un día. ¿Es que quieres ver piel desnuda también?

Val esbozó esa sonrisa traviesa suya.

—¿Por qué eres tan tímida ahora? —bromeó—. Ya vi suficiente piel la noche que te pusiste el vestido rojo ese… con una bonita tanga de encaje.

Sentí una ráfaga de calor en mi rostro.

—Pensé que dijiste que me ibas a tratar igual que a los chicos —lo acusé.

Val se rio.

—Está bien —se quejó, dándome la espalda.

Mantuve un ojo puesto en él mientras me bajaba las mallas hasta los tobillos. Menos mal que no tenía que darle ningún espectáculo, porque no llevaba bragas. Después de haber desatado la vaina en la que guardaba mi querida daga, me volví a vestir y carraspeé.

—Vale, ya puedes darte la vuelta.

Cuando Val se dio media vuelta, enfrentándome, deposité la vaina con la daga sobre la palma de su mano. Esbozó una sonrisa de suficiencia mientras la tiraba sobre la mesa de la esquina. Me crucé de brazos, sintiéndome bastante irritada.

Si atisbó mi incomodidad, no lo dejó ver.

—Venga, vamos a ello —me miró cuidadosamente como si fuera un caballo en venta—. ¿Qué habilidades tienes?

Parpadeé. Su pregunta me había pillado por sorpresa.

—¿Qué?

—Los zophasemin tienen dones especiales —se encogió de hombros—. Ya sabes, habilidades sobrenaturales. ¿Qué es lo que puedes hacer tú?

—Eh…, n-no lo sé —mascullé.

Nunca se me había ocurrido que podría tener un don.

Val arqueó una ceja.

—Espera… ¿Aún no has desarrollado tus poderes? —lo dijo como si yo tuviera una enfermedad contagiosa.

—¿Qué parte de «no» no entiendes?

Frunció el ceño.

—¿Dónde estaban tus padres cuando eras pequeña? ¿Es que no te enseñaron nada?

El comentario de Val me tocó demasiado la moral, por lo que decidí soltarle toda la historia de mi vida en la cara. No sabía por qué, pero sentía que necesitaba explicarme.

—¡Tuve padres! Pero, a diferencia de los tuyos, los míos eran humanos. Como dijiste el otro día —continué, mi historia comenzó en un laboratorio. Mi madre… o debería decir la persona que se hizo pasar por mi madre durante dieciocho años, nunca reveló mi verdadera identidad.

Val me escuchó en silencio.

—Todo comenzó cuando mi madre, Sara, por alguna razón inexplicable, no dejaba de abortar. Aunque mi padre, Jon, no sabía nada de este secreto. Sara fue muy ingeniosa. Se provocó abortos a sí misma, a espaldas de mi padre. En fin, después de varios embarazos fallidos, convenció a mi padre de acudir al reconocido especialista de la familia, el doctor Astor. La familia y el doctor garantizaron que su avance médico funcionaría. Solo había un problema. Antes de comenzar los tratamientos, el médico y la familia insistieron en que mis padres firmaran un contrato de sangre. Probablemente hayas oído hablar de este tipo de acuerdos. Se sellan con magia oscura y son imposibles de romper.

—Sí, estoy al tanto —Val asintió con la cabeza, animándome a continuar con mi historia.

—Luego, la familia, muy astutos ellos, endulzaron el trato a escondidas de mi padre y le ofrecieron a Sara una tonelada de dinero para que les permitiera experimentar con el feto, a pesar de que eso no se había acordado originalmente. Y Sara, que no tenía ni idea de lo que los científicos planeaban hacer, ni se molestó en conocer los riesgos. Parece que el dinero fue su interés principal.

Conforme seguía explicando mi terrible historia, el semblante de Val se volvía más y más amargo.

—Todas las partes acordaron que, en cuanto cumpliera los dieciocho años, me convertiría en propiedad de la familia.

Val apretó la mandíbula, pero permaneció en silencio.

—Cuando yo tenía ocho años, mi padre comenzó a arrepentirse del acuerdo, así que acudió al doctor Astor y le preguntó si se podía violar el contrato. Entonces, excluyeron a Jon, que había sido miembro de la familia de los Illuminati, de una de las cláusulas del contrato de sangre que solo involucraba a Sara y a la familia, porque sabían que mi padre no habría estado de acuerdo. Jon tenía unos valores impecables, todo lo contrario a su familia, los Illuminati.

Val se crujió los dedos y la tensión en su rostro aumentó.

—Mi padre descubrió la verdad y se convirtió en una carga para mi madre, ya que podría estropear su oportunidad de convertirse en millonaria. Así que, en cuanto recibió la orden de cese y desistiera mi padre, fue a pedirle ayuda a la familia. Esta había invertido mucho en mí. Según ellos, yo era su verdadera fuente de vida eterna. Pensaban que sería su salvadora. Como resultado, fueron cómplices en el asesinato de mi padre. Sara tenía miedo de que él fuera a estropear sus planes, y la familia estuvo de acuerdo —proseguí—. Según la familia, mi ADN había sido modificado genéticamente, infundido con nucleótidos celestiales y humanos para crear un código genético único. Entonces, cuando era un embrión, me implantaron en el cuerpo de Sara. Cómo lograron hacer eso va más allá de mi entendimiento —hice una pausa, respirando profundamente—. Así que no supe nada de mi verdadera naturaleza o de esa maldita familia hasta que cumplí los dieciocho años. Fue entonces cuando descubrí la verdad sobre mi nacimiento, y mi vida cambió para siempre. Mi querida madre había accedido a entregarme a esos monstruos en cuanto llegara a la edad adulta. Y cumplió su promesa. Me dejó en manos de la familia a cambio de una enorme suma de dinero.

—Pequitas —me interrumpió Val—. No sabía nada de eso —su mirada se suavizó.

—Ya, pues se pone mejor —añadí—. Mi destino era reproducirme con un miembro de la familia, Aidan Bane Du Pont —contuve la respiración. Me costaba admitir esto en voz alta—. Y yo me enamoré de él, aunque sabía que era malvado y que guardaba muchos secretos. Me cortejó hasta que ya no pude negarle mi corazón. Aidan me convenció de que me quería y me aseguró que no compartía las excentricidades de su familia. Y yo le creí —desvié la mirada porque no quería que viera mi vulnerabilidad —. Luego, ciertos miembros de la familia se dispusieron a robar mi esencia. Y, para salvarme a mí misma y a Aidan, pensé que si me entregaba a él nuestros poderes se unirían. Por aquel entonces pensaba que este acto impediría que alguien nos quitara la vida y que estaríamos a salvo de los Illuminati. Ahora ya sé que no es cierto.

Val seguía ahí de pie, con los brazos cruzados, escuchando atentamente.

—No podría haber estado más equivocada. Me tendieron una trampa. A la mañana siguiente, después de que me hubiera entregado a Aidan, él y su esposa, Sally, me secuestraron y me culparon por asesinar a mi madre y a sus dos novios anteriores. Y al juez nunca le importó que hubiera pruebas de mi inocencia. La familia estaba en mi contra. Me sentenciaron a pasar el resto de mis días en una institución para criminales dementes. Me pasé tres largos años en una celda pequeña, drogada, sin poder ver la luz del día. Y cada día me obligaban a acostarme en un charco de mi vómito y heces —hice una pausa, preguntándome por qué le estaba narrando la historia de mi vida a este extraño. Aun así, mi vacilación no me detuvo—. Estar en el hospital Haven no fue una fiesta que digamos. El primer año me tuvieron en aislamiento porque el hospital decía que tenía tendencias violentas y que juntarme con el resto hubiera sido demasiado arriesgado —hice una mueca mientras pronunciaba mis próximas palabras, esperando que me aliviaran un poco—. Ahora creo que la verdadera razón es que estaban tratando de ocultar mi embarazo. Porque la familia quería que siguiera siendo un secreto. Así que me metieron mil y una drogas durante todo un año —no esperé a que Val reaccionara—. Supongo que pensaron que, ya que no podían extraer mis habilidades, se llevarían la segunda mejor opción, mi hija —aparté la mirada—. Bueno, es solo una teoría —me encogí de hombros, pero en mi interior estaba hecha un desastre. Tenía la esperanza de que así pudiera llegar a comprender lo dolida que estaba, pero, en ese momento, no pude ir más lejos.

Como era de esperar, me vine abajo y comencé a temblar. Las

lágrimas comenzaron a correr por mis mejillas. Cada nervio de mi cuerpo parecía estar en llamas. Me derrumbé contra el suelo, cubriéndome la cara con las manos, y sollocé como una histérica. Creo que en ese momento perdí la cabeza. Todo mi cuerpo se estremeció.

Un instante más tarde, sentí el consuelo de dos brazos fornidos acurrucándome en un manto de una calidez reconfortante. Val me sostuvo entre sus brazos en silencio mientras yo temblaba y las lágrimas caían a chorro, incesantes. Escuché su voz suave entre mis sollozos, aliviando el dolor de mi herida abierta. Por primera vez en mucho tiempo, me sentí a salvo, lo cual me había parecido imposible tras la traición de Aidan.

Pasó un buen rato hasta que las lágrimas se secaron y, mientras tanto, Val me daba besos en la cabeza y me susurraba suaves palabras de amor.

Cuando me desperté, mucho más tarde, me encontraba sola en la cama de Val. Pude reconocer su habitación a pesar de la oscuridad. Debí haber estado dormida durante la mayor parte de la mañana. Bostecé contra la almohada y, de repente, capté el aroma de Val y comencé a sentir una sensación que había olvidado hacía tiempo. La realidad era que estaba sola, y eso me dolía. No podía soportar esa sensación. Lo deseaba a él.

—Val —lo llamé con voz somnolienta.

—Ya voy —respondió. Entró en la habitación cargando con un envase de comida para llevar—. Hola. ¡La Bella Durmiente ya está despierta! —esbozó una amplia sonrisa.

—¿Qué hora es? —pregunté mientras me frotaba los ojos y bostezaba.

—No estoy seguro. Sobre las once.

—¿De la mañana? —inquirí.

—No, de la noche —Val depositó el envase de sopa sobre la

mesita de noche—. Pensé que te vendría bien comer algo —comenzó a retirar la tapadera del envase.

—No...

Val me miró por el rabillo del ojo.

—¿No qué? —vi la confusión en sus ojos.

Extendí el brazo, lo agarré de la camiseta y tiré de él hacia la cama. Lo único que quería era sentir sus brazos alrededor de mi cuerpo una vez más. Anhelaba su roce, su aroma... Anhelaba probar sus dulces labios. No tuve que tirar con demasiada fuerza, ya que Val aceptó mi petición con ansia. Me sentí de maravilla al notar la calmante presión de su peso sobre mi cuerpo y, enseguida, me encontré perdida entre sus besos. Fueron muy diferentes a los de antes, más posesivos.

Deslizó sus manos por debajo de mi camiseta, acariciando mi piel desnuda y, enseguida, la camiseta acabó tirada en el suelo. Poco después la siguió su camiseta, lo cual me dejó ver exactamente lo que esperaba: un hermoso torso de chocolate de piel oscura. Sus manos me devoraron, y empecé a tener sed de más. Después de desabrochar mi sujetador, me quitó las mallas, dejándome totalmente en cueros. Luego, se desabrochó los pantalones, y pude atisbar el rastro de vello que se escondía debajo. Enseguida, éstos se unieron a la pila de ropa que se había formado en el suelo. Inmediatamente, ambos nos deleitamos con un deseo que aumentaba velozmente.

Deslicé mis manos sobre su firme torso, y las de él comenzaron a chisporrotear sobre mi cálida piel. No podía recordar si me había sentido tan excitada cuando le había hecho el amor a Aidan. Me estaba empezando a gustar este zop. Y ahí estaba yo, sintiendo el calor de la pasión, ansiando que extinguiera el fuego que crecía en mi interior. Val estaba muy bueno. Obviamente, esta no era su primera vez. Tanto los movimientos de sus manos como sus besos eran demasiado hábiles.

Deslizó sus mágicas manos por todo mi cuerpo, empezando por mis pechos y, cuando llegó a mis partes íntimas, gemí y arqueé la espalda, deseando aún más. Por su mirada tan sensual, supe que él me deseaba tanto como yo lo deseaba a él. Fue de lo más liberador, hacer el amor sin expectativas, sin compromiso, nada más que una pasión desinhibida. Saboreé este nuevo despertar.

Entonces, algo sucedió. Val alzó la cabeza y nuestras miradas se encontraron.

—Podría acostumbrarme a compartir mi cama y mi vida contigo —susurró con una voz ronca. Y, así de inesperadamente, había roto todas las reglas. Hizo una breve pausa—. Me estoy enamorando de ti, Pequitas.

Me incliné hacia atrás, buscando en sus ojos suaves la razón por la que se había vuelto tan bueno conmigo. Fruncí el ceño y me apoyé sobre los codos.

Val no se movió, seguía cerniéndose sobre mí.

—Venga ya… No hagamos esto —estuve a punto de hacer una mueca.

—Te digo que estoy loco por ti —dijo, la decepción reflejándose en su semblante—, ¿y eso es todo lo que puedes decir en respuesta?

Pude ver el dolor y la decepción en sus ojos. Prefería decepcionarlo ahora que darle falsas esperanzas.

—No tienes que hacer una montaña de esto. Relájate. No estoy buscando ningún tipo de compromiso por tu parte. Somos amigos y socios con derecho a roce ocasionalmente. ¿No es eso con lo que soñáis los hombres, sexo sin ataduras?

Sin embargo, en cuanto las palabras salieron de mi boca, me arrepentí instantáneamente. Estos últimos días, en demasiadas ocasiones, me había estado comportando como una zorra.

Val se quitó de encima mío y se sentó en el borde de la cama, dándome la espalda. Me quedé allí, sintiéndome expuesta y confundida.

—¿Por qué estás enfadado conmigo? —pregunté, tratando de entender lo que acababa de pasar. Estiré la mano y le di un golpecito en la espalda con suavidad.

Val inclinó la cabeza hacia un lado y me miró por encima de su hombro.

—Ni siquiera puedes llamarme por mi nombre. Mi nombre es Val. Dilo —exigió.

No entendía por qué se comportaba como si hubiera pisoteado sus petunias pero, en fin, me daba igual.

—¡Val! ¡Val! ¡Val! ¿Contento? —espeté y lo fulminé con la mirada conforme se daba la vuelta.

El desconcierto cubría su rostro. Entonces, rompió el tenso silencio:

—No puedo hacer esto —se pasó los dedos por su cabello de color miel—. Me niego a compartir mi cama contigo mientras sigas sintiendo algo por él.

«Vaya, ¿de dónde ha salido eso?», pensé.

—¿Eso qué más da? ¡Aidan está muerto!

Mi respuesta fue dura y demasiado fría. Aun así, no entendía por qué tenía un problema con mi antiguo amante.

—¡A mí me importa! No te quiero así.

—¿Así cómo? ¿Desnuda en tu cama? —escupí, exasperada.

—¡No! ¡Significa que no voy a volver a hacer el amor contigo hasta que no hayas superado lo de Aidan y seas libre de gravamen! —sus ojos dorados atravesaron mi corazón.

Un silencio incómodo reinó entre nosotros.

—Vístete —espetó mientras recogía su ropa del suelo con gran esfuerzo—. Vístete. Te llevaré a casa.

«¿Me acaba de echar?», pensé.

Sentí una oleada de irritación apoderarse de mí.

—¡No hace falta! No te molestes —mi voz rezumaba ira—. Puedo pedirme un taxi yo solita. ¡Oye! Puede que me toque el mismo conductor al que sueles pagarle para que se deshaga de mí —me reí con desprecio—. No soy lo suficientemente buena como para entrar en tu bar, y ahora supongo que eso también se aplica a tu cama. Esa sí que es buena —solté mientras recogía mi ropa, molesta.

La valentía que me había proporcionado la desnudez desapareció conforme la pasión expiraba. Me apresuré a cubrir mi cuerpo, humillada.

La mirada de Val se suavizó.

—No es eso, ¡y lo sabes! —su voz rezumaba tristeza, como si hubiera perdido algo de lo más preciado.

—Entonces, ¿qué razón tienes? ¿Por qué?

—A veces un hombre y una mujer comparten algo más que sexo.

Sentí una punzada de culpa. Y, al mismo tiempo, hizo que me pusiera aún más enfadada. No pude evitar sentirme así.

—¡No me juzgues! Yo lo sé todo sobre dejarse ir y confiar en alguien. ¡Seguí ese camino, y mira a dónde me llevó! A la cárcel —grité—. ¡No quiero que ningún otro hombre vuelva a tener tanto poder sobre mí nunca más! —respiré hondo—. Si quieres más, será mejor que busques en otra parte —me quedé mirándolo fríamente a sus ojos anhelantes, pero no había nada amable que pudiera decirle en este momento. Así que hice lo que mejor se me daba. ¡Vale! ¡Llamaré a mi propio taxi! —espeté conforme cogía mi teléfono móvil.

Le di la espalda al hombre dolido mientras recogía mis cosas, pero entonces recordé por qué estaba aquí en primer lugar. Sabía que tenía que tragarme mi orgullo. Perder la oportunidad de encontrar a mi hija no era una opción. Quisiera admitirlo o no, lo necesitaba. Suprimí mi ira para ser capaz de hablar con él con calma.

Me aclaré la garganta.

—Todavía necesito tu ayuda. Estoy dispuesta a pagarte una buena cantidad por las molestias —contuve la respiración, esperando su respuesta.

Reinó el silencio por un breve momento. Lo único que se oía en toda la habitación eran sus suspiros.

—No quiero tu dinero —parecía estar herido, pero sus palabras eran deliberadas—. Yo mantengo mi palabra. Si digo que voy a hacer algo, lo hago, sin importar las circunstancias. Dale tu dinero a la caridad —respondió Val con sequedad.

Sentí el peso de sus palabras. No era lo que había dicho, sino el tono que había usado para decirlo. La vergüenza hizo que mis mejillas se ruborizaran. No podía mirarlo a la cara. Ya me sentía bastante mal.

—Vuele mañana por la mañana —añadió, y desapareció, dejándome a solas con mi repugnante presencia.

Durante el camino de vuelta a casa, sentí un dolor profundo. Odiaba haberlo dejado así. Él quería más. Era evidente en sus ojos que estaba herido. La antigua Stevie se habría enamorado de él sin pensarlo dos veces. Val poseía todas las cualidades que hacen a un novio perfecto... era atractivo, fuerte y protector, y demasiado considerado como para malgastar su tiempo conmigo. No es que estuviera tratando de mortificarme, pero sabía que ese «nosotros» no funcionaría. No debería haber bajado la guardia, pero lo había deseado, así de claro.

Me sequé las lágrimas que caían por mis mejillas. Independientemente de mis deseos egoístas, si me permitiera el lujo de enamorarme, Val se llevaría la peor parte. Yo no era más que un fragmento de una mujer. Siempre y cuando mi pasado continuara fusionándose con mi presente, nunca llegaría a estar completa. Sería mejor que lo afrontara. Hasta que no encontrara la paz en mi interior, no sería yo misma.

Suspiré.

Lo único que importaba ahora era encontrar a mi hija. Cualquier otra cosa no tenía sentido.

MIASMA

Cuando llegué a casa, Jeffery estaba esperándome despierto. Supuse que tanto Jeffery como Dom habían estado preocupados por mí, dado que me había saltado las tres comidas del día. Me sentí culpable porque se me había olvidado llamarlos.

Suspiré. Después de años en los que no había tenido mucho para comer, saltarme comidas no me parecía tan grave. Supuse que sería porque, como era solo parte humana, pero sobre todo un ser celestial, mi cuerpo no requería mucha nutrición. Además, al vivir con mi madre, mi falta de necesidad de alimentarme había resultado ser una bendición. No habíamos tenido dinero para gran cosa, y menos aún para la comida.

Seguí la luz que provenía de la cocina, donde un pie estaba golpeando vigorosamente contra el suelo de madera.

—¡Por Dios! —murmuré, poniendo los ojos en blanco.

—Chica, trae ese culito tuyo hasta aquí —me ordenó Jeffery severamente desde la cocina.

Me quedé sin aliento.

«Madre mía. ¿Él también está enfadado conmigo?», pensé.

En cuanto me senté a la mesa frente a Jeff, éste colocó un

tazón de sopa caliente frente a mí. Era mi comida favorita: sopa de pollo con albóndigas acompañada por los famosos rollitos de Dom. El pan estaba tan húmedo que se derretía en mi boca con cada bocado. Era el maná de hoy en día. Estaba así de delicioso.

Sin perder el tiempo, fui directa al grano.

—¡Gracias, Jeff! ¿Pasa algo? —le pregunté, echándole un vistazo por encima de los rizos de vapor que surgían cuando le soplaba a mi cuchara.

Noté las arrugas de preocupación en la frente tensa de Jeff.

—Dom ha estado súper preocupado todo el día. Lo he tenido que mandar a la cama con una de mis pastillas para dormir. Bueno, en realidad, las pastillas son suyas. Pero se las pedí prestadas el otro día. En fin, espero que tu noche haya ido bien —el tono de voz de Jeffery desprendía un pelín de sarcasmo.

Inmediatamente, me sentí como una niña otra vez, siendo el blanco de las críticas.

—Los he tenido mejores —me encogí de hombros, ahogando mis recuerdos del día en la sopa.

—Hemos recibido una visita hoy —Jeffery seguía golpeando el suelo con el pie y, entonces, sus dedos se unieron a la fiesta.

Supe de inmediato que no podría ser nada bueno.

—¿De quién? —pregunté.

—Oh, no es ese clan horrible —contestó Jeffery, como si me hubiera leído la mente—. No adivinarías quién es ni en un millón de años.

—Sácame de esta miseria y suéltalo ya —me quejé.

Dejé caer mi cuchara en la sopa tan bruscamente que ésta salpicó toda la mesa. Cogí una servilleta y comencé a limpiar el desastre.

La cara de Jeffery se amargó como si acabara de oler algo desagradable.

—Niña, ¡tienes que dejar de ser tan brusca! —me recriminó con su actitud de diva.

—Lo siento. Ha sido un día duro —me retorcí en mi asiento.

—Me encantaría hablar de ello ahora mismo, ¡pero tienes visita! —Jeffery parecía estar nervioso.

—Jeff, te quiero, pero ¿no puede esperar hasta mañana? Hoy no me apetece.

—No, señora. Ya te digo yo que no puede esperar —Jeffery frunció los labios.

Cada vez que mi amigo ponía esa cara, sabía que estaba hablando en serio. No me quedaba otra que sonreír y soportarlo. Mi única esperanza era que, fuera lo que fuese que quisiera quitarse de encima, no durara hasta altas horas de la mañana.

—Dispara —espeté.

—Vale, señorita Stevie, la sabelotodo, cierra los ojos. ¡Es una sorpresa!

De repente, escuché unas suaves pisadas a mis espaldas. No eran pesadas como las de Dom o ruidosas como las de Jeffery, sino ligeras y rápidas como las de un atleta. Entonces, sentí unas manos frías sobre mis ojos.

—Adivina quién soy —dijo una voz suave.

Inmediatamente, supe de quién se trataba. Me di la vuelta en mi silla, y allí estaba mi buena amiga, Jen Li. No la había visto desde aquella noche de tormenta en la casa de la señora Noel. Me puse en pie de un salto y abracé a mi amiga. Ambas derramamos lágrimas de alegría.

—¡No puedo creer que seas tú! —di un paso atrás, mirando a Jen sin poder creérmelo.

En la vida, solo se llega a tener un par de verdaderos amigos, y Jen era una de esas personas para mí.

—Tu amigo Jeffery me encontró —señaló con un gesto de la cabeza hacia el hombre, que estaba extrañamente tranquilo y seguía golpeando el suelo con el pie febrilmente—. No tenía ni idea de que vives aquí. Yo voy a la universidad de Nueva Orleans. Conseguí una beca en voleibol, así que aquí estoy, hecha toda una universitaria —Jen sonrió, sus brillantes dientes blancos resaltaban contra su tez de color marrón.

«Qué curioso», pensé. «Hubiera jurado que Jen jugaba al baloncesto».

Me mordí el labio inferior, pensativa. Si no me fallaba la memoria, Jen solía preferir los deportes más agresivos.

De repente, Jeffery captó mi atención por el rabillo del ojo. Sus mejillas se habían hinchado como si estuviera conteniendo el vómito y tenía los ojos vidriosos. Yo era la primera en admitir que Jeffery tenía sus rarezas, pero esto era realmente extraño incluso viniendo de él.

Comencé a sentir sospecha.

—¿Cómo es que tú has terminado aquí? —preguntó Jen, haciendo que perdiera el hilo de lo que estaba pensando.

—Pues vine a quedarme con Jeffery y con Dom —sonreí, tratando de poner buena cara.

—Jeff me ha contado lo de la muerte de tu madre. ¡No tenía ni idea! —Jen extendió el brazo y reposó su mano sobre mi hombro—. Siento no haber estado aquí para ti. No sabía a dónde te habías ido. Incluso Sam se quedó desconcertado.

Jen parecía estar diciendo la verdad, pero yo sabía que Sam había muerto antes de que yo hubiera desaparecido. Puede que estuviera confundiendo los días. Se me olvidaba que todo aquello había sucedido hacía más de tres años. Aunque parecía que fuera ayer.

—Ya... eh... muchas cosas han cambiado. ¿Cuándo viste a Sam por última vez? —clavé la mirada en Jen, atenta.

—Deja que piense... —Jen se tocó el labio con el dedo índice, pensativa—. Fue al día siguiente, en el insti.

Sentí cómo un escalofrío espeluznante me recorría la columna vertebral. ¿Por qué me estaba mintiendo?

—¿Estás segura de que fue ese día? —traté de ser discreta.

El semblante de Jen reflejaba incertidumbre.

—¡No, espera! Fue la noche de Halloween en la casa de Aidan. Sam me llevó a casa porque bebí demasiado. Ya sabes cómo soy yo, muy fiestera.

Aquello sí que era de lo más peculiar. En primer lugar, Aidan no organizó una fiesta de Halloween para el público esa noche. Los únicos invitados fueron los miembros de la familia. Y, en segundo lugar, la Jen que yo conocía no bebía. Sino que se tomaba en serio su salud.

—¿Hasta qué hora te quedaste en la fiesta? —le seguí el juego con mucha precaución.

—¡Ah! Hasta que nos echaron —se jactó—. No sé, puede que hasta las tres de la mañana —esbozó una sonrisa pícara.

Se me puso la piel de gallina.

—Qué raro —respondí.

—¿Por qué dices eso? —arqueó sus finas cejas.

No estaba segura de quién era esta persona que estaba frente a mí, pero sabía que no era Jen.

Sonreí amablemente.

—Aidan no organizó una fiesta para sus amigos. Hubo un evento esa noche, pero fue exclusivamente para la familia.

Observé cómo su cuerpo se tensaba.

—Vaya —tragó saliva—. Bueno, estaba bastante borracha. A lo mejor me he confundido con otra fiesta.

—Es posible que hayas ido a otra fiesta, pero no sería con Sam.

Sus ojos estuvieron a punto de salírsele de las órbitas.

—¿Qué quieres decir? Claro que estaba con Sam. Estábamos saliendo.

Ya no me quedaba ninguna duda.

—Jen, tú no saliste con Sam. Sam salía con Gina.

—¡Menudo mujeriego! ¿Estuvo saliendo con ella también? —Jen fingió estar escandalizada—. Pues me encantaría cantarle las cuarenta.

Contuve el aliento.

—Eso va a ser difícil. Sam está muerto —ignoré la punzada de culpa que sentí.

Dejando de lado la lógica, no podía evitar sentirme algo responsable por su muerte.

—¿Sam está muerto? —se quedó boquiabierta.

Agaché la cabeza y, luego, volví a fijarme en su rostro sorprendido.

—Sí… en realidad murió la noche de Halloween, hace tres años —apreté la mandíbula—. Así que, como puedes ver, es imposible que Sam te hubiera llevado a casa esa noche o cualquier otra noche después de ese día.

—¡Vaya por Dios! Estoy realmente confundida —Jen se rio mientras se rascaba la cabeza. Entonces, sus ojos se aferraron a los míos—. ¿Cómo murió?

«¡Mierda!», maldije en mi cabeza. No quería contarle la verdad.

—Un accidente de coche —mentí.

—¿Contra otro coche?

—No —negué con la cabeza—. No hubo ninguna otra víctima. Estampó su coche contra un árbol —mentí de nuevo.

—Joder, qué mal —comentó Jen.

—Ya, mi vida ha sido de lo más… surrealista —confesé, sintiendo la burla en mi voz.

Entonces, rápidamente, Jen cambió de tema, como si su mente no hubiera terminado de asimilar la muerte de Sam.

—¿Tú sigues con Aidan?

Su falta de reacción ante la muerte de Sam no era característico de Jen. La antigua Jen habría expresado su sorpresa y me hubiera hecho mil y una preguntas.

—No, no lo he visto desde el instituto.

Los temas de conversación se estaban volviendo cada vez más extraños. ¡Ahora resultaba que estaba de parte de Aidan!

—Oh, siento escuchar eso. Esperaba que os hubierais comprometido.

Nada de esto tenía sentido, incluida la inesperada visita de Jen. Le eché un vistazo a Jeffery por el rabillo del ojo. Su rostro había palidecido y estaba inusualmente quieto. Si tuviera que apostar algo, apostaría a que esta visita tenía algo que ver con la familia. Si Jen estaba bajo un hechizo, teníamos que ayudarla.

—¿Recuerdas el día en que Sam y tú os reunisteis conmigo en casa de la señora Noel?

Busqué profundamente en sus ojos marrones para ver si lo recordaba, pero no encontré nada que respaldara mi sospecha. Si Sam le había echado un hechizo, ¿por qué no había expirado después de tres años?

Jen arrugó la nariz.

—¿La señora Noel? —preguntó Jen mientras se tocaba la barbilla—. ¿La dueña del restaurante?

Permanecí tranquila.

—¡Sí, ella! Una mujer bastante joven que tenía un montón de hijos. Solíamos trabajar para ella de niñeras de vez en cuando. ¿Te acuerdas?

—¡Ah, claro que sí! Esos niños eran unos mocosos —afirmó Jen con la mirada perdida.

Fijé mi atención en Jeff, que tenía la mirada puesta en ninguna parte. Lo sacudí por el hombro con fuerza. Un segundo más tarde, Jeff parpadeó varias veces como si acabara de volver a la vida.

—¡Señor, ten piedad! ¿Me he quedado dormido otra vez? —se encogió de hombros y volvió a parpadear como si le pesaran los ojos.

—Despierta, cari. Tengo que preguntarte algo —insistí, serena.

—Pues date prisa porque estoy cansado —gruñó Jeffery—. Ya no me puedo quedar levantado hasta tarde como antes.

—¡Jeff! —coloqué mi mano sobre su hombro—. Vuelve a contarme cómo te pusiste en contacto con Jen.

—Ay, Señor, ten piedad —soltó Jeffery, exasperado—. ¿Por qué diría yo eso? La chica nos ha encontrado a nosotros. Llamó a nuestra puerta esta tarde toda remilgada, vestida de rosa e insistió en que quería verte. No pude deshacerme de la zorra ni con una escoba. No quería pirarse.

Ese era el Jeffery que yo conocía.

—¿Dónde está Dom? —pregunté rápidamente.

—Está arriba, enfermo —Jeffery gesticuló con su mano hacia las escaleras sin inmutarse.

Sentí un escalofrío por todo mi cuerpo. Nada de esto tenía sentido. Inmediatamente, le planté cara a mi invitada tan sospechosa. Mi mirada rezumaba desconfianza.

—¿Quién demonios eres? —pregunté a la vez que buscaba a tientas mi daga.

¡Maldita sea! Se me había olvidado que la había dejado en casa de Val. Tratando de que no resultara demasiado obvio, escaneé la habitación en busca de cualquier cosa que pudiera utilizar como arma.

De repente, sucedió algo inexplicable. Fue como si estuviera dentro del sueño de otra persona y yo fuera una simple transeúnte. En un instante, el cuerpo de Jen comenzó a convulsionarse y a sacudirse violentamente, y su cara se distorsionó. A continuación, su cuerpo explotó, expulsando en todas direcciones fragmentos de algo parecido al vidrio. Rápidamente, me lancé contra Jeffery, dándole la espalda a los fragmentos voladores, para protegernos a los dos mientras caíamos contra el suelo. Toda mi espalda se cubrió con una sustancia desconocida, algo húmeda y fría.

«Sangre», pensé.

Me llevé la mano al cuello y toqué la sustancia húmeda con la punta de los dedos. Agaché la cabeza y me quedé mirándolos con la boca abierta. No era más que agua. ¿Qué demonios? Cuando volví a alzar la cabeza, me quedé sin aliento. Había cientos de pequeñas moléculas flotando sin rumbo en el aire y convirtiéndose en vapor. Luego, en un abrir y cerrar de ojos, el turbio rocío desapareció como si nunca hubiera existido. No quedaba nada que demostrara que Jen había estado aquí.

—¡¿Qué mierda acaba de pasar?! —exclamó Jeffery, poniéndose en pie de un salto.

—¡Ve a comprobar que Dom esté bien! —le insté, alarmada.

El rostro de Jeffery adoptó una expresión de lo más escalofriante y, enseguida, corrió hacia las escaleras.

Mientras tanto, decidí rebuscar en los armarios de la cocina, tratando de encontrar un arma fácil. Tuve que abrir varios cajones antes de encontrar los aparatos de Dom. Casi se me salieron los ojos de las órbitas cuando divisé los cuchillos Shun de alta calidad fabricados en Japón. Entonces, me di cuenta de que no era la única en la casa con una fijación por los cuchillos. Admiré la reluciente colección, sonriente. Luego, cogí uno de los cuchillos más delgados por la empuñadura. Me moría por probarlo, por lo que balanceé el cuchillo en la palma de mi mano mientras me acostumbraba al tacto del acero. Era perfecto y estaba muy bien equilibrado con un poco de peso.

Repentinamente, escuché gritos provenientes del piso de arriba. Sin pensarlo dos veces, corrí en esa dirección. Cuando llegué al umbral de la habitación de Dom, me quedé sin aliento. Jeffery estaba inclinado sobre el cuerpo de Dom, gritando a pleno pulmón. Entré en pánico. Entonces, atisbé el bulto que yacía sobre el suelo, y mis pulmones volvieron a expandirse. Habían atado a Dom con una cuerda y lo habían amordazado con cinta adhesiva. ¡Pero estaba vivo!

—Gracias a Dios —mascullé, apoyándome contra la pared mientras llenaba mis pulmones de aire.

Jeffery seguía sollozando, histérico.

—Ay, señor, ¡ten piedad! ¿He hecho esto yo? —las manos temblorosas de Jeff no sirvieron de mucho para aflojar los nudos.

Me coloqué a su lado.

—Ey, cari, deja que lo haga yo —dije, ofreciéndole mi ayuda —. Te tiemblan las manos.

Jeff asintió. Aún llorando, se apartó y dejó que me hiciera cargo de la tarea.

Aunque mis manos no fueron mucho mejores, afortunadamente contaba con el cuchillo afilado de Dom para que hiciera la mayor parte del trabajo por mí. Con pulso firme, comencé a serrar la cuerda por la mitad.

—Esto ha sido la familia —dije entre dientes conforme movía el filo hacia adelante y hacia atrás.

En cuanto hube liberado a un chef de lo más nervioso, Jeffery condujo a Dom hacia el sillón junto a la gran ventana. Estuve a punto de romper a llorar cuando vi al pobre Dom frotarse las muñecas. Me senté sobre mis talones y suspiré.

—¿Estás bien, Dom?

Dom asintió con la cabeza, su rostro se mostraba pálido y exhausto.

—*Oui*. Sobreviviré —esbozó una sonrisa burlona.

Al parecer, la cuerda le había hecho unos pequeños cortes en las muñecas y le dolían un poco. Los cortes cicatrizarían en un par de días, pero me temía que el recuerdo de esta noche permanecería con él de por vida.

—No puedo creer que te haya hecho esto —exclamó Jeffery —. Juro que no recuerdo haberte atado.

—Jeff, estoy bien —insistió Dom, respirando con dificultad—. Estabas bajo un hechizo —añadió, tratando de calmar a su angustiado compañero. Entonces, Dom fijó su mirada sobre mí y apretó la mandíbula—. Es imperativo que tomemos medidas para protegernos a nosotros mismos. Me temo que no puede esperar.

La culpa comenzó a desgastar mi intestino como si tuviera una úlcera.

—Chicos —me tembló la voz—. ¡Lo siento tanto! —me pasé los dedos por mis rizos cortos—. Mientras siga viviendo aquí, estaré poniendo en peligro vuestras vidas. Debería de buscarme otra casa.

—Tonterías —espetó Dom—. Te vas a quedar aquí, y eso es definitivo.

—Si me quedo, vamos a tener que contratar guardias grandotes y fornidos que sepan cómo manejar un arsenal de armas —respondí.

—Yo lo secundo eso —coincidió Jeff.

Nos echamos a reír, tanto por el comentario de Jeffery, como por la noche tan sobrenatural que acabábamos de vivir.

A pesar de aquel breve momento de risas, sabía que mi siguiente movimiento era inevitable; tenía que ponerme en contacto con la única persona que comprendía la maldad de la familia probablemente mejor que yo… Val.

Me saqué el móvil del sujetador y marqué su número rápidamente. Mi corazón latía con fuerza mientras contaba los pitidos.

—Hola —saludó cuando finalmente cogió la llamada.

Sentí un escalofrío cuando escuché su voz somnolienta.

—Sé que estás enfadado conmigo —solté velozmente. No me preocupaba sonar desesperada—. Y tienes derecho a estarlo. Pero ha sucedido algo malo y estamos todos asustados. ¿Puedes venir por favor?

Reinó un profundo silencio durante lo que pareció una eternidad. Entonces, escuché algo familiar… un suspiro.

—Voy a vestirme y enseguida estoy allí —su voz estaba ronca a causa del sueño.

Clic.

Volví a meterme el móvil en el sujetador y alcé la cabeza, encontrándome con dos pares de ojos que me observaban cuidadosamente.

—No dejas de sorprenderme —comentó Jeffery—. Primero tratas a ese pobre chico como una mierda. Luego lo llamas a las tantas de la madrugada, pidiéndole que salga de su cálida cama solo para ayudarte. Y, sin hacer ninguna pregunta, él viene a tu rescate. Querida, más te vale empezar a tratar mejor a ese hombre —me regañó Jeffery, moviendo su dedo de un lado para otro.

—¿Cómo sabes que su cama está calentita? —espeté.

Jeffery frunció los labios, y supe que seguramente estuviera pensando en perseguirme con el mismo palo de escoba con el que había amenazado a Jen.

Media hora más tarde, sonó el timbre de la puerta. A pesar de que esperábamos la llegada de Val, el timbre hizo que nos sobresaltáramos. Tras asegurarme de que los chicos estaban bien, corrí hacia la puerta principal. Vi a través del cristal a Val, que esperaba de pie pacientemente con las manos en los bolsillos de sus vaqueros mientras se mecía sobre sus talones. Sentí un chute de emoción cuando me di cuenta de lo guapo que estaba con el pelo desaliñado. Tenía aspecto de acabar de salir de la cama. Y ese look le quedaba bien. Sentí un escalofrío que me llegó hasta los dedos de los pies. Pero de los buenos. Abrí la puerta y, sin poder contenerme ni pensarlo demasiado, me arrojé contra su pecho. Val me apartó por solo una fracción de segundo, pero enseguida me acurrucó entre sus brazos.

En cuanto comencé a derretirme en su reconfortante abrazo, mi cuerpo comenzó a temblar, y las lágrimas corrieron por mis mejillas. Vaya, así no era como me había imaginado esto. Quería aparentar ser fuerte, en lugar de una llorona blandengue. Val solía sacar mi lado más sensiblero.

—Creo que la familia quiere hacernos daño —dije, atragantándome con las palabras. Mi voz rezumaba miedo.

Val estiró el cuello y examinó los alrededores de la casa para ver si encontraba cualquier sombra al acecho, merodeando por los alrededores. Luego, rápidamente, me empujó hacia el interior de la casa, cerró la puerta a nuestras espaldas y echó el cerrojo.

—¿Qué ha pasado? —sus ojos dorados se llenaron de preocupación.

Me sequé las lágrimas con el dorso de la mano y comencé a contarle los relatos de la noche. Cuando terminé, Jeffery se encontraba detrás de mí.

—¡Ajá! —intervino éste—. Fue como en *Casper, el fantasma bueno*. ¡Ya te digo yo que sí! ¡La chica esa se puso tan blanca como una sábana, y su cuerpo hizo puf! Como sacado de una película de terror —la voz de Jeff había subido un par de octavas.

Me alegré de que hubiera decidido bajar las escaleras y unirse a nosotros. Al fin y al cabo, él había pasado más tiempo con Jen que yo. Puede que recordara algo que pudiera ser de utilidad. No obstante, pensándolo dos veces, fuera lo que fuese esa criatura, había tenido a Jeffery bajo un embrujo.

Val permaneció en silencio, escuchando atentamente nuestros relatos de la noche.

—¿Cómo está Dom? —le pregunté a Jeffery, preocupada.

—Sigue un poco nervioso, pero le acabo de dar una pastilla para dormir. Esta vez de verdad. En fin, con eso ya debería de quedarse frito en un santiamén, —dijo Jeffery.

—¿Cómo estás tú, cari? —le froté el brazo, consolándolo—. ¿Estás bien? —sonreí.

Me sentía mal por él. Sabía perfectamente cómo debía sentirse. Puede que a Jeffery le resultara difícil aceptar que había estado bajo un hechizo, pero la verdad es que, cuando se trataba de la maestría de la familia, todos éramos sus marionetas.

—Creo que ya estoy mejor —sacó un pañuelo blanco de su bolsillo y se secó el sudor de la frente—. Pero estoy seguro de que no voy a volver a beber más.

Le eché un vistazo a Val, que trató de ocultar una sospechosa risa con una tos falsa. Yo también quería reírme, pero no me atreví. No quería que Jeffery me persiguiera con su escoba. De todos modos, Jeff era capaz de convertir cualquier susto en una comedia. Eso era lo que hacía que fuera tan especial.

—Oye —intervine, sintiendo un gélido escalofrío repentino —. Creo que nos han echado un mal de ojo —paseé la mirada entre los dos hombres.

—Bueno, no nos precipitemos —aconsejó Val—. ¿Por qué querría alguien hacerle daño a Jeffery?

—Creo que la trampa era para mí, pero su plan ha fracasado, —respondí.

—Entonces, ¿por qué no ataron a los dos hombres y te sorprendieron con una emboscada? —Val posó su mirada en Jeff —. No te ofendas, hombre.

—No me ofendo. Aunque me has dado una buena idea. Esto… no importa —Jeffery esbozó una sonrisa traviesa, pero enseguida volvió a centrarse de nuevo en la conversación—.

Venga. Vamos a comer algo. Podemos seguir charlando en la cocina.

Jeffery sacó un plato de las galletas de chocolate que había hecho Dom y preparó el café. Nos sentamos a la mesa para tomarnos el café y hundir nuestros dientes en las fabulosas galletas, hasta que, poco después, Val rompió nuestro alegre silencio para recordarnos por qué estábamos aquí en primer lugar.

—Ah, casi se me olvida. Tu daga. Supuse que querrías que te la devolviera —Val esbozó una sonrisa.

Abrí los ojos como platos, emocionada.

—Me hubiera venido de perlas hace un momento. ¡Gracias!

Tomé mi daga, que aún seguía metida en su vaina, y la sostuve contra mi pecho. Me prometí a mí misma que no volvería a dejarla en ninguna parte. Es más, mañana, planeaba ir a comprarme el resto. Una nunca podría tener demasiadas dagas.

—Bueno... —prosiguió Val, estudiándome con sus ojos dorados—. Dime por qué crees que esto tiene algo que ver con la familia y la magia negra.

A juzgar por las arrugas que habían aparecido en el rostro de Val, estaba segura de que este ataque era más importante de lo que había previsto inicialmente. Yo también estaba asustada.

—¿Quién más se rebajaría a este nivel? —razoné.

—¿Alguna vez habéis oído hablar de un miasma? —preguntó Val.

Jeffery y yo compartimos una mirada de confusión.

—No —contestamos al unísono.

—Bueno —Val respiró profundamente—, pues creo que lo que habéis experimentado hoy ha sido obra de una niebla malvada conocida como «miasma».

—Con un nombre así, ya me imagino lo espeluznante que tiene que ser —balbuceé.

—¡Olvídate de eso! —intervino Jeffery—. No sé lo que sería esa chica, pero apestaba más que cualquier mofeta que haya visto jamás —se pellizcó la nariz y frunció los labios.

—Ahora que lo pienso, yo también noté un olor. Pero pensaba que sería una fuga de gas. ¡Qué raro! —hice una mueca.

—No sé por qué no lo he mencionado antes —añadió Val—, pero, Stevie, es posible que tú hayas estado bajo el embrujo también, como Jeffery.

—Tiene sentido. Ahora que lo pienso, no estaba siendo yo misma —envolví mis brazos alrededor de mi cintura, tratando de aliviar mis nervios.

—Bueno... lo que habéis presenciado es un tipo de conjuro muy poco común —se frotó la barbilla, pensativo—. Lo que me resulta extraño es que este conjuro rara vez se usa para hacerle daño a alguien. Pero emite un olor tan fétido que puede acabar con una manada de elefantes.

—¡Un hechizo que apesta! Esa sí que es buena —soltó Jeffery.

—Es un conjuro muy poderoso —continuó explicando Val—. La persona que ha conjurado el hechizo debe ser un maestro. No todo el mundo puede conjurar un miasma.

—¿Cómo lo has llamado?

Sonaba como una enfermedad infantil.

—Se pronuncia «mē'azmə» —Val enfatizó el sonido.

—A ver si te he entendido correctamente... Lo que hemos visto esta noche no era mi amiga, ¿sino un miasma?

De repente, sentí como si me estuviera hundiendo en un agujero negro.

—Correcto —confirmó Val—. Puede que tu amiga pareciera ser real, pero en realidad no era más que un holograma.

—¿Crees que este misterioso maestro está tratando de hacernos daño?

Sabía que, para proteger a mi familia, necesitaba poner los oídos y prestar atención. Sin embargo, yo sola no sería suficiente para protegerlos.

—Es posible —Val le dio un sorbo a su café—. Pero no puedo estar seguro —depositó su taza sobre la mesa y suspiró—. Por esa misma razón, sospecho que el miasma ha sido enviado para espiaros.

Fruncí el ceño.

—¿Espiarnos? ¿Cómo?

Sentí cómo se me ponían los pelos de punta.

—Un miasma —explicó Val—, es como una proyección astral. No es un humano de carne y hueso que se materializa ante tus ojos, por lo que el maestro puede permanecer anónimo, escondiéndose detrás del miasma.

—Mira quien se esconde en el armario —Jeffery puso los ojos en blanco—. Menudo cobarde, en mi opinión.

—Un cobarde peligroso —Val se pasó los dedos por el pelo—. Creo que es mejor que me quede hasta que amanezca. No os molestéis en prepararme una cama —Val se levantó de la mesa —. Si me disculpáis —asintió con la cabeza—, estaré ocupado deshaciéndome de las malas energías y poniendo hechizos de protección por toda la casa —Val se volvió hacia Jeffery, que estaba masticando una galleta—. ¿Tenéis sal marina y salvia? También necesito velas blancas y agua purificada.

—Tengo sal marina y salvia, y, si consideras que meter mi dedo en el agua la purifica, entonces también tengo agua purificada —bromeó Jeffery.

Estaba lista para ponerme con este proyecto. Quería librarme de las malas energías cuanto antes.

—Oh —Val me miró seriamente—. Es hora de que conozcas a nuestra especie.

Me quedé sin aliento.

—Pensaba que los zophasemin me odiaban. Porque soy impura, ¿recuerdas?

—Cierto. Pero no te preocupes que yo me encargo. Al fin y al cabo, es mi pandilla. Me siguen y harán lo que yo les pida.

—¿Entonces eres un pandillero? —pregunté.

—No, cariño. Soy el líder de los zop. Nadie se mete conmigo a menos que desee morir, y eso incluye seguir mis órdenes.

Ahí estaba. Val, el gran líder, asumiendo una postura de superioridad con esa sonrisa torcida suya. No lo había visto venir. Entonces, caí en algo.

—Val, ¿le ordenaste a tu pandilla que me dejara en paz?

Jeffery observaba la escena en silencio mientras seguía mordisqueando la misma galleta.

—Anda, si ahora la señorita me llama por mi nombre. ¡Qué sorpresa! —su voz de barítono sonaba ácida.

—No hay por qué ponerse tan sensible.

Val soltó una risa seca.

—La sensibilidad es lo que nos diferencia a los zop del resto.

—Ah, y cuando me echaste de tu cama, ¿eso también era una tradición? —me crucé de brazos y lo fulminé con la mirada.

—¿Quién es el sensible ahora? Simplemente decidí no hacerte parecer una puta. Me gusta pensar que soy un caballero —los suaves ojos de Val se endurecieron abruptamente.

Odiaba las peleas, pero nunca daba mi brazo a torcer, y no iba a cambiar esa costumbre ahora. Me puse en pie y me levanté de la mesa. Mis manos formaron puños a mis costados.

—Para tu información, capullo, eso es decisión mía. Me parece a mí que una mujer debería tener la misma libertad que un hombre para acostarse con quien sea sin ser etiquetada como una prostituta —le lancé una mirada asesina al imponente semidiós, que se erguía sobre mí como un gigante de dos metros—. Además, para tu información, no voy saltando de cama en cama. Solo he tenido una pareja en toda mi vida, y eso fue cosa de una sola vez, ¡así que cuidadito con cómo me llamas! —estaba que echaba chispas por los ojos.

Repentinamente, un ruido extraño interrumpió nuestra acalorada discusión. Tanto Val como yo nos giramos en la dirección del sonido irritante. Era Jeffery, que estaba masticando palomitas de maíz, sentado como una estatua y con los ojos abiertos como platos. Se nos había olvidado que teníamos compañía.

Desgraciadamente, Jeffery no llegó a ver el final del espectáculo. En cuanto atisbó la ira en el semblante de Val, corrió escaleras arriba. Yo, por otro lado, tenía que terminar una acalorada discusión con un furioso zop.

Giré sobre mis talones y lo fulminé con la mirada.

—¿Es necesario que continuemos con esta pelea sin sentido?

—Deja de evitar lo inevitable. Entiendo que te dé miedo admitir que sientes algo por mí —acusó Val.

—¡No seas ridículo! —repliqué.

—¿De verdad? ¿Vamos a seguir así?

—No sé a qué te refieres —negué vehementemente, deseando haberme escapado con Jeffery al piso de arriba.

—Deja de hacerte la tonta conmigo. ¡Admítelo! No me llamas por mi nombre de pila porque tienes miedo de dejar que ese corazón tierno se haga más grande.

—En realidad, nunca llamo a mis empleados por su nombre de pila.

«¡Tenías que soltarlo!», me reprimí a mí misma.

Cuando vi la ira en sus ojos, retrocedí un paso o dos. Val, que solía ser como *Ben: el oso dócil*, de pronto ya no era tan dócil. Hizo una pausa con el ceño fruncido y se inclinó hacia mí.

—Él te hizo mucho daño, ¿no? —susurró—. Sé que en el fondo tú no eres así —sus palabras me torturaron—. No quería simplemente acostarme contigo. Quería hacerte el amor. No te mereces nada menos.

Me quedé allí, helada, incapaz de hablar. ¿Cómo podía haber sido tan estúpida como para pasar esto por alto? Nunca había caído tan bajo. Había estado tan concentrada en mis propios deseos egoístas que me había olvidado de considerar los sentimientos de Val. Me había convertido en una tonta egoísta.

Hice ademán de extender la mano para tocar su rostro, pero para entonces él ya se había cerrado en banda a seguir hablando sobre nuestros problemas íntimos. Sabía que sería inútil seguir intentándolo, así que dejé caer mi mano a mi costado y me quedé allí, mirándolo en silencio.

—Podrías preparar un poco más de café —comentó Val, como si nuestra discusión nunca hubiera sucedido. Va a ser una noche larga y un día aún más largo —vaciló durante un segundo —. Estaré afuera si me necesitas.

Me quedé helada, observando cómo salía de la casa.

No cabía duda alguna de que estaba herido. Pero no sabía qué era exactamente lo que quería de mí. Si lo que deseaba era mi corazón, yo se lo daría con mucho gusto, pero me estaba pidiendo algo que era imposible. Mi corazón había dejado de latir hacía mucho tiempo.

DESCUBRIMIENTO

Los rayos dorados del amanecer ya estaban asomándose sobre el horizonte cuando Val entró de nuevo en la casa. Al parecer, había terminado de espolvorear el exterior con salvia. Por su rostro exhausto y su cabello húmedo a causa del rocío, empecé a comprender que este ritual era una aventura intrincada. El rito llevaba horas y, teniendo en cuenta que había dormido poco, parecía estar pasándole factura.

La señora Noel me había explicado una vez la importancia de un hechizo de protección. La limpieza solo podía ser realizada por alguien conocedor y que poseyera algún tipo particular de magia, y cualquier persona que estuviera en el campo de energía podría perturbar el suelo sagrado y contaminar el conjuro.

Teniendo esto en cuenta, al igual que la gran discusión que acabábamos de tener, pensé que sería prudente mantenerme alejada de él. Además, en este momento, me odiaba a mí misma. Val tenía razón, mi mente parecía seguir estancada en el pasado. No estaba segura de que Aidan tuviera algo que ver con eso, pero sabía que mi hija, sí. Si Val no podía comprender mi situación, no veía que nuestra relación fuera a florecer y a convertirse en algo significativo.

Val no perdió el tiempo y enseguida se puso a trabajar en el interior. Aplicando la misma regla, me quedé en el vestíbulo, hundida en un cómodo sillón donde no lo molestara. En silencio, escuché sus suaves pisadas mientras se movía con gracia por toda la mansión, recitando algo en un idioma antiguo. Poco más tarde, me comenzaron a pesar los párpados y pronto el sueño se apoderó de mí.

Habían pasado horas cuando sentí un suave toquecito en la rodilla que me despertó. Abrí los ojos cansados y allí, arrodillado delante de mí, se encontraba Val. Su rostro parecía cansado y sus hermosos ojos dorados estaban inyectados en sangre, pero su mirada enfadada había sido reemplazada por dulzura. Sonreí al instante y sentí un escalofrío. Me alegró ver que ya no estaba enfadado conmigo.

Olfateé el olor a comida que aromatizaba toda la casa. Dom había preparado el desayuno, lo que significaba que había vuelto a ser él mismo otra vez. Al francés le encantaba levantarse temprano por la mañana. Dom nos ganaba a todos en edad, pero a menudo era él quien trabajaba más. En cambio, Jeffery era un accesorio inmutable que lo único que hacía era coger polvo.

—¿Tienes hambre? —me preguntó Val.

—Sí. Podría comer algo —me estiré y bostecé.

Val esbozó una sonrisa torcida y me tendió la mano. Le devolví la sonrisa y lo cogí de la mano, agradeciendo su amable gesto.

Mientras me ayudaba a levantarme, perdí el equilibrio y terminé cayendo en sus brazos. No sabría decir si había sido un accidente o la intención de Val. Cuando nuestras miradas se encontraron, fue como si el tiempo se hubiera detenido, y nos perdimos el uno en el otro. Mientras sus manos descansaban sobre mis caderas, Val acarició ligeramente mi piel desnuda con su pulgar, justo por encima de la cintura de mis pantalones, haciendo que se me pusiera la piel de gallina. Las imágenes de la noche anterior aturdieron mi mente. Me quedé sin aliento, observando cómo Val comenzaba a inclinarse lentamente para besarme.

Se encontraba a tan solo unos milímetros de mis labios, cuando Jeffery asomó la cabeza por la esquina y carraspeó, haciendo eco por toda la casa. Val y yo nos echamos hacia atrás, sobresaltados.

—¡La comida se está poniendo fría! —anunció Jeffery, divertido.

Decepcionados, nuestro trance vaciló, y el hechizo se rompió. Me liberé de los brazos de Val y seguí a Jeffery hasta la cocina.

Sentados a la mesa, todos parecían estar tranquilos, reflexionando mentalmente sobre los sucesos de la noche anterior. Poco más tarde, Dom carraspeó y se giró hacia Val.

—Gracias por tu ayuda. Te estamos muy agradecidos.

Las comisuras de los labios de Val formaron una breve sonrisa.

—No hay por qué darlas. Me alegro de poder ayudar —hizo una pausa y se puso serio—. Es crucial que descubramos por qué os está atacando esta presencia desconocida —aconsejó Val.

—No creo que tengamos que buscar muy lejos para encontrar a este sinvergüenza —añadió Dom, diciendo en voz alta lo que yo ya estaba pensando.

—Sospecho que todos aquí asumís que el responsable es la familia —reveló Val—. Pero este miasma no es su estilo.

—Si no es la familia, entonces ¿quién es? —pregunté, uniéndome a la conversación.

—Creo que se trata de una única entidad que os persigue por sus propias razones personales —especuló Val.

En ese momento me di cuenta de que nunca había visto a Val en su tema, fuerte y seguro de sí mismo. Lo admiraba.

—*Oui* —coincidió Dom—. ¿Sabes por qué estamos siendo atacados?

—No. Todavía no —explicó Val—. Por eso tenemos que llegar al fondo de este asunto de la magia negra. Si averiguamos el motivo, puede que encontremos a la persona que se encuentra detrás de todo este espionaje.

—¡Espera un momentito! —exclamó Jeffery, interviniendo.

Alzó la mano en el aire como si estuviera a punto de dar un sermón en el monte—. ¿Pueden esos granujas vernos cuando estamos en el baño?

Dom puso los ojos en blanco, y Val y yo nos miramos el uno al otro, pero rápidamente desviamos nuestras miradas en otra dirección para evitar una explosión de carcajadas incontenibles. Val se aclaró la garganta, deshaciéndose de la risa, antes de responder.

—Hombre, tú solo asegúrate de taparte cuando hagas cualquier cosa… extracurricular —le aconsejó.

No pude aguantarme más y solté una carcajada. Pero de alguna manera, Val y Dom consiguieron mantener la compostura.

—Eso está muy bien, señorita —me reprendió Jeffery, que estaba echando humo—. Que sepas que tengo una escoba con tu nombre —frunció los labios.

—Lo siento, cari —me reí disimuladamente y casi me rompo una costilla. Me sequé las lágrimas que habían comenzado a brotar de mis ojos—. No he podido evitarlo —solté una risilla de nuevo.

Jeffery se cruzó de brazos en silencio, su rostro sonrojado reflejando su ira.

—¿Tienes alguna sugerencia sobre cómo podemos encontrar a este misterioso malhechor? —intervino Dom.

—Sospecho de una que podría estar detrás de esta estratagema —intervine yo, irguiendo los hombros y adoptando un tono mucho más serio—. Conoce muy bien las artes mágicas. Además, la vi desaparecer con mis propios ojos, y me detesta.

—¿Cómo se llama? Puedo hacer que mis chicos le echen un vistazo —comentó Val mientras se bebía su café.

—Helen DuPont —revelé.

De repente, Val escupió la bebida, que salió disparada contra la cara del pobre Jeffery. Jeff chilló, se levantó de la mesa y corrió hacia su baño, dejando un rastro de palabrotas a su paso.

Dom siguió a Jeffery, y yo cogí una servilleta para Val. Cuando se la entregué, arqueé una ceja, sospechosa.

—¿Conoces a esa zorra?

—De paso —contestó.

La voz de Val sonó áspera, seguramente debido al ardor provocado por haberse tragado el café por el tubito equivocado.

—Ajá… ¿Seguro que eso es todo? —mi voz rezumaba desconfianza.

—Mmm… he oído hablar de ella —explicó Val conforme trataba de limpiar el líquido oscuro que había manchado su camiseta. Para entonces, Jeffery y Dom habían regresado. Val, con una voz aún ronca, pasó rápidamente al siguiente tema—. He encargado a uno de mis luchadores que nos ayude. Será como vuestro guardia. Nadie sale de esta casa sin él. Os tenéis que mantener todos juntos, hasta si es para ir al mercado o al baño.

Jeffery se estremeció y levantó la mano, esperando a que le concedieran permiso para hablar.

Val asintió con la cabeza en dirección a Jeff.

—¿Es necesario que tu guardia esté encima de nosotros hasta en el baño? Es decir… —Jeffery movió los pies—, que yo aprecio la compañía, pero incluso para mí eso es demasiado.

—Afirmativo —dijo Val—. Yo personalmente me encargaré de que mi luchador nunca esté fuera de vuestra vista —Val me echó un vistazo y me guiñó el ojo.

Contuve la carcajada que amenazaba con salir.

Dom, como de costumbre, guardó silencio, pero negó con la cabeza.

—Eres un puto cruel —Jeffery resopló, dio media vuelta y subió las escaleras pisando fuerte mientras sus maldiciones reverberaban por toda la mansión.

Poco más tarde, sonó el timbre, haciendo que todos nos sobresaltáramos. Val nos aseguró que se trataba de uno de sus luchadores, quien había venido a cumplir con su deber. Fue a abrir la puerta y, al volver, trajo consigo a su compañero a la cocina, donde los estábamos esperando.

El luchador zop no era tan alto como Val, sino que era más bajito y más compacto. Tenía el pelo oscuro y los ojos de color marrón oscuro, era más o menos atractivo, pero palidecía en comparación con su líder. Val le sacaba al menos una cabeza y era más delgado, aunque ambos podrían haber pasado por gigantes.

—Bueno, chicos… Este es Razz —anunció Val—. Él se encargará de vigilaros hasta que corrijamos el problema.

Razz asintió con la cabeza sin pronunciar palabra. Estaba serio, pero tranquilo, hasta que sus ojos se posaron sobre mí. Inmediatamente, se puso tenso y me miró con precaución. Y yo, siendo como soy, que nunca me echo atrás, le devolví la misma mirada cautelosa. El joven zop parecía ser un par de años más joven que su comandante. Por su postura, me recordó a un bulldog inglés.

Entonces, ocurrió un extraño incidente. Val y Razz comenzaron a mantener una conversación en su lengua materna, un idioma extraño y extranjero. Me quedé sin aliento cuando me di cuenta de que entendía las palabras. Antes de que pudiera contener mi emoción, ambos zop posaron su mirada en mí.

—Ay, qué tonta soy —confesé tras haber recobrado la compostura—. Me he mordido la lengua. ¡Ay! Me duele. Voy a ir a echarle un vistazo —esbocé una sonrisa apretada.

«Qué incómodo», pensé.

En cuanto les hube dado la espalda, no pude evitar esbozar una amplia sonrisa. ¡Había entendido su extraña lengua! ¡Caray! Por otro lado, no me importaba mucho lo que dijera el zop más bajito ni sus opiniones sobre mí.

Val no perdió el tiempo y enseguida me asignó un nuevo régimen. Tendría que aprender a entrenar mis habilidades, según había dicho él. Primero, tenía que hacer un ejercicio de respiración de lo más estúpido, parecido a aprender a empujar el aliento desde la barriga, como hacían los cantantes. La mejor parte del entrenamiento era que el comandante en jefe, Val, me permitía el privilegio de entrenar en el jardín, aunque, en general, la tarea era tediosa, mundana y poco inspiradora.

No dejaba de mirar la hora mientras el tiempo parecía no avanzar. Así que, después de un rato de estiramientos sin incidentes, decidí tomarme un descanso y me fui directa al columpio.

El tiempo pasó. Pero me daba igual. Estaba feliz, balanceándome hacia adelante y hacia atrás, alcanzando las nubes blancas en el cielo con los dedos de los pies. Me incliné hacia atrás con los ojos cerrados, disfrutando de la brisa fresca que me acariciaba la cara e inhalando el aroma a lantana y a tierra húmeda.

Entonces, mi momento de felicidad se detuvo abruptamente en el aire. Abrí los ojos de golpe, sobresaltada. De pronto, me encontré envuelta en unos brazos de hierro frente a un par de ojos de oro muy enfadados.

—¿Qué crees que estás haciendo? —Val sonaba terriblemente exasperado.

—Me estoy tomando un descanso —espeté—. Llevo aquí fuera desde el amanecer.

Traté de retorcerme para zafarme de sus garras, pero mis intentos fueron en vano. Val era mucho más fuerte que yo.

Frunció el ceño.

—¿Es que crees que mis ejercicios son demasiado difíciles para tu culito delicado?

«¡Ah, no, eso sí que no!»

—Ese culito delicado al que te refieres —escupí mientras luchaba por liberarme de su agarre de hierro—, es tan duro como tú o cualquiera de tu pandilla —repliqué, fulminándolo con la mirada.

Entonces, me soltó abruptamente, por lo que aterricé sobre mi trasero con un golpe seco.

—Ay —mascullé.

Me puse de pie rápidamente, puños cerrados, lista para luchar. Obviamente, Val percibió mi irritación y no se molestó en ocultar su sonrisa de suficiencia.

Quería darle un guantazo. Sin embargo, pensándolo mejor, ¿qué sentido tenía? Seguramente esquivaría mi puño y, con mi suerte, yo terminaría sobre su regazo con mi culo expuesto a la palma de su mano. Val se había convertido en un bruto. Yo quería que mi oso dócil volviera. Esta torre que se cernía sobre mí con la fragancia de la acerbidad no era mi querido Val.

—¡No hay descansos! Eres una zophasemin, y ya es hora de que empieces a comportarte como tal.

Había algo casi depredador en su tono. Y no me gustó ni un poquito.

—Mi humanidad débil es lo que me motiva. Estoy orgullosa de reclamar mi lado humano. Al fin y al cabo, soy la hija de mi padre. Que no se te olvide —dije entre dientes, y empujé su pecho con las manos, aunque fue como arremeter contra una montaña porque no se movió ni un centímetro.

Sin previo aviso, el gran guerrero Val estalló en una carcajada. Y, enseguida, escuché otra fuente de risas a mis espaldas. Me di la vuelta para encontrarme al luchador zop, Razz, esbozando una sonrisa pícara, apoyado contra mi árbol favorito.

Esa fue la gota que colmó el vaso.

—¿Qué es lo que te hace tanta gracia, zop?

Antes de darme cuenta de lo que estaba haciendo, arrojé mi daga en su dirección, y no le di en la cabeza de milagro. La cuchilla hizo muescas en el árbol. Mis ojos ardieron con fuego, con ese mismo estallido de llamas como las de Aidan, mientras me enfrentaba a mi enemigo.

—Entendí cada palabra de lo que dijiste anoche, Razz. Yo me andaría con cuidado si fuera tú —dije con claridad y confianza.

Al parecer, el zop tenía un problema con mi sangre druida. Había dejado bien claro que, si no fuera por su comodoro, hubiera disfrutado matándome con sus propias manos. Me miraba con desagrado. Incluso llegó a insultar a mi padre. Y, por eso, lo odiaba.

Ambos zop se quedaron en silencio, anonadados.

«Bien», pensé.

—Tengo hambre —anuncié—. Estaré en la cocina si me queréis encontrar.

Sin decir nada más, los dejé allí con la boca abierta.

Escuché a Val dándole órdenes a Razz para que se limitara a hacer guardia.

Salí pitando hacia la casa. Necesitaba distanciarme de esos dos imbéciles y de su estúpido orgullo zop.

Cuando entré en la cocina, Dom y Jeffery habían desaparecido, pero no sin antes dejar la mesa preparada con una deliciosa variedad de embutidos, varios tipos de queso, encurtidos, lechuga y patatas fritas. No era nada elegante, pero me gustaba más así... simple.

Había tomado asiento en la mesa y tenía un bocadillo en la mano cuando Val entró desde afuera. Después de lavarse las manos, se sentó en la silla a mi lado. Parecía que sus ojos estaban llenos de asombro. Contuve la respiración, tratando de ocultar una sonrisa sarcástica. No obstante, mi orgullo no disminuyó los efectos de mi rencor. Val no debería haber traído a ese asqueroso a mi casa.

Finalmente, Val rompió el silencio.

—¿Desde cuándo puedes hablar zophasemin?

Le eché un vistazo por el rabillo del ojo y noté que Val tenía un destello en sus ojos como si me hubiera pillado con las manos en la masa.

Tragué lo que tenía en la boca y, luego, respondí, la mirada clavada en mi bocadillo.

—No tengo ni idea de a qué te refieres. No puedo hablar Zophasemin. Solamente entiendo el idioma, y no me he dado cuenta de que puedo interpretarlo hasta que os he escuchado a los dos barbullando en vuestra lengua materna —me negué a mirarlo a la cara mientras le daba otra mordida a mi bocadillo.

—Entonces, explícame —insistió—, ¿cómo es que estabas hablando en mi lengua materna hace unos momentos?

Las comisuras de mis labios formaron una mueca.

—No estaba hablando en tu estúpido idioma —negué vehementemente sin mirarlo a la cara.

—Stevie, has hablado en nuestro idioma mejor que cualquier zop.

Cogí una patata frita y me la metí en la boca como si no me hubiera inmutado.

—Tal vez necesites sacarte la cera de los oídos, comodoro. Solamente entiendo el zop.

Val soltó un duro suspiro.

—Creo que lo correcto es que te disculpes con Razz. Casi acabas con su vida con ese cuchillo tuyo —le dio una mordida a su bocadillo, tomándose casi la mitad de golpe.

—¡Pero qué mierda dices! —alcé la cabeza, enfrentándome a la belleza dorada, y apreté la mandíbula—. No te creo —grité—. Para empezar, ¿cómo has podido traer a ese idiota a mi casa cuando lo único que quiere es arrancarme el corazón del pecho? Así no me estás protegiendo. Me estás poniendo en peligro con una bestia que camina por la casa sin rumbo.

—Te equivocas. Razz no iría en contra de una orden. No importa lo que piense —Val trató de pasarlo por alto como si estuviera sufriendo de síntomas premenstruales.

—¡Ya! Me disculparé cuando las vacas vuelen —declaré—. Has tomado una mala decisión, comodoro.

Val agachó la cabeza por un segundo y respiró profundamente.

—Lo siento. No tenía otra opción.

—Sí que tenías otra opción. ¡Podías no haberlo invitado!

—Mira… Ya es hora de que te acostumbres a no ser la más popular entre los de nuestra especie.

¿Cómo podría llegar a entender mi postura? Al fin y al cabo, él era el zop perfecto.

—Para tu información, estoy acostumbrada a la impopularidad. He vivido así toda mi vida. El problema que tengo es que ese tipo me quiere cortar la cabeza.

—Lo siento, Pequitas. Ya te lo advertí. Nosotros somos así. No puedo cambiar la tradición —la mandíbula de Val se tensó, pero sus ojos estaban en otra parte.

Supuse que tenía otras situaciones más apremiantes que mi patética vida.

—¿Somos así? —escupí—. *Excuse-moi*[1]*!* ¡Yo no! Yo no odiaría a alguien simplemente por su origen.

—Entiendo que tú no hayas crecido en nuestra cultura. Somos una raza orgullosa. Y valoramos la pureza de nuestra especie.

—¡Madre mía! ¿Esa es la verdadera razón por la que me echaste de tu cama? —repliqué, más como una afirmación que como una pregunta—. ¡No tiene nada que ver con que mi corazón pertenezca a otro! —lo acusé, fulminándolo con la mirada con mis ojos verdes.

—No seas ridícula —se mofó—. Ahora estás actuando como una mujer.

—¡Ridícula! ¿Es así como ves a las mujeres zop? —repliqué.

—Esta conversación ha terminado —exigió Val conforme todo su cuerpo desprendía ira.

—Lo siento, pero yo no soy uno de tus soldados. Responde a mi pregunta —le ordené con fiereza.

—¿Qué pregunta? Haces tantas que es difícil mantenerse al día —Val me miró a los ojos.

—¿Es que no me querías en tu cama porque soy medio humana? —repetí con los dientes apretados.

Val resopló con frustración.

—Tu parte humana no era un problema en ese momento. Te quería para mí solo. Y no quería compartirte con otro, aunque estuviera muerto. Quise decir lo que dije —hizo una breve pausa. Podía ver en su cara que estaba luchando consigo mismo —. Pero, después de considerar esta conexión que tú y yo tenemos, creo que es mejor que seamos amigos. Mi cultura y mis costumbres son muy importantes para mí. Esto es lo que soy. Si te diera mi nombre en matrimonio, sería una vergüenza para mi especie y, peor aún, marginarían a nuestros hijos, así como a ti y a mí. No tenemos un futuro, y creo que estarías mejor con un humano o con un druida.

Permanecí allí sentada, mirándolo con la boca abierta. ¿Por qué estaban estos chicos obsesionados con sus malditos lazos familiares? No sabía por qué, pero sus palabras me habían dolido demasiado. ¿Por qué me diría algo así? Yo nunca había planeado un futuro con él. No me había atrevido. De hecho, no le había dado ningún indicio de que esperaba que nos convirtiéramos en pareja. Sin embargo, ahora que había admitido abiertamente que no teníamos futuro, me ponía de los nervios que supusiera que yo esperaba más.

—¿Supongo que eso significa que no recibiré un anillo? —cubrí mis palabras con sarcasmo.

No mejoró en nada la situación que sonriera ante mi respuesta.

—Supongo que no —cedió rígidamente.

Entonces, no pude aguantarme más.

—Yo no te he pedido ningún tipo de compromiso por tu parte. En lo que a mí respecta, no eras más que un entretenimiento. Así que no te preocupes, que no me vas a hacer daño. De todos modos, no pensaba que fueras a ser un accesorio permanente —me levanté de la mesa y salí pitando de allí.

Necesitaba distraerme, cualquier cosa con tal de eliminar de mi mente las palabras de Val. Caminé hacia el árbol en el cual había dejado incrustada mi daga, un roble con un corte profundo en el tronco. Con un rápido tirón, la arranqué de las garras del árbol.

De repente, escuché unos pasos a mis espaldas que captaron mi atención. Me di la vuelta con mi daga de confianza en la mano, preparada para lo que viniera después.

—Eres bastante buena con esa daga —dijo Razz en su lengua materna.

—No ha sido mi mejor lanzamiento —para mi sorpresa, respondí en su lengua materna como si la hubiera estado hablando toda mi vida—. Tenía como objetivo que diera entre tus ojos —lo miré con cautela.

—Había oído que eres una fiera —me inspeccionó con la mirada, produciéndome escalofríos espeluznantes por todo el cuerpo—. Supongo que yo si estuviera en tu piel, también estaría un poco enfadado —el zop dio un paso hacia adelante, adentrándose en mi espacio personal—. Nuestras costumbres pueden parecer injustas, pero nos han funcionado durante siglos. No es nada personal.

—No me ofendo. Conozco mi lugar, pero tú necesitas conocer el tuyo también. No me malinterpretes, agradezco tu ayuda. Pero… esta es mi casa y mi familia. Así que respetarás mi posición mientras estés aquí. Espero que te quede claro —alcé la barbilla, orgullosa.

—Me parece justo, impura. Su mirada oscura me hacía querer esconderme, pero me negaba a acobardarme bajo sus ojos condenatorios—. Te diré una cosa yo también, si alguna vez te pillo por ahí fuera sin la protección de mi líder, serás un blanco fácil.

Fruncí el ceño, confundida.

—No entiendo cómo puedes odiar a otro solo por ser diferente.

—No se trata de los otros. Son los impuros a los que detestamos.

—¿Por qué nos odiáis tanto?

—Está prohibido mezclar nuestra especie con la vuestra.

—Y ¿quién os ha metido esa idiotez en la cabeza?

—Nuestro creador, naturalmente.

—Un creador prejuicioso.

No me cabía en la cabeza que sus creencias fueran tan bárbaras.

—Mi creador es justo. Se supone que los que son como tú no deberían existir. Nosotros somos puros. Nosotros no nos destruimos los unos a los otros con guerras, sino que nos apoyamos como hermanos, nos guste o no. Los seres humanos son derrochadores y egoístas. La guerra se usa para la codicia. Los zophasemin somos altruistas. Daríamos nuestra vida por nuestros hermanos. Dime, ¿harían tus humanos lo mismo por ti?

—En general, tienes razón. Los seres humanos a veces pueden ser muy egocéntricos, pero no todos son así. A diferencia de tu especie, a los humanos se les permite elegir y tienen libertad para decidir por sí mismos. No hay nada mejor que el don de la libertad para elegir tu propio destino. Así que mi respuesta a tu pregunta es que… yo daría mi vida en un segundo por alguien a quien quiero, y los dos humanos que están dentro de mi casa, que han sido lo suficientemente amables como para alimentarte, me devolverían el favor en cualquier momento. Y a eso se le llama humanidad —me alejé de allí, acabando así con la conversación.

Estaba harta de la política y de los capullos creídos. Estaba empezando a sentirme realmente orgullosa de mi lado más humano.

«Que le den a esos zop orgullosos», pensé. «Que se anden con cuidado porque están en mi territorio».

UN TESORO ESCONDIDO

Había tenido una semana de lo peor. Debido a todos los moretones que cubrían mi piel y los dolores que sentía por todo el cuerpo, uno podría llegar a pensar que yo era la hijastra pelirroja.

Val había comenzado a pensar que mi humanidad estaba afectando a mi lado zop y había hecho todo lo que estaba en sus manos para despertar mis habilidades latentes, pero lo único que había conseguido fue que mi lado humano lo maldijera.

No obstante, descubrí que yo sí que tenía algunos talentos; podía moverme rápido y se me daba bien el manejo de la daga. Además, mis lanzamientos habían mejorado. Le daba a mi objetivo casi todas las veces. Al menos había conseguido algo, aunque sabía que, si alguna vez me encontrara con una criatura de habilidades sobrenaturales, mis posibilidades de ganar eran escasas.

Decidí que necesitaba un descanso humano. Sentía que no estaba más cerca de alcanzar mis metas ni de encontrar a mi hija. Y quería relajarme. Así que me puse en camino a Bourbon Street, donde seguramente encontraría mucha acción. Era un viernes por la noche, y estaba segura de que las calles estarían a rebosar de gente.

Sentí una pequeña punzada de culpa rozar mi consciencia, ya que me había escabullido como si fuera una adolescente rebelde. Val le había dado órdenes estrictas a Razz para que no dejara que nadie saliera de la casa, y esa orden iba especialmente dirigida a mí. No obstante, al soldado zop le importaba un comino que me atragantara con una zanahoria. De hecho, si dependiera de él, yo ya estaría muerta.

Lo gracioso era que Val se mostraba indiferente al respecto. Él era un zop de pura sangre y, aun así, no parecía ofenderse ante mi anomalía. Más bien, trataba de protegerme. No podía entenderlo. Odiaba a los de mi especie, pero luego acudía a mi rescate, hacía guardia en mi casa durante días y me enseñaba a luchar. Val no tenía por qué hacer tal cosa. Entonces, ¿qué problema tenía con mi nacimiento? ¿Acaso debía ser yo castigada por algo sobre lo que no tenía ningún tipo de control? No había podido elegir los términos de mi nacimiento, al igual que no podía elegir el color de mi piel. ¿Por qué no podían los zop abandonar sus costumbres tan prejuiciosas? Puede que estuvieran cegados por su orgullo.

No me cabía duda alguna de que Val era orgulloso, arrogante, demasiado confiado, amable, gentil, dulce...

«¡Olvida las sutilezas!», me recriminé a mí misma internamente.

Eso me hacía débil. Tenía que recordar que él no era más que un instrumento para ayudarme a encontrar a mi hija. No debía olvidar que el líder de los zop estaba con el enemigo. Con los suyos.

Parecía que mi lista de adversarios se iba haciendo cada vez más larga, mientras que la de mis amigos seguía disminuyendo.

Además, aún no entendía qué es lo que se había apoderado de mí el otro día durante la comida. Me había dolido bastante que Val negara cualquier futuro entre nosotros. Había sido como si me hubiera atravesado el corazón de una puñalada. Pero, si yo no nos veía como pareja, entonces ¿por qué me fastidiaba tanto?

Poco más tarde, cuando mi taxi se detuvo, estiré el brazo

sobre el asiento y le pagué al conductor su tarifa. Salí del coche y cerré la puerta detrás de mí.

Cuando pisé la acera, respiré la atmósfera de los alrededores. Me encantaba el centro de la ciudad con su arquitectura española de colores amarillos intensos y varios tonos de naranja, la música alegre y las luces de neón. Era exactamente como a mí me gustaba.

Los turistas estaban empezando a reunirse. El volumen de las voces aumentaba a medida que la multitud se espesaba. El espíritu de los buenos tiempos flotaba en el aire. Toda la calle estaba increíble esta noche. Incluso se podía escuchar música jazz. La gente estaba celebrando, yendo de bar en bar, bebiendo para la espléndida resaca que llegaría a la mañana siguiente.

Había ciertos clubes por aquí que no eran exactamente para los cobardes. Desgraciadamente, por muy buen estómago que tuviera una persona, la mayoría no tenía ni idea de lo que acechaba en las sombras oscuras.

Hablando de eso, tenía planeado mantenerme alejada del bar de Val. En primer lugar, porque no quería que se enterara de que estaba paseándome por el Barrio Francés y, en segundo, porque no quería encontrarme con uno de sus zop. No estaba dispuesta a volverme loca esta noche.

Quería estar sola y no estaba de humor para atraer ningún interés, por lo que me había vestido con una camiseta sin mangas y mis pantalones cortos vaqueros. Ni siquiera me había molestado en ponerme maquillaje. Y, como accesorio, había decidido ponerme un sombrero de vaquera que tenía desde hacía años para ocultar mi rostro. El sombrero estaba bastante maltrecho y estropeado, pero pensé que me ayudaría a mezclarme entre la multitud. Además, en caso de que me metiera en problemas, venía preparada; me había atado la daga al muslo, escondida debajo de los pantalones cortos, para que tuviera fácil acceso a ella en caso de que sucediera algo inesperado.

Cuando iba a mitad de camino por la calle, me encontré con una librería de la nueva era. «*Magie Noire*», ponía encima de la puerta. Sabía lo que eso significaba... magia negra. Continué leyendo el cartel: «Cartas del Tarot, hechizos y hierbas mágicas». Atisbé el cartel que colgaba de la puerta abierta en el que ponía «Abierto».

La pequeña librería me recordó a la que había en Tangi, así que decidí explorarla. Llevaba solo un par de dólares encima, pero quién sabe con lo que podría encontrarme.

Empujé la puerta, y la campanilla sonó conforme entraba. En cuanto la puerta se cerró a mis espaldas, capté un fuerte olor a incienso y a sándalo que me golpeó las fosas nasales. Ese aroma me llevó de vuelta a una época más simple y me trajo recuerdos de la señora Noel. Me quedé inmóvil durante un segundo, tratando de adaptarme a la tenue iluminación.

Echaba de menos a mi vieja amiga. En el pasado, había rechazado las creencias poco convencionales de la señora Noel, pero creo que ahora me lo tomaría de manera bastante diferente. Después de que mi mundo se hubiera venido abajo hacía tres años, había aprendido por las malas que con la edad se adquiere una gran sabiduría. Me hubiera gustado que la señora Noel siguiera viva para poder decirle eso también.

De repente, escuché el sonido de unos pasos que me sacaron de mis pensamientos, alertándome de la empleada que volvía de la parte de atrás. La mujer de tez oscura me saludó con una cálida sonrisa.

—¡Bienvenida, querida! Puedes echar un vistazo si quieres. Llámame si necesitas ayuda —dijo con un fuerte acento jamaicano.

Le devolví la sonrisa.

—Gracias. Solo estoy mirando.

No pude evitar admirar su atuendo. Era bastante impresionante. Parecía estar hecho de algodón y era totalmente extraordinario. La prenda envolvía todo su cuerpo en colores azules, púrpuras y naranjas intensos. Para ir a juego, también llevaba algún tipo de tela enrollada alrededor de su cabeza. Era tan bonita como el vestido. También me encantaban sus pendientes de aro dorados. Le iban muy bien con su estilo. Bajé la mirada para mirarle los pies y, extrañamente, vi que iba descalza.

«Así es como debe ser», admiré. Yo odiaba tener que usar zapatos también.

Caminé despacio por el pasillo, rozando los libros con los dedos. La tienda parecía contar con todo tipo de libros sobre brujería, vudú y hechizos. Los estantes llegaban hasta el techo. Luego, examiné la sección de velas, cartas del tarot y hierbas mágicas.

Cuando llegué a una vitrina, mis ojos se fijaron en un elemento que destacaba sobre las otras baratijas. Había visto esa raíz antes. La planta había sido tallada para formar una fea muñeca. Me sentí tan atraída por esa extraña cosa que no pude evitar cogerla entre mis manos. Acaricié la muñeca, notando la textura áspera de la extraña baratija. El color estaba tan desgastado que me recordaba al tabaco.

Cuando la empleada me interrumpió, debí de parecerle un pez fuera del agua.

—Eso es una muñeca —dijo la mujer con un fuerte acento, sobresaltándome.

No la había oído acercándose a mis espaldas.

—Es una muñeca obeah, algo muy parecido al vudú. En manos de la persona equivocada, puede hacer mucho daño —me informó mientras señalaba la extraña talla—. No deberías tocarla —me miró con precaución.

No parecía estar buscando confrontación, sino más bien parecía directa.

—¡Ah! No lo sabía —me disculpé y, rápidamente, coloqué la muñeca en el estante—. Es tan... inusual —junté mis manos detrás de mi espalda.

Me sentía un tanto incómoda, como una niña a la que acababan de regañar.

—Estoy segura de que no lo has hecho aposta, pero antes de que toques cualquier cosa, deberías conocer su origen. Debes manejar la muñeca con mucho cuidado. No querrás provocar la mala suerte a los otros —hizo una pausa por un momento y me miró directamente a los ojos como si pudiera ver cada uno de mis peores secretos.

Empecé a moverme en mi sitio, inquieta.

—Tú eres diferente. No eres completamente humana, ¿no? —preguntó como si fuera una pregunta normal y corriente.

—¿Lo siento? —parpadeé varias veces, sorprendida. ¿Cómo es que esta extraña me conocía?

La mujer se rio suavemente.

—¡Bonita! Ya me has oído. No te preocupes, anda. Vendrás a mí cuando sea el momento adecuado.

—Me recuerdas a una amiga que tenía —esbocé una sonrisa incómoda.

La señora se quedó callada y arrugó la frente a causa de la curiosidad.

—¿Por qué necesita una joven como tú una herramienta tan poderosa como esta? —su acento estaba muy marcado y sus ojos de color marrón oscuro eran penetradores.

Solté una leve risa.

—No me creerías si te lo dijera. No quiero la muñeca, en realidad. Es solo que me ha recordado a mi amiga. Solía usar este tipo de muñecas y… —me atraganté a mitad de la frase.

—Tu amiga… ¿está muerta?

—Sí, falleció hace unos meses y la echo mucho de menos.

—Lamento tu pérdida. Has perdido mucho para ser tan joven.

La mujer parecía haberme entendido a la perfección. Era casi espeluznante.

—Ya —respondí secamente.

La mujer hizo una pausa, mirándome como si estuviera leyendo las hojas del té. Empecé a mover los pies, incómoda, ante el presagio que parecía sostener sobre mi cabeza.

—Tengo un regalo para ti, algo muy especial. He estado esperando a que pasaras por aquí —la mujer se dio la vuelta y se dirigió hacia la parte posterior, atravesando la cortina de cuentas y desapareciendo así de mi vista.

Empecé a golpear el suelo con el pie nerviosamente mientras escuchaba la cortina de cuentas moviéndose. Le eché un vistazo a la distancia que separaba la parte trasera de la entrada de la tienda, planteándome escabullirme de allí rápidamente, pero mi curiosidad me retuvo. Contuve la respiración y esperé.

La mujer reapareció enseguida con una pequeña caja blanca en la mano.

—Esto es para ti —sonrió y abrió la caja.

En el interior yacía un collar embellecido con una piedra. Era precioso, como las chispas del fuego que brillan como el oro. Me recordó a Val. Lo acaricié con los dedos. De repente, oí un zumbido que provenía del interior de la piedra. Me quedé sin aliento y alcé la cabeza para mirar a la mujer.

—Ya —dijo en voz baja—. Se conoce como «fuego angelical».

—Es precioso —casi me atraganté a causa de mi asombro.

—Es más que eso. El collar llama a su verdadero nombre —la mujer sonrió como si poseyera un secreto sobre mi vida.

Fruncí el ceño.

—¿A qué te refieres? —cuestioné sus motivos, un tanto sorprendida.

—Oh, no tengas miedo —se rio—. Te reconocería en cualquier parte, hija mía —extendió la mano y se presentó—: Yo soy Mardea.

Le tomé la mano y se la estreché, pero aún me sentía aun tanto inquieta.

—Encantada de conocerte —respondí con cautela mientras retiraba la mano—. Yo soy Stev…

—Ya sé quién eres —interrumpió la mujer de tez oscura. Vio que aquello me había pillado por sorpresa y aclaró sus intenciones—: No te preocupes, hija. No soy yo a quien debes temer.

Estoy de tu parte. Y, últimamente, he estado escuchando que te vendría bien algo de apoyo —me sonrió amablemente—. Este collar es un talismán. Te ayudará a acceder a tu magia. Parece que está bloqueada en las profundidades de tu interior por un hechizo vinculante que, junto con varios otros, consigue enmascarar tu magia. Alguien no quiere que adquieras tus poderes.

Abrí los ojos como platos.

—¿Quién haría algo así?

—No estoy segura. Aunque lo que sí te puedo decir es que están intentando engañarte para que pienses que no tienes habilidades especiales. ¡No dejes que te engañen! Eres muy poderosa, por lo que debes llevar esta piedra contigo en todo momento. No te la quites nunca, hija.

La mujer abrochó el collar alrededor de mi cuello mientras yo permanecía allí, incómoda, sosteniéndome el cabello en alto. Luego, agarré la piedra con los dedos.

—No lo entiendo. ¿Cómo me conoces? —pregunté, inquieta.

—Alguien cercano a ti me pidió que guardara este collar hasta que vinieras. Es un fiel creyente de las viejas costumbres y quiere protegerte de tus poderosos enemigos. Llévalo puesto y no te lo quites nunca o los hechizos volverán a hacer efecto.

—Estoy confundida. ¿Quién me ha dejado esto?

—Lo siento. Esta persona desea permanecer en el anonimato.

Sacudí la cabeza, desconcertada.

—¿Cómo sabes que soy la persona correcta?

—Te vi en una visión —la mujer de piel oscura sonrió.

—Y esta persona ¿te dio un nombre? —pregunté con urgencia.

—Hija mía, ya tienes la respuesta —pareció sorprenderse por mi pregunta.

Tuve que tomar una bocanada de aire.

—¿Qué aspecto tenía este admirador? —pregunté, sintiendo cómo se me ponía la piel de gallina.

—Iba muy bien vestido. Era obvio que tiene dinero. Era alto y de piel morena, muy guapo también. Pero su característica más destacada fueron sus ojos azules —la mujer observó mi reacción de cerca—. Se refirió a ti como «princesa».

En ese mismo instante, me quedé sin aliento. Mis manos comenzaron a temblar.

«¡No puede ser posible!», pensé.

—¿Cuándo te dio esto? —inquirí.

—Eh… hace solo unas semanas.

«¡Joder! ¿Podría ser… Aidan?»

—Por favor, cuéntame todo lo que sepas. Necesito conocer todos los detalles —la urgencia de mi voz indicaba que estaba entrando en pánico.

—Me dio un mensaje para ti —los ojos oscuros de la mujer escondían un secreto que necesitaba saber.

—Por favor… ¿qué te dijo?

La mujer permaneció en silencio. Parecía no estar segura de querer revelar la identidad de su misterioso mensajero.

—Dijo que no fue él quien te traicionó… y algo más —hizo una pausa.

—¿Qué más? —la apremié con impaciencia.

—Que tu hija está viva.

Al escuchar sus últimas palabras, me tambaleé. ¿Podría ser capaz de creer las palabras de esta extraña? Entrecerré los ojos con desazón.

—¡Esto tiene que ser una broma de muy mal gusto! —ahora sí que estaba cabreada—. ¿Se puede saber a qué estás jugando? —la duda coloreó mi miedo.

La mujer sonrió para sí misma como si acabara de acordarse de un chiste privado.

—Me dijo que me acusarías de mentirosa, así que me dio algo que solo tú reconocerías —la mujer caminó hacia el mostrador, rebuscó por los cajones y, finalmente, sacó un frasco de vidrio con una tapa agujereada—. Toma —deslizó el frasco por encima del mostrador hacia mí—. Dijo que esto debería ser prueba suficiente.

Me quedé sin aliento. No podía creer lo que veían mis propios ojos. Ver lo que se encontraba dentro del frasco me llevó de vuelta a una época que había tratado de olvidar… Había una luciérnaga revoloteando en el interior.

Entonces, me desmayé y me derrumbé contra el suelo.

LA PELEA

—¡¿En qué diablos estabas pensando, Stevie?! —me gritó Val, su rostro adquiriendo un color rojo intenso.

Nunca antes lo había visto tan enfadado. Sentí cómo me golpeaba con cada una de sus furiosas palabras, consiguiendo que me estremeciera una y otra vez.

«¡Mierda, mierda, mierda! Me hubiera salido con la mía de no haberme desmayado. ¡Qué suerte la mía!», pensé.

—¡Cálmate! Estoy bien —puse los brazos en jarra.

No sabía exactamente cómo es que Val me había encontrado. Tras haberme desmayado, me había despertado de vuelta en mi cama. No fue hasta que me uní a los demás en el jardín que fui atacada por el temperamento de este gran matón.

Por el rabillo del ojo, vi a Dom y Jeffery haciendo una mueca. Y, al otro lado, vi a Razz regodeándose. Odiaba a ese zop.

—No solo te estabas poniendo en peligro a ti misma, sino también a todos los habitantes de esta casa. ¡Las mismas personas por las que prometiste dar tu vida!

Las palabras de Val me dolieron tanto como un puñetazo en la cara. Pero llevaba razón en esa parte. Me volví hacia Dom y Jeff.

—Lo siento, chicos —me disculpé—. Ha sido egoísta por mi parte. No volverá a pasar. Lo prometo —se me empañaron los ojos por las lágrimas.

—No pasa nada, cari, pero espero que hayas conseguido lo que querías, porque no entiendo lo que te ha poseído para ser tan tonta —respondió Jeffery, metiendo un poco de cizaña.

No pude evitar reírme. Jeffery siempre sabía cómo dar poca importancia a las peores situaciones.

—Pues sí que he conseguido lo que quería, pero no es lo que piensas —sonreí, secándome las lágrimas.

—¡Santo cielo! Esto lo tengo que escuchar yo —Jeffery puso los ojos en blanco.

Menuda reina del drama que era. Dom esbozó una pequeña sonrisa en mi dirección, y Val me lanzó una mirada asesina. Los ojos de Razz se tensaron con sospecha y, cuando posé la mirada sobre él, casi exploté de furia. A decir verdad, ver como la escoria de Razz fruncía el ceño una vez más, fue la gota que colmó el vaso.

—¡Mira, zop! —fijé mi mirada sobre él—. Estoy harta de que me eches miradas asesinas a mis espaldas. ¡Si tienes algo que decir, dilo de una maldita vez!

El soldado necesitaba que le pusieran los pies en la tierra. Además, si volvía a ver a ese hijo de zop esbozar una sonrisa de suficiencia más, se los iba a poner bien puestos yo.

—¡Tengo muchas cosas que decir, puta! —comenzó a decir el soldado zop en su lengua materna—. Creo que mi líder se ha vuelto un blandengue. Está prohibido que cualquier zop se junte con gentuza como tú. Estamos perdiendo nuestro tiempo y energía protegiendo a una mocosa mimada que no se preocupa por nadie más que por sí misma —Razz me escupió a los pies—. Vuelve al agujero del que has salido, ángel caído. Ningún zop te aceptaría nunca. Y eres una estúpida si piensas que mi líder te reclamaría. Sería prudente que nuestro líder recordara cuál es su lugar —los ojos de Razz rezumaban odio.

Le eché un vistazo a Val, que tenía la mandíbula apretada,

tan dura como una piedra, pero el resto de su cuerpo rezumaba con la fuerza de su autoridad.

—Eres un soldado insubordinado —intervino Val—. Déjala en paz, o te mostraré lo blandengue que soy realmente —amenazó seriamente.

Entonces, el zop se giró con su postura hostil hacia su comandante.

—¿Por qué? Si es esta endógama la que me ha desafiado. —me apuntó con la mirada como si mi mera presencia lo repugnara.

Había tenido suficiente de los lloriqueos del zop. Di un paso hacia él.

—¡Enséñame de lo que estás hecho, hijo de puta! —desafié, enderezando los hombros—. Lucha contra mí.

A pesar de la oleada de ira que sentía, mi voz interna gritaba «¡estás loca, vas a morir!»

Val se volvió hacia mí.

—¿Crees que estás lista para combatir? —entrecerró los ojos.

Estaba claro que temía por mi seguridad.

—No creo que pueda estar más preparada —dije mientras fulminaba con la mirada al hostil zop.

—¿Recuerdas todo lo que te he enseñado? —parecía como si los ojos de Val estuvieran buscando una salida.

Según yo lo veía, no me quedaba otra opción. Fuera o no justo, tenía que enfrentarme a mi enemigo. Como si fuera por instinto, me concentré en mi oponente.

—Vale, pues que comience la pelea —Val miró a Razz a los ojos—. Solo te doy permiso para que participes en este duelo con los puños. No habrá armas, y nadie va a morir hoy. ¿Ha quedado claro, soldado?

—¿Qué tienen de divertido un par de moretones y una nariz rota? —capté el odio arraigado en la voz de Razz.

—Harías bien en seguir una orden. De lo contrario, te mataré yo mismo. ¿Entendido? —los ojos de Val brillaban con malicia.

—Te doy mi palabra —prometió Razz, apretando los dientes.

Entonces, Val se volvió hacia mí y extendió la mano.

—Dámelas —ordenó bruscamente.

Hice una mueca antes de sacar la daga de mi bota y colocarla de un golpe sobre la palma de su mano. Aun así, eso no fue suficiente, y Val permaneció allí con la mano extendida y la ceja arqueada.

«¡Joder!»

Puse los ojos en blanco. Realmente necesitaba encontrar un nuevo escondite. A regañadientes, desabroché la otra daga, que había escondido debajo de mis pantalones cortos, y se la arrojé.

—Ya podéis luchar —anunció Val.

Inhalé una buena dosis de oxígeno y, luego, exhalé lentamente. Val me había enseñado, durante mi entrenamiento de combate, que en una pelea respirar acordemente era vital para la resistencia física. Si te falta el aire, pierdes la concentración y la fuerza, dos herramientas de lo más importantes para sobrevivir.

Razz y yo nos agachamos y comenzamos a dar vueltas el uno alrededor del otro; mientras tanto yo repasaba en mi mente todas las técnicas que había aprendido.

Intercambiamos un insulto tras otro. Al parecer, a su madre se le había olvidado enseñarle modales, porque Razz fue el primero en arremeter contra mí. No sabía por qué, pero los comentarios sobre las madres siempre resultaban ser efectivos. Me burlé en su cara virulenta, viendo cómo su rostro resplandecía con intenciones violentas.

Curiosamente, pareció ser que, cuanto más grande fuera el zop, más lentas serían sus reacciones. Cuando arremetió contra mí, fue como si se moviera a cámara lenta. Di un paso a un lado, esquivándolo sin mucho esfuerzo. Fue gracioso cuando se dio de bruces contra la grava. No pude evitar soltar una carcajada cuando vi que el trasero de Razz sobresalía y su cara se había estampado contra la grava afilada. No obstante, mi burla lo enfureció y consiguió tomarme por sorpresa. Esta vez, no fui tan rápida y, como consecuencia, pagué por ello cuando me empujó contra el suelo. Caí con la cabeza por delante, sintiendo una explosión de dolor y, luego, Razz me siguió, colocándose encima de mí.

El peso del zop me estaba aplastando los pulmones. Debía pesar al menos cuarenta y cinco kilos más que yo. Yo no era rival para él, y eso sería decir poco. Por su sonrisa, era obvio que sabía que llevaba la ventaja. Sabía que, si no salía de debajo de su empuñadura de hierro, me iba a golpear la cara hasta que estuviera muerta. Y me negaba a darle esa satisfacción.

Antes de que tuviera la oportunidad de prepararme, sentí un fuerte golpe en la parte izquierda de mi mandíbula, luego en la derecha, y luego en la izquierda de nuevo. Sus golpes fueron tan enérgicos que sentí que mi mandíbula se había dislocado y vuelto a su sitio mientras continuaba golpeándome con su enorme puño. Tendría que detenerlo pronto, o de lo contrario no quedaría mucho más de mí.

De repente, los golpes cesaron y sentí un dolor agudo en la nuca de mi cabeza, que estaba húmeda y pegajosa. Me había agarrado del pelo, y casi lo arrancó todo de sus raíces. Apreté los dientes para evitar gritar de dolor.

—Apuesto a que te gusta que te den duro —me susurró el zop con su asqueroso aliento—. Tal vez debería follarte, como hizo mi amigo en el hospital cuando estabas demasiado drogada como para gritar. A diferencia de él, a mí me gusta que mis humanos griten, y a ti te lo pondría incluso peor.

Su voz depravada me produjo asco. Me obligué a mirarlo directamente a la cara, pero mi entrenamiento no me había preparado para esto. Respiré profundamente, sobresaltada. Sus ojos eran parecidos al aceite, sin blancos, sin pupilas, nada más que un negro diabólico.

Entonces, una repentina oleada de recuerdos de ese hospital me sacudió de nuevo, y volví a ser consciente del peligro en el que me encontraba. Hice uso de mi ira para desplegar mis poderes y liberar a la bestia que residía en mi interior. Lo que sucedió después, no podría describirlo. Puede que me hubiera desmayado. Fue como si mi esencia se acabara de despertar. A medida que la fuerza consumidora crecía, fue devorando todo mi ser. Stevie desapareció y fue reemplazada por un monstruo. Fue una experiencia similar a lo ocurrido con Aidan en el baño de chicas, pero esto… esto fue casi peor que Hiroshima.

Todo sucedió demasiado rápido. Una repentina explosión me sacudió como un rayo que empujaba por salir, pero luego volvió a mí. Con un rápido movimiento, liberé mis brazos y sentí un ardiente calor emanando de mis manos. Era como el fuego, solo que no quemaba. Mis manos emitían una corriente de luz conforme presionaban contra el pecho de Razz, empujándolo contra el suelo con la velocidad de un misil cohete.

Sangre y sudor corrían por mi rostro, pero no dejé que pequeñas cosas como esas me detuvieran. Me posicioné encima de ese bastardo y comencé a golpearle la cara, devolviéndole el favor. Cuando su rostro comenzó a parecerse más a una hamburguesa, rematé mi siguiente golpe con la rodilla, embistiendo violentamente contra su entrepierna. Razz se agachó y comenzó a chillar como un cerdo. Me reí en su cara. Aunque lamentaba no poder castrarlo, me deleité sabiendo que se quedaría sin un duro en lo que al sexo se refiere.

De repente, la fiesta se detuvo. Antes de que tuviera la oportunidad de planear mi siguiente golpe, Val me agarró del brazo y me detuvo.

—¡Suficiente! —ordenó—. Ya has demostrado que tienes razón.

—¡Y una mierda! —grité, tratando de zafarme de su agarre—. Ese hijo de puta me ha amenazado con violarme. ¡Y estaba coordinado con ese cerdo del hospital Haven, Joe! Se merece morir —dije entre dientes.

—¿Estás segura? —preguntó Val, sujetándome aún con su brazo.

—¡Sí! Me lo acaba de admitir al oído —repliqué.

—Ya has luchado suficiente por un día. Has demostrado tu valor —me apretó el hombro con la mano—. Ve a limpiarte —Val se mantuvo firme.

Se volvió hacia Jeffery y Dom, que habían estado observando con rostros pálidos y se habían quedado sin aliento ante la violencia que acababan de presenciar.

Me sentí fatal por que hubieran sido testigos de mi pelea. Este evento me había hecho darme cuenta de que, a pesar de que compartíamos una casa juntos, nuestros mundos eran muy diferentes. No se habían acostumbrado a la violencia, como lo había hecho yo. En el futuro, debería ser más consciente de ello.

—Llevadla dentro y ocupaos de sus heridas —les ordenó Val —. Yo entraré en un momento. Tengo que resolver un asunto primero —su rostro se había oscurecido y endurecido.

Me daba la sensación de que la amenaza de Razz no le había entusiasmado. Era cierto que habíamos estado en mitad de una pelea en toda regla, pero la violación es un tema serio. Sospechaba que ese acto estaba tan prohibido en su cultura como en el mundo humano. No me importaba lo que Val decidiera hacer con ese repugnante imbécil, siempre y cuando nunca tuviera que volver a ponerle los ojos encima o, de lo contrario, puede que decidiera hacer un favor a todas las chicas inocentes y matara yo misma a ese bastardo racista.

REGALOS DE PARTE DE LOS MUERTOS

—Estate quieta —me ordenó Jeffery—. Chica, ¡te ha dejado la cara fatal!

Jeffery me frotó la cara con un poco de alcohol. Traté de no estremecerme, pero aquello me dolió una barbaridad.

—¡Ay! ¿Puedes tener más cuidado? —me eché hacia atrás e hice una mueca.

—Chica, me sorprendes. ¿Luchas contra un hombre el doble de alto que tú, pero te estás quejando por una chispa de alcohol en un rasguño súper pequeño? ¡Venga ya!

Tomé una respiración profunda.

—Lo sé, pero se lo tenía merecido.

—Chica, también podrías haberte esperado a que se quedara dormido para darle fuerte con la sartén, ¿no? Eso es lo que solía hacer mi madre con mi padre, y déjame decirte que funcionaba a la perfección. Mi padre aprendió a dormir con un ojo abierto y no volvió a serle infiel. Le gustaba demasiado irse por ahí. Pero «el agua siempre fluye hacia el río», como diría mi madre —Jeffery mojó la bolita de algodón en alcohol otra vez.

Me puse tensa al sentir el ardor, pero luego exhalé y me sentí mucho más humana.

—Siento que Dom y tú hayáis tenido que presenciar... —no pude terminar la frase por el picor que me producía el alcohol.

—Estábamos muertos de miedo por ti. No teníamos ni idea de cómo ibas a luchar contra ese puto gigante. ¡Y Val necesita que le corten la lengua también! Dom y yo estamos súper enfadados con él. No debería haber permitido que esa bestia te pusiera un dedo encima. Me importa un pepino que sea una tradición zop o no. Esa pelea no debería haber sucedido.

Jeffery parecía mantenerse firme en su posición. Y rara vez cambiaba de opinión. Algo que deseaba poder inculcarme a mí misma.

—Yo nunca quise que se quedara aquí —me estremecí de nuevo por el picor del alcohol.

—Bueno... creo que he hecho todo lo que he podido —Jeffery tiró la sangrienta bolita de algodón en la papelera—. Tienes suerte de que estas heridas sean solo superficiales. ¡Ese animal podría haberte matado!

—Lo sé. Es culpa mía y de mi bocaza —coincidí.

—No, cariño. ¡Es tu puto mal genio! —entonces, Jeffery soltó una carcajada—. Aunque admito que nos has sorprendido. Le has pateado el culo a ese zop —Jeffery alzó el brazo y me chocó los cinco—. ¡Señor, ten piedad! Ah, y ¿qué era esa corriente brillante que salió disparada de tus manos? Dom y yo creíamos que le ibas a prender fuego a toda la casa. ¡Eres un puto ángel intrépido!

Negué con la cabeza, aturdida aún.

—Sentí como si fuera una manada de Mustang salvajes que necesitaban ser liberados. Ha sido la experiencia más impresionante y aterradora de mi vida —me encogí de hombros y agarré entre mis dedos el collar de fuego de ángel que seguía atado alrededor de mi cuello.

Dom entró en mi habitación con una taza de té caliente y un bol de sopa de pollo. Dom siempre sabía cuál era el remedio perfecto. Un té, comer y dormir era exactamente lo que necesitaba, a pesar de que estaba demasiado emocionada. Supuse que los efectos de la pelea aún no se habían disipado. Cada vez que pensaba en la amenaza de Razz, me volvía a mosquear.

—¿Esto hará que te sientas mejor, *oui?*

Me recosté contra la cabecera de la cama, y Dom depositó una bandeja con comida sobre mi regazo. No entendía por qué armaban tanto alboroto. Apenas tenía un par de rasguños y moretones. No me había roto ningún hueso, ni siquiera la nariz.

Entonces, recordé la paliza de mi vida que me había dado Sam. Si Aidan no me hubiera encontrado cuando lo hizo, habría muerto. Me estremecí ante esos recuerdos, al recordar a Aidan y los sentimientos que despertaba en mí.

Sonreí, tratando de ocultar mi repentina tristeza.

—Gracias Dom, pero estoy bien, de verdad. Deberíais de preocuparos por el otro —hice una mueca.

—Me da a mí que no. ¡Espero que sufra, *très*! —dijo Dom con aparente ira en su voz—. Tu amigo debería haber sacado a Razz de nuestra casa hace mucho.

Tratar de lidiar con la amenazante presencia de la familia no había sido fácil para los chicos. Sentí una punzada de culpabilidad.

—Lo siento, Dom. No quería meteros a vosotros dos en medio de este embrollo.

—No —dijo con vigilancia—, no hay por qué disculparse. No has hecho nada malo. Esa criatura te ha aborrecido desde el momento en que te puso los ojos encima. Es inaceptable que esté constantemente haciendo comentarios antisemitas en tu propia casa. Tú no te preocupes. Fin de la discusión. Ahora duerme, ¿sí? —Dom sonrió y me dio unas palmaditas en el pie.

—Os quiero, chicos —se me humedecieron los ojos, así que aguanté el dolor mordaz que sentía y sonreí.

Dom y Jeffery me dejaron sola para que descansara, pero antes de caer rendida pude escuchar una conversación que mantuvieron Jeffery y Val justo delante de la puerta de mi habitación. Parecía que éste le estaba cantando las cuarenta a Val.

—Para empezar, no deberías haber dejado que esa bestia

viniera a esta casa. Casi mata a Stevie, aunque me alegro un montón de que ella le haya dado caña. Ese tipo se merecía que le dieran una paliza.

—Siento mucho el comportamiento de Razz. Te doy mi palabra de que me encargaré de él en consecuencia.

—Bien, porque si volvéis a venir a mi casa a amenazar a mi niña, os sacaré de aquí a golpes —lo advirtió Jeffery—. Tú tienes que protegerla de ese tipo de basurillas. Stevie es una buena persona y no merece nada más que amor y devoción. ¿Me entiendes?

Me imaginé a Jeffery meneando el dedo en la cara de Val y estuve a punto de soltar una carcajada.

—¡Sí, señor! —respondió Val—. Daría mi vida por ella. Así de comprometido estoy con tu niña.

—Eso espero. En fin, dudo que tu soldado tenga los cojones para volver aquí. ¡Mi niña ha castrado a ese zop!

Escuché a Jeffery chasqueando los dedos.

Entonces, Val soltó una breve risa.

—Sí, señor, exactamente. Esa señorita es tan ardiente como su pelo.

Eso fue lo último que oí antes de caer rendida.

Cuando finalmente abrí los ojos, la casa estaba tranquila. Le eché un vistazo a mi despertador y vi que eran las dos de la mañana. Todas las luces estaban apagadas, excepto la lamparilla que solía dejar encendida sobre la cómoda.

Miré a mi alrededor y, entonces, atisbé a Val sentado en el sillón que se encontraba junto a mi cama. Sonreí para mis adentros. Me quedé escuchando sus suaves ronquidos y observando cómo su pecho ascendía y descendía mientras dormía. No obstante, por la forma en que estaba colgando del sillón, parecía miserable. El sillón no se acomodaba muy bien a alguien de su tamaño, por lo que la mayor parte de su largo cuerpo colgaba sobre el sillón.

Respiré profundamente mientras lo observaba. Sentí cierta sensación de paz al verlo dormir. Sin pensarlo, extendí la mano y le di un toquecito en el hombro. Val abrió sus ojos caídos lentamente y me miró.

—Hola. Ven a la cama conmigo —le pedí—. Prometo comportarme —me estremecí de dolor al moverme. Razz me había dejado la cara hecha un Cristo.

Val se estiró, bostezó y se giró para mirarme. Nuestras miradas se cruzaron durante lo que pareció ser una eternidad y, luego, con un profundo suspiro, susurró:

—Creo que te puedo ayudar con tus heridas.

Se deslizó hacia la cama y me acurrucó entre sus cálidos brazos. Su aroma a cítricos me envolvió. Sin poner todo su peso sobre mí, se inclinó hacia delante y murmuró algo en mi oído a la vez que movía suavemente su mano por mi cuerpo. Inmediatamente, sentí una vibración que penetró todo mi ser. Cuando terminó, pude sentir una calma relajante y me di cuenta de que los dolores habían desaparecido por completo.

Después de susurrarme cosas románticas al oído, mis párpados se volvieron más pesados y enseguida me quedé dormida, acurrucada entre sus suaves brazos. Lo último de lo que me percaté fue de un leve beso, justo antes de que mis pensamientos se desvanecieran en una pacífica duermevela. Recuerdo haber pensado lo fácil que era estar con Val.

MARDEA

Esa mañana, conforme me despertaba de un profundo sueño, la bruma del día anterior volvió a plagar mi mente. Posé la mirada sobre Val. Era obvio que había estado esperando que me despertara. Estaba sentado en el sillón junto a la ventana tomándose un café caliente. Al captar el sonido de mis sábanas revolviéndose, su mirada se deslizó hacia mí, y esbozó una sonrisa alegre de oreja a oreja.

—¡Buenos días, Rocky! —me saludó.

—Buenas —murmuré conforme me apoyaba sobre los codos y le echaba un vistazo a su café—. ¿Queda más café para mí?

Estaba prácticamente salivando por su taza.

—Sí, está la cafetera llena —me informó.

—Bueno, y ¿dónde está? —pregunté, un tanto confusa.

—¡Ah! ¿Quieres decir que si tengo una taza para ti? —Val intentó hacerse el inocente y abrió los ojos como platos.

Lo fulminé con la mirada, perpleja.

—Supongo… que tengo que ir a buscarla yo misma —dije, un poco molesta.

—Supongo —le dio un sorbo a su café, actuando como si estuviera desinteresado.

Me quedé mirándolo mientras un matiz de molestia comenzaba a crecer en mi interior. Reflexioné durante un momento, tratando de descifrar su peculiar estado de ánimo.

—¿Qué demonios te ha picado esta mañana? —espeté de repente, entrecerrando los ojos.

—Ah, ¿te has dado cuenta de eso? —nuestras miradas se cruzaron.

—Supongo que sí —repliqué.

—¿Quieres ir tú primera o tengo que sacártelo yo? —los ojos de Val se endurecieron.

«¿Qué demonios?»

—Al menos podrías traerme una taza de café antes de ponerte así conmigo, ¿no?

—¿Qué razón podría tener yo para ponerme así? —su mandíbula estaba tan dura como la piedra.

Estaba harta del jueguecito este de las adivinanzas.

—¿Por qué no dices lo que estás pensando de una vez por todas? No he desarrollado la habilidad de leer la mente aún. ¡Suéltalo ya!

—Mmm... ¿por dónde empiezo? —Val me atravesó con la mirada—. ¿En qué estabas pensando al ir a esa librería?

—¿Hemos vuelto a ese tema?

En lugar de responderme, Val se quedó mirándome en silencio.

Puse los ojos en blanco.

—Porque puedo —contesté finalmente—. Me llamó la atención. No veo cuál es el problema.

Val resopló.

—El collar que llevas puesto apesta a una poderosa magia. Magia negra.

—¡Mentira! —grité. No podía hacerme a la idea de que esta pequeña piedra proviniera de un lugar oscuro—. Me lo entregó la mujer de la librería.

—¿Quién te ha dado el collar? —Val arqueó una ceja.

—¡Ya te lo he dicho, la empleada! —contesté, eludiendo la verdad.

No estaba preparada para revelar mi fuente. Extrañamente, sentía como si hubiera engañado a Val con otro hombre.

—¿Eso es todo? ¿Solo te ha dado ese collar tan feo? —Val me observó con escepticismo.

—No. También me dio un mensaje —me mordí el labio inferior.

—¿Qué mensaje? —indagó.

—Dijo que mi hija está viva —no pude evitar sonreír.

—¿Y esta persona desconocida te lo ha confirmado?

—¡Sí! —saqué las piernas de la cama y me senté, emocionada —. No podemos seguir perdiendo el tiempo. Tenemos que entrar en ese hospital y encontrar mis registros. Sé que…

—¡Vaya! —Val me cortó con un movimiento de su mano—. Espera un segundo —se inclinó hacia adelante, apoyando los codos sobre sus rodillas—. Vamos a hacer esto cuando yo lo diga. No voy a entrar ahí sin meditarlo y sin refuerzos. Tiene que estar todo bien planificado.

—¿Qué es lo que hay que planificar? Puedes cambiar tu aspecto. Te haces pasar por uno de los guardias, entras y sales. Es así de simple.

—Es más complicado de lo que piensas. ¿Qué pasa si la persona a la que estoy imitando está ahí dentro? Además, necesito saber dónde guardan sus archivos. Dudo que los guarden a plena vista. Son demasiado corruptos como para ser tan estúpidos. Recuerda que tengo que salir de allí con el archivo sin que se den cuenta.

—¿Para cuándo tendrás el plan en orden? —sentía que se me iba a salir el corazón del pecho.

—Un aliado anónimo lo está organizando todo por mí. Me reuniré con mi informante esta noche.

—¡Genial! ¿Dónde nos vamos a encontrar con esta persona?

—¡Ah, eso sí que no! —Val se levantó de la silla de un salto con la cara roja de nuevo—. Tú no vas a ninguna parte. De esto me encargo yo solo.

—Puedes dejarme en la esquina. Me quedaré escondida.

—Ni en broma. ¿Quieres arruinar la única pista que tenemos?

—No, claro que no.

Val permaneció allí sentado con una expresión extraña, mirándome, como si estuviera tratando de penetrar mi mente.

—Tengo que saber quién te ha dado ese collar. Y esta vez quiero toda la verdad. O ya puedes encontrar a otro que te ayude.

Puse los ojos en blanco y me deshice de las sábanas que me cubrían.

—¿Por qué te importa tanto? Solo es un collar.

—¿Te lo ha dado él? —inquirió.

Abrí los ojos como platos. ¿Cómo demonios lo había adivinado?

—¡Eso sería imposible! Está muerto.

Cerré los ojos. No podía ocultarle nada a Val. Siempre conseguía sonsacarme la verdad como si tuviera un suero o algo así. Y no es que mereciera saber lo de Aidan. No tenía por qué reclamarme nada. Aun así, me pareció que lo justo sería confesar.

—¡Está bien! Sí —solté—. La mujer no me dio su nombre, pero describió a alguien que se parecía a él —desvié la mirada, sintiendo una punzada de culpabilidad.

—Supongo que Mardea ha estado en contacto con tu ex amante, ¿no es así?

—Espera… ¿Cómo sabes cuál es su nombre?

—Ya te lo he dicho… Tengo espías por todas partes —los ojos dorados de Val rezumaban diversión.

Me quedé mirándolo, escandalizada. Entonces, ¿qué sentido tenía haberle ocultado los detalles de mi pequeño descubrimiento?

—No me dio su nombre, pero me dio pruebas —me retorcí, sintiéndome un tanto incómoda.

—¿Y? —insistió.

No había pronunciado más que una sola palabra, pero podía sentir la inquietud de Val alto y claro.

—La mujer jamaicana me entregó un frasco con una luciérnaga —suspiré y proseguí—: Aidan y yo compartíamos un lugar especial en el bosque; un nido de luciérnagas —me encogí de hombros con vergüenza, incapaz de mirar a Val a los ojos.

—Ya veo —apretó la mandíbula.

Permanecí allí sentada en silencio. No lo entendía.

—¿Por qué estás tan enfadado? —le pregunté directamente, aunque no quería escuchar sus motivos.

—¡Ah! ¿Crees que estoy celoso de él, de un hombre que está muerto? —su mirada era dura—. ¿Quieres saber por qué no quise hacerte el amor?

—Sí —susurré.

—Me quedé sentado viendo como dormías. Y, no sé por qué, pero siento una fuerte necesidad de protegerte —su rostro expresaba un profundo pesar que me resultó desconcertante—. En fin, te escuché llorar mientras dormías… y lo llamabas a él por su nombre.

—Lo siento. No puedo controlar lo que digo mientras duermo.

No sabía qué decir. ¿Cómo era esto mi culpa?

—Cierto, pero puede ser una ventana a lo que realmente escondes en tu corazón.

—¿Cuándo vas a entender que Aidan es mi pasado?

—Ese es el problema. Mientras sigas amándolo, no estarás abierta a ningún otro hombre. Esa es la razón por la que no pude acostarme contigo —Val hizo una pausa. Si no puedo tener tu corazón, entonces no quiero que me des ninguna otra parte de ti. Para mí, es todo o nada, Pequitas.

Sacudí la cabeza. Estaba empezando a ponerme de los nervios.

—Y una mierda —contraataqué—. No es mi pasado lo que nos mantiene separados. De hecho, Aidan no tiene nada que ver con el hecho de que no estemos juntos. ¿Cómo podemos estar juntos cuando tu especie me odia? ¿Recuerdas? ¡No soy más que una sucia impura!

Me levanté de la cama y me paré frente a él, puños apretados y medio desnuda, ya que llevaba puesta solo una camiseta que apenas cubría mi trasero. Pero me daba igual. Hoy no estaba de humor para la timidez. Val me estudió con la mirada con una dolorosa lentitud. Se detuvo cuando nuestras miradas combativas se encontraron.

—Parece que tenemos algunos obstáculos que saltar —sus labios burlones se alzaron en la comisura de su boca.

—Mira... No puedo borrar a Aidan de mi pasado, ni lo haría, aunque pudiera. Si no fuera por él, no sería quien soy ahora, pero... él es mi pasado, es decir, que mis sentimientos están enterrados junto con su muerte. Él ya no está, y tú estás aquí. Todo lo que sé es que cuando estoy despierta, eres tú en quien pienso, no Aidan. Son tus brazos los que añoro. Son tus besos los que anhelo. Es tu roce el que deseo sentir. Solo quiero compartir mi cama contigo... solo contigo —mi mirada rezumaba dolor—. Por ahora eso es todo lo que te puedo ofrecer, Val —susurré su nombre. Sentía que si dejaba que su nombre escapara de mis labios, me perdería para siempre.

Independientemente de mis inseguridades, no podía dejar que mi pasado dictara mi futuro. Tenía que enfrentarlo. A pesar de nuestras diferencias, sentía algo por Val.

Val se levantó de la silla y dio solo un paso para alcanzarme. Estaba tan cerca que pude sentir su cálido aliento en mi rostro. Suavemente, comenzó a acariciar mi mejilla con el pulgar. Me quedé sin aliento y, justo cuando pensaba que iba a besarme, murmuró:

—Lo siento, pero eso no es suficiente para mí, Pequitas. Como he dicho... es todo o nada —y, dicho eso, pasó por mi lado y salió de mi habitación, cerrando la puerta tras de sí.

En un ataque de rabia, cogí su taza de café de la mesita de

noche y la arrojé contra la puerta. Se rompió en un millón de pedazos, salpicando café por toda la habitación.

—Ojitos dorados, eres un desgraciado insufrible —chillé, observando cómo el líquido marrón goteaba lentamente por la puerta blanca. ¡Estaba harta, harta y más harta! ¡Había terminado con los hombres, y punto!

Estimado lector / a:

Esperamos que hayas disfrutado la lectura de *Ángel intrépido*. Por favor, tómate un momento para dejar un comentario, aunque sea corto. Nos importa tu opinión.

Descubre otras obras de Jo Wilde en:
https: / / www.nextchapter.pub / authors / jo—wilde

¿Quieres que te notifiquemos cuándo uno de nuestros libros sea gratis o esté rebajado? Suscríbete al boletín informativo en:
http: / / eepurl.com / bqqB3H

Atentamente,
Jo Wilde y el equipo de Next Chapter.

NOTES

EL PSIQUIÁTRICO

1. Lugar designado por el censo (CDP), ubicado en Luisiana.

HOGAR DULCE HOGAR

1. Expresión común del francés cajún, hablado principalmente en Luisiana. Traducción: «Que vengan los buenos tiempos».

LA VISTA GORDA

1. Traducción del francés: «trasero».
2. Traducción del francés: «ingenuo».
3. Traducción del francés: «querida».

SE VIENEN PROBLEMAS

1. Dulce típico de Nueva Orleans parecido a los buñuelos.

EXTRAÑO Y MISTERIOSO

1. Referencia a la novela «Alguien voló sobre el nido del cuco» de Ken Kesey.
2. Reanimación cardiopulmonar.

DESCUBRIMIENTO

1. Traducción del francés: «perdóname».

Ángel Intrépido
ISBN: 978-4-86747-630-7

Publicado por
Next Chapter
1-60-20 Minami-Otsuka
170-0005 Toshima-Ku, Tokyo
+818035793528

22 Mayo 2021

www.ingramcontent.com/pod-product-compliance
Lightning Source LLC
LaVergne TN
LVHW101918220826
846093LV00009B/284

* 9 7 8 4 8 6 7 4 7 6 3 0 7 *